處處藍天

THE SKY IS EVERYWHERE

A NOVEL

珍狄·妮爾遜——著
薛慧儀——譯

BY
JANDY NELSON

——獻給母親

第一部

1

外婆很擔心我。不是因為四個星期前我姊姊貝莉死了，也不是因為我母親整整十六年來音訊全無，更不是因為我忽然整天裡只想到性。她之所以擔心我，是因為她的一株室內盆栽長了斑點。

在我十七年的人生裡，外婆一直相信這株特別的植物——難以形容到底是什麼品種——反映著我情緒上、心靈上與身體上的健全狀態。就連我也開始相信了。

從我坐著的地方，可以看見在房間另外一頭，身高一百八十幾公分的外婆，穿著滿身花朵的連身洋裝，站在那株長了黑斑的植物前張望。

「你說這次它可能無法痊癒是怎麼回事？」她正在問大仔舅舅。大仔舅舅，樹藝師，賴在我們家裡的大麻癮君子，還是個瘋狂科學家。他對什麼事情都知道一點皮毛，但是他對植物可是無所不知。

外婆一面這麼問，一面盯著我瞧。對其他人來說，她的舉動大概很奇怪，甚至不尋常，但大仔卻不這麼認為，因為他同樣也正盯著我瞧。

「它的狀況這次很嚴重。」大仔聲如洪鐘，彷彿他正站在舞台上或講壇上發言；他說的話都很有份量，哪怕只是一句「把鹽遞過來」，從他嘴裡冒出就像「汝不應犯下十誡」。

外婆雙手沮喪地捧著臉，我繼續在《咆哮山莊》的頁邊空白處隨手寫下一首小詩。我蜷縮在沙發角落裡，根本懶得理他們，寧可在嘴裡塞一堆迴紋針。

「但這株植物以前總是會自己復原的。大仔，就像上次小藍手臂骨折那一次。」

「那次葉子上長的是白斑。」

「或是去年秋天，她去徵選首席豎笛手，結果還是又當了次席。」

「那次是棕色斑點。」

「或是那一次——」

「這次不一樣。」

我抬起頭。他倆仍盯著我，好一對悲傷與憂心的高大雙人二重唱。

外婆可是四葉草鎮裡的園藝大師，擁有北加州地區最出眾的花園。她的玫瑰能綻放出比一整年夕陽還要繽紛的顏色，那些花朵散發出的馨香讓人如癡如醉，鎮上甚至傳說，只要一聞過這香氣便會當場深深愛上，無法自拔。但儘管她有著家喻戶曉的培育植物才能，但這一株跟隨著我人生軌道成長的植物，卻似乎完全不理會她的努力，或是自己本身的植物修復力。

我放下書，把筆擱在桌上。外婆往那株植物靠近，對它低語「生活樂趣」有多重要，然後挪動笨重的身體來到沙發前，坐在我身旁。

大仔也加入我們，他巨大的身子一屁股坐在外婆身旁。我們三個人，目光茫然，每個人都一頭亂髮，就像在頭上頂著一大群亂哄哄、羽毛閃閃發亮的黑烏鴉，就這樣在沙發上坐了一整個下午。

自從我姊姊貝莉一個月前在鎮上戲劇表演「羅密歐與茱麗葉」排演時，因為要命的心律不整而倒下去後，我們一直都是這副德行。彷彿有人趁著我們在看著另外一邊時，用吸塵器一下子把這一頭我們舉目所能見到的一切，全吸空了。

2

貝莉死去的那天，
早上她叫醒我
把手指塞在我耳裡。
我最討厭她這樣。
然後她開始試穿上衣，問我：
妳比較喜歡哪一件？綠色還是藍色？
藍色。
小藍，妳根本沒抬頭看我。
好吧，綠色。拜託，我根本不在乎妳穿什麼。
然後我在床上翻過身，又睡著了。
之後我發現
她選了藍色
那是我最後一次和她說的話。

（在前往雨河的小徑上，在一張棒棒糖包裝紙上發現的。）

回到學校上課的第一天，正如我所料，一走進大廳，人群就像紅海被摩西分開，瞬間讓出一條路給我，所有對話都停了下來，大家的眼神裡游移著緊張的同情，每個人都緊緊盯著我，彷彿我手上正抱著貝莉的遺體，我想的確也是這樣。貝莉的死亡籠罩我全身，我感覺得到，每個人也都看得到，就像我在春光明媚的日子裡卻裹著件黑色大外套那樣明顯。但我沒有預料到的，是一個新轉來的男孩掀起一陣前所未有的騷動。喬伊．方特尼，在我長達一個月的缺席時來到這兒。

不管我走到哪，大家都在說：

「妳見過他了沒？」

「他看起來像吉普賽人。」

「像搖滾巨星。」

「像海盜。」

「聽說他有一個樂團叫『Dive』❶。」

「他是音樂天才。」

「有人說他以前住在巴黎。」

「他曾經在街頭表演音樂。」

❶跳水、潛水或俯衝之意。

「妳見過他了沒？」

我見過了。因為我回到樂團時，去年還是我坐著的那個位置，現在變成他坐在上頭。即使我仍處在悲傷過度的狀態，眼神仍然從那雙黑色靴子開始，往上打量到那雙被丹寧布料覆蓋、長得要命的腿，再來是沒有止境的上半身，最後終於落到一張表情豐富的臉龐，豐富到我不知道是不是打斷了他和我的譜架之間的對話。

「嗨。」他跳起來，高得像棵大樹。「妳一定就是藍儂了。」他指著椅子上頭的名字。「我聽說了——實在很遺憾。」我注意到他握豎笛的方式不是很珍惜，拳頭緊握吹嘴，像是握著一把劍。

「謝謝。」我說完後，他臉上每一吋肌肉忽然冒出一個微笑——不得了。這傢伙是不是乘著從另外一個世界吹來的一陣強風，忽然闖進了我們學校？他看起來一點都不怕生，快樂得像萬聖節的南瓜燈籠，相對於我們大部分人努力塑造想達到的完美沉悶舉止，他非常格格不入。他一頭棕色卷髮又多又亂，凌亂地垂落著，眼睫毛長得像蜘蛛腳，濃密到只要一眨眼，便彷彿是用他那雙明亮的綠色眼珠對著你拋媚眼。看著他的臉，一眼就猜得出來他在想什麼，不只是像一本攤開的書，簡直就像一整面牆的塗鴉。我發現自己正在大腿上寫著「不得了」，於是決定最好張開嘴說些什麼，中斷我們之間這場即興的對瞪比賽。

「大家都叫我小藍。」我說。不是一開始就這麼叫的，但總比「那個女的」要好，那是另外一種叫法。這招有效。他低頭看著自己的腳一秒鐘，我深呼吸一口，做好準備繼續第二回合。

「其實我一直很好奇，藍儂是取自約翰．藍儂嗎？」他再次與我眼神相對——我招架不住幾乎要昏倒！或是可能全身忽地冒出火焰。

我點點頭，說：「我媽是嬉皮。」畢竟這裡是北加州的北部地區——怪人群居地的最後邊界。念高二的時候，我們班有個女孩叫做電力，一個男生叫做魔法巴士，還有數不清的花——鬱金香、秋海棠和罌粟花——都是父母替他們在出生證明上取的名字。鬱金香身形壯碩剽悍，絕對會是學校裡的橄欖球明星——如果我們是那種有橄欖球校隊的學校的話。但我們不是，我們學校是那種在體育館裡提供晨間冥想選修課程的學校。

「是啊。」喬伊說：「我媽也是，還有我爸，和那些阿姨姑姑和舅舅叔叔、兄弟、堂兄弟姊妹和表兄弟姊妹……歡迎來到方特尼村。」

我放聲笑了出來。「我懂。」

但，又一次不得了——我應該這麼輕易就大笑嗎？而且可以感覺這麼歡暢嗎？彷彿身子滑入冰涼的河水裡。

我轉過身，想著不曉得有沒有人在看我們？然後見到莎拉正好走進來——或者是，衝進來——音樂教室。葬禮過後我幾乎沒再見到她，一下子覺得罪惡感深重。

「小藍呀——！」她整個人像傾倒的船一樣朝我們衝過來，全副盛裝打扮成哥德風❷牛仔女孩：黑色復古緊身洋裝、牛仔靴，金髮染得太黑，看起來反而像藍色，最後以頭上那頂帽緣寬到誇張的牛仔帽做結尾。我注意到她接近的速度快到嚇人，有那麼一瞬間，我懷疑她會不會真的就

---

❷強調暗黑色系裝扮與誇張眼部濃妝。

那樣撞進我懷裡，直到她真的撞了上來，我們兩個人都往後滑倒在喬伊身上，喬伊不知道怎麼穩住了身子，也穩住了我們，所以三個人都沒有從窗戶飛出去。

莎拉就是這樣。這還算是克制了。

「幹得好。」我在她耳邊悄悄說，她像隻熊那樣緊抱著我，即使她根本嬌小得像隻小鳥。「差點就撞翻這位新來的帥哥！」她笑了出來，有個人在我懷裡笑得花枝亂顫而不是因為心碎而渾身顫抖，讓人同時感到不可思議與不安。

莎拉是這個世界上最憤世嫉俗的女孩。要不是她實在受不了非得去宣揚什麼校魂，不然她會是最完美的啦啦隊隊員。她和我一樣對文學充滿狂熱，只是她看的書更黑暗，高一時開始念沙特[3]的小說《嘔吐》，從那時候她就開始穿黑色的衣服（甚至在海灘也一樣）、抽菸（即使你從沒見過外表像她這樣健康的女孩），耽溺在自己的存在認知危機裡（雖然她同時整個晚上都在跑趴）。

「小藍，親愛的，歡迎回來。」另外一道聲音說。那是詹姆斯老師，我暗暗喊他尤達，因為他不但外表長得像，連內在的音樂魔力都一樣。他已經站在鋼琴前面，看著我，臉上是同一副無限悲傷的神情，我已經太習慣在其他大人臉上見到。他說：「我們都感到非常遺憾。」

「謝謝。」這天我已經不知道說了幾百次。莎拉和喬伊也都在看著我，莎拉臉上帶著擔憂，喬伊咧嘴露出的笑容像整個美國大陸那麼誇張。不知道他是不是都用這號表情去看每個人？他是不是腦袋有問題啊？不過，不管他到底是怎麼回事，或是不是一向都這樣，他的笑容倒挺迷人的。在我察覺之前，我臉上已經露出足以和他媲美的誇張笑容，不只美國大陸，還附贈波多黎各與夏威夷❹。我看起來一定像個歡樂的送葬者。噓。還不只這樣，因為現在我已經在想像親吻他會是什麼滋味，是真正的親吻——完了。這是個問題，一個嶄新的、一點都不小藍式的問題（他媽的這是怎麼回事？），曾在那場葬禮時冒出來：我四周一片黑暗，忽然房間裡所有的男孩身上都在發亮。他們是貝莉工作上和學校裡的男性朋友，大部分我都不認識，他們不斷走向我，說著有多遺憾，我不知道這是因為他們認為我長得像貝莉，還是因為他們替我感到難過？但之後我發現他們之中有幾個人用那種急迫、緊張的目光盯著我，我發現自己也回盯著他們，那一刻彷彿我是別人，正想著我以前幾乎沒有過的念頭，那些事情我一直羞於在教堂念及，更別提在我姊姊的葬禮上。

然而在我眼前發亮的這個男孩，卻絕對是最閃亮的。他一定是來自銀河最友善的地方，我一面這麼想，一面試著淡化臉上這錯亂的微笑，但結果是我差點要對莎拉脫口而出：「他看起來好像希斯克里夫！❺」因為我才剛發現他真的好像。好吧，除了快樂微笑的那部分不像——但忽然間，我無法呼吸，整個人像被打入冰窖，因為我想起來，我無法放學後跑回家，告訴貝莉我在樂團遇見了一個新轉來的男生。

這一整天裡，我姊姊一次又一次地死去。

---

❸ Sartre，知名存在主義小說作家。

❹ 波多黎各與夏威夷均為美國大陸地區以外之美國領土。

❺ 咆哮山莊男主角，性格陰暗偏執，對愛情的執著使他陷入無止境的復仇，最後瘋魔而死。

「小藍？」莎拉碰碰我的肩膀，問：「妳沒事吧？」

我點點頭，用意志力趕走那輛滿載哀傷、高速朝我直衝而來的脫軌火車。

我們身後有人演奏起〈鯊魚來了〉，也就是電影《大白鯊》的主題曲。我轉過身，看見瑞秋．布萊茲莉正無聲無息地朝我們走來，同時聽見她喃喃對負責伴奏鯊魚電影配樂的薩克斯風手路克．雅各思說：「真好笑。」瑞秋鯊魚一路走來獵殺眾多樂團樂手，路克不過是那些受害者之一，他們都輕易被瑞秋那具壯碩的身材愚弄，以為她是個目中無人的恐怖龐然大物，然後又進一步被她那雙小鹿般的棕色大眼與長髮姑娘般飄逸的秀髮所蒙蔽。我和莎拉都深信，上帝創造瑞秋時，頗有些挖苦嘲諷的意味。

「看來妳已經見過大指揮家了。」她對我說完後，一面滑入座位，一面不經意地碰了一下喬伊的背——她坐的是豎笛首席的位置——應該是我坐在那裡才對。

她打開琴盒，組裝豎笛。「喬伊曾經在法蘭西[6]一間音樂學校待過。他有沒有告訴妳？」當然，她沒有像任何一個正常說英語的人類那樣說「法國」，和「跳舞」[7]押尾韻。我可以感覺到莎拉在我身邊全身毛髮倒豎。自從瑞秋擊敗我獲得首席位置後，她對瑞秋便忍無可忍，但莎拉其實並不清楚到底發生了什麼事——沒有人知道。

瑞秋正扭緊豎笛的吹嘴，彷彿想讓她的豎笛窒息。她說：「妳不在的時候，喬伊實在是了不起的次席。」她把「了不起」這個詞拉得長長的，起碼從這裡拉到了巴黎鐵塔。

我沒張嘴回嗆她：「瑞秋，妳可滿意了吧。」我一句話都沒說，只希望自己能縮成一顆球然後滾開。不過，莎拉和我完全相反，她看起來巴不得手邊有把戰斧。

四處響起的音符與音階已經讓音樂教室變得喧鬧。「調音結束，今天我要從樂鐘開始。」詹姆斯老師在鋼琴那頭喊道：「還有，把鉛筆拿出來，我做了一些更動。」

「我最好去敲點東西。」莎拉厭惡地看了瑞秋一眼，然後氣呼呼地走去敲她的定音鼓。

瑞秋聳聳肩，對喬伊露出微笑——不對，不是微笑，是對他放電——喔，真是夠了。「好吧，是真的嘛。」她對他說：「你之前的表現，我是說，現在也一樣，實在是——了不起。」

「也沒那麼厲害啦。」他彎下腰把豎笛收好。「我是臨危受命，只是不讓這位置空著而已。現在我可以回去原本的地方了。」他用豎笛指著管樂區。

「你太謙虛了。」瑞秋把她那把童話般的長髮甩到椅子後，說：「你能駕馭的音色可多——了呢。」

我看著喬伊，以為會瞧見他聽到這種弱智稱讚後內心裡狂呻吟的跡象，但我卻看到了其他的東西。他同樣也對瑞秋展示了美國大陸級的微笑。我覺得脖子在發燙。

「你知道，我會想你的。」她噘起嘴。

「我們會再碰面的。」喬伊回答，在他的個人秀上又附加幾枚媚眼。「像是下一堂的歷史課。」

我已經人間蒸發了。這其實是好事，因為我忽然間不知道要如何處理我的表情，或是身體，或是被踩在地上的心。我坐在位置上，那個從法蘭西來的笨蛋，正咧嘴傻笑著，眼睛眨個沒完，

---

❻ 原文瑞秋說 Fronce，帶有法國腔的英語，而不是正常英語 France。

❼ France 和 dance 押韻。

我注意到他看起來一點都不像希斯克里夫。之前真是看走眼了。
我打開豎笛盒，把簧片含入嘴裡濡溼，而不是一口咬成兩段。

四月，一個星期五的下午四點四十八分，
我姊姊正在彩排茱麗葉的角色
不到一分鐘之後
她死了。
令人驚愕的是，時間並沒有
隨著她的心跳停止。
人們去上學、去工作，去餐廳；
他們弄碎薄脆餅乾，加入蛤蜊濃湯，
為考試發愁，
在車裡打開車窗唱歌。
一天又一天，雨水揮舞著拳頭
敲在我們家的屋頂上——
是上帝犯下
無法挽回錯誤的證據。

每天早上，我醒過來
聽著無止境的淅瀝雨聲，
看著窗外那一片陰鬱
然後鬆了口氣
至少太陽還算有良心
離我們遠遠的。

（飛人河谷裡，在一張插在矮樹枝上的空白五線譜上發現的。）

3

接下來這天就這樣糊裡糊塗地過去了。最後一堂下課鐘還沒響，我就偷溜出去，遮遮掩掩地躲到樹林裡。我不想走在回家的那幾條路上，不想冒險見到任何從學校走出來的人，尤其是莎拉。我躲在家裡的那一段時間裡，她就告訴過我，她一直在閱讀關於失去至親的文章，而根據所有專家的意見，現在是我該開口談談那段經歷的時候了——但是她和那些所有的專家，還有外婆，他們根本什麼都不懂。我就是沒辦法。我需要新的符號系統才能溝通，那套系統裡全是墜落、地殼板塊移動，還有將人吞噬的深深黑暗。

我走過紅杉林的時候，鞋子泡在下了好幾天的雨水裡，想著為什麼失去至親的人們還要費神換上喪服？悲傷如此顯而易見地籠罩住他們全身上下。今天唯一沒在我身上發現這一點的——瑞秋不算——就是那個新轉來的男生。他只會認識一個嶄新的、沒有姊姊的我。

我在地上見到一張碎紙片，還算乾燥，可以在上頭寫字，於是我坐在一塊岩石上，拿出現在總是塞在褲子後方口袋的筆，在紙上草草寫下一段我記得和貝莉的對話，然後摺起來，埋在潮溼的泥土裡。

當我離開森林的包圍，重新回到往家裡的路上時，全身上下感到一陣輕鬆。我想要回到家裡，在那裡，貝莉的身影最活躍，我仍可以看見她從家裡的窗戶探出身子，隨性狂野的黑髮被風吹得在臉龐前亂舞，說：「小藍，快，我們殺到河邊去！」

「喂！」托比的聲音嚇了我一大跳。他當了兩年貝莉的男朋友，一半是牛仔，一半是滑板小子，不過倒是全心全意愛著我姊姊，儘管最近外婆頻頻邀請他到家裡來，但他每次都半途搞失蹤。外婆一直說：「我們現在真的得幫幫他。」

托比正躺在外婆的花園裡，身旁是兩隻鄰居的狗，露西與艾瑟爾，淺棕色的毛髮，大方地趴在他身旁睡著。春季時，這是很常見的景象。曼陀羅花與百合綻放時，外婆的花園總會讓人昏昏欲睡。只要在這些盛開的花朵裡待上一會兒，即使是最精力十足的人，也會發現自己不知何時已經躺下來，數起雲朵。

「我是……呃，正在替妳外婆除草。」顯然他為自己這副躺著蹺腳休息的模樣而感到難為情。

「喔，我們也常會這樣。」

那頭衝浪男孩的髮型，加上散落著陽光雀斑的寬臉，托比是最接近「能夠走到獅子面前而不用緊張」的人種[8]。貝莉第一次見到他的時候，我們倆正在外頭邊走邊看書（我們一家子都會邊走邊看書，少數住在我們家這條街上的人知道這一點，開車回家時會放慢車速，以免我們之中有人正在外頭散步，而且讀到渾然忘我）。我當時正在讀《咆哮山莊》，一如往常，貝莉則在讀《巧克力情人》，她最愛的小說。這時一匹雄偉的栗色棕馬經過我們身旁，前往這條路的盡頭。好俊的馬，我那時這麼想，然後又回到凱瑟琳與希斯克里夫的世界，但只看了幾秒，我就聽到貝莉的

[8] 意指托比的外貌像獅子。

書「砰」的一聲掉在地上。

她人已經不在我身邊，落在我身後幾步遠。

「妳怎麼了？」我注意到姊姊突然慢了半拍。

「小藍，妳看見那個男生了嗎？」

「哪個男生？」

「拜託，妳到底是怎麼回事嘛！就是那匹馬上的帥哥啊！他好像是直接從我的小說裡跳出來的！小藍，妳居然沒看到他？」她因為我對男生毫無興趣的惱怒，一如我因為男生們佔去她所有心神的惱怒，沒完沒了。「他經過我們身旁時轉過頭，直接對著我微笑——他實在好帥好帥好帥……就像這本書裡的革命軍將領。」她伸手撿起書，拍去封面上的泥塵。「妳知道，就是那個騎在馬上，熱情如一陣風似地捲來，一把搶過荷杜娣絲[9]離去的——」

「隨便啦，貝莉。」我轉過身繼續看書，走到家門口的前廊，坐在一張椅子上，立刻就沉浸在英格蘭沼澤地上那兩人驚天動地的激情裡。我喜歡愛情只要夾在小說封面與封底之間就好，不要出現在我姊姊心裡，那已經讓她連續忽略我好幾個月了。不過我時不時還是會抬頭看看她，倚在這條路盡頭對面的岩石上，假裝在看書，搔首弄姿到我簡直不敢相信她是個演員。她待在那兒好幾個小時，等著她的革命軍將領回來。他也果真回來了，但是從另外一個方向，不知道在什麼地方已經把馬換成了滑板。結果他終究不是從她小說裡跳出來的人物，而是像我們其他人一樣，也念四葉草高中，只是他總是和牧場男生與玩滑板的人一起混，而貝莉是獨一無二的戲劇女神，所以直到那天之前，他們兩人從未有機會相遇。但到了這節骨眼，他從哪裡來，或是騎什麼來，已經不重要了，因為他騎馬奔馳的形象已經深深烙印在貝莉的靈魂上，從她身上偷走了理性思考的能力。

我向來對托比．蕭的魅力無動於衷。不論是他那點牛仔味，或是他能在滑板上從一百八十度轉體騰空跳躍⑩變成磨地倒滑⑪都不能彌補他讓貝莉永遠變成一個愛情白癡的事實。

除了這個，還有他總是把我看成和路邊的石頭沒兩樣。

「小藍，妳還好吧？」他趴在草地上問，讓我回過神來。

不知道為什麼，我老實說了。我搖頭，從左搖到右，又從右搖到左，從不敢相信搖到絕望，然後又從頭開始。

他坐起身子，說：「我懂。」我從他臉上那孤立無援的神情看得出來，他的確懂。我想謝謝他沒有要我開口，而且還完全懂我的感受，但我只是保持沉默，太陽傾瀉著熱度和亮光，彷彿從水壺裡倒出來似的，一股腦全灑在我們困惑的腦袋上。

他拍拍草地，要我加入。我有點想，但卻有些遲疑。我們從來沒有在貝莉不在的時候單獨相處過。

---

⑨《巧克力情人》為墨西哥小說，背景牽涉到1911-1917之革命戰爭，曾於1992年改編為電影上映。小說中三姊妹之大姊，飽受慾念折磨而赤身裸體在森林奔跑，身上散發出的誘人玫瑰花香體味甚至將千里之外的革命軍將領吸引而來，騎在馬上一把拐走她而離去。

⑩ 180 Ollie。

⑪ Fakie Feeble Grind，後輪磨地的同時，滑板仍以一小傾角向前滑動。

我往屋子的方向走過去，說：「我得到樓上去。」

我沒說謊。我想回到聖地，全名是：南瓜聖地，我才新命名不久。幾個月前，貝莉說服我，臥室內的牆壁必須全部塗成橘色——閃瞎眼不償命的橘色。從那時候起，進臥房可以自行選擇要不要戴墨鏡。今早出門去學校前，我特意把門關上，希望能把聖地完全隔絕，不讓外婆帶著紙箱進來。我希望聖地保持原貌，亦即完全就是它本來的模樣。外婆似乎認為這代表：我跳下樹[12]在公園亂竄，以外婆專用術語來說，就是：精神有問題。

「小甜豆。」外婆穿著點綴著雛菊的亮紫色連身洋裝從屋內走到門廊。她手裡拿著油漆刷子，自從貝莉死後，這是我第一次見到她手裡拿著這玩意兒。「第一天回學校過得如何？」

我走到她面前，聞著她身上的熟悉氣味：廣藿香、油漆、花園泥土。

「我很好。」我說。

她仔細觀察我的表情，彷彿她準備要替我畫素描似的。沉默靜靜在我們之間流逝，最近總是這樣。我能感覺到她的挫敗，還有她有多希望能夠像甩一本書那樣用力搖晃我，盼望所有的字句會就這樣掉出來。

「樂團裡來了一個新男生。」我總算吐出一句。

「喔，是嗎？他演奏什麼？」

「看起來他什麼都碰。」午餐時間我逃進樹林裡之前，看見他和瑞秋走過學校建築間的方形庭院，手裡搖晃著一把吉他。

「小藍，我一直在想……也許這對現在的妳來說是好事，能真正安撫妳……」拜託，別又來了，我知道她要講什麼。「我是說，妳以前去上瑪格莉特的課時，我根本無法從妳手裡扯走那個樂器——」

「情況不同了。」我打斷她。我無法繼續和她說下去了。別又再來一次。我想繞過她走進屋裡。我只想待在貝莉的衣櫥裡，把自己深深埋進她的衣服堆，埋在那繚繞不去的氣息中：河邊的營火、椰子香味的防曬乳、玫瑰香水，還有——她。

「妳聽我說。」外婆靜靜地說，同時伸出另外一隻手來整理我的衣領。「我邀請托比來家裡用晚餐。他最近很不對勁，妳留在他身邊陪陪他，幫他除除草或做些什麼其他的事都好。」

我這才想到，說不定她也對托比講過類似的話，只是對象換成了我，讓他總算願意過來。

喔，夠了！

接著她沒再說什麼，卻用油漆刷子沾了一下我的鼻子。

「外婆！」我叫了出來，但她已經轉過身走進屋裡。我試著想用手擦掉綠色油漆。貝莉和我這大半輩子都是這樣過的，被外婆虛張聲勢、尖端沾了綠色油漆的刷子伏擊。請注意，永遠只有綠色油漆。外婆的畫作佈滿屋裡的每一處平面，從地板到天花板、沙發後面的大書架、椅子、桌面底下和衣櫃裡，每一幅都是她對綠色的熱愛永不褪色的證明。從萊姆綠到森林綠，她擁有每一種綠色油漆，這些油漆基本上只用來畫一樣東西：柳樹般窈窕的女人，一半像美人魚，一半像火星人。「她們是我的情人。」她曾這麼告訴我和貝莉。「身在現實與幻想之間。」

⑫ 英文：out of tree 亦有瘋狂、行為舉止怪異之意。

按照外婆的指示，我扔下豎笛盒與背袋，在那片溫暖的草地上，對準仰躺的托比與那兩條好夢正酣的狗兒身旁坐了下去，幫他「除草」。

「部落記號。」我指著自己的鼻子說。

他沒啥興趣地在花香瀰漫的迷醉中點了點頭。很好，我現在是一顆有綠色鼻子的石頭。

我縮起身子，膝蓋頂著胸膛，把頭塞在兩腿膝蓋間，眼神從花棚上那像瀑布落下的一大串紫丁香，移到在煦煦微風中碎碎細語的幾叢水仙，再移到已經在今天脫去那身連綿雨衣的春天景色。春天正在四處歡躍——這讓我作嘔，彷彿這個世界已經遺忘了在我們身上發生的不幸遭遇。

「我才不會把她的東西收進紙箱裡。」我不假思索地說。「才不會。」

托比轉過身子，用手遮住臉，試著想擋住陽光，這樣才能看見我。令我驚訝的是，他說：「當然。」

我點點頭，他也點點頭，然後我忽地躺倒在草地上，用手臂遮住我的臉，這樣他才不會看見我正偷偷對著手臂淺淺微笑。

接下來我只知道太陽落到了山後，而那座山是高高聳立在我們面前的大仔舅舅。我和托比一定是都睡著了。

「我覺得自己好像好女巫葛琳達。」大仔說：「正在奧茲國外面的罌粟花田看著桃樂絲、稻草人和兩隻托托狗。[13]」僅僅幾朵在春季綻放、讓人迷醉昏睡的花朵，哪裡比得過大仔洪鐘般的嗓門。「我猜要是你們再不醒過來，我就要施法術讓雪下在你們身上了。」我無精打采地對他咧嘴笑笑，他嘴唇上那兩道對稱的巨大翹八字鬍，彷彿高調地宣告自己就是個怪胎。他正提著一個紅色的冷藏箱，彷彿提著公事包。

「分派得如何？」我用腳輕輕踢著冷藏箱。我們家正處於火腿危機。喪禮過後，四葉草鎮似乎出現一項最高指導原則，所有的人都要帶著火腿順路經過我們家門口。家裡到處都是火腿，塞滿了冰箱和冷凍庫，堆滿了流理台和爐灶，躺在水槽和冰涼的烤箱裡。人們經過我們家致意時，都是大仔去應門。我和外婆可以聽見他洪鐘似的巨聲一次又一次地說：「喔，是火腿啊。你們真是體貼，謝謝，快進來。」隨著日子一天天過去，大仔收到火腿的反應也越來越戲劇化，特地演給我們看。每次他驚叫：「火腿哪！」我和外婆就會四目相對，然後得極力壓抑衝動，免得冒出不該冒出的咯咯笑聲。現在大仔有個任務，就是確保半徑三十公里內的所有人家每天都有火腿三明治可以吃。

他把冷藏箱放在地上，伸出手來幫我站起身，說：「可能再過幾天，我們家裡就不會再有火腿了。」

我一站起來，大仔就親親我的頭，然後伸手幫托比起身。托比站好後，大仔把他抱入懷裡，我看著個子算很大的托比，消失在那座小山似的擁抱裡。大仔問：「牛仔，你還好吧？」

「不怎麼好。」他老實說。

大仔放開他，一隻手仍搭在他肩膀上，另外一隻手放到了我的肩膀。他看著托比，然後眼神

⓭皆為《綠野仙蹤》的角色，故事裡有一隻叫做托托的狗，和桃樂絲被龍捲風帶到奇妙陌生的奧茲國，奧茲國城牆外佈滿罌粟花田，一進入就會昏睡。

移到我身上，說：「這是沒辦法逃避的事，只能熬過去……我們每個人都一樣。」他像摩西一樣說出這句話，我們兩個都點點頭，彷彿已經被賦予偉大的智慧。「我去找點松節油給妳吧。」她對我眨眨眼。大仔一眨眼，魅力簡直無法擋——從他名下那五次的婚姻紀錄可以得證。他鍾愛的第五任太太離開之後，外婆堅持要他搬進來和我們一起住，說：「妳們那可憐的舅舅如果繼續為愛傷神，遲早把自己餓死。心情悲痛會讓人根本無心料理。」

這一點已經被證實了，但只在外婆身上。現在她煮出來的東西嚐起來全像是焦灰。

我和托比跟著大仔走進屋裡。大仔在一幅畫前停下，畫裡是他的妹妹，也是我那失蹤的母親：佩吉・沃克。十六年前她離家出走前，外婆一直在替她畫這幅肖像，她從沒能畫完，但還是掛了起來。畫就掛在客廳壁爐上方。只有一半的母親，長長的綠色頭髮像流水般圍繞著一張不完整的臉。

外婆總是說，我們的母親會回來。「她會回來的。」她說得好像媽媽只是到店裡去買些雞蛋，或是去河裡游個泳。有很長一段時間，外婆老是這樣說，而且又那麼肯定，因此在我們姊妹倆更懂事之前，從未質疑過這一點，只是花上很多時間去等電話或門鈴響起，或盼著有信送到家裡。

我用手輕輕拍了拍正盯著那幅「一半的母親」猛瞧的大仔，他彷彿迷失在一段憂傷的對話中。他嘆口氣，一隻手摟住我，另一隻手摟住托比，三個人一塊兒沉重地緩緩踱到廚房，像是一個裝滿悲傷、三頭六腳的巨無霸布袋。

晚餐，不出所料，又是火腿，還有我們幾乎沒碰的焦灰砂鍋菜。

之後我和托比守在客廳地板上，聽著貝莉的音樂，專心地看著數不清的相簿，完全讓我們的心碎成一片片。

我不斷從對面悄悄偷看托比。我幾乎能見到貝莉在他身邊轉來轉去，從後面冒出來，雙手摟住他的脖子，就像她以前常做的那樣。她會在他耳邊說些噁心到令人尷尬的情話，然後托比會回逗她，兩人都把我當成是空氣。

「我能感覺到貝莉。」我最後終於說了，她的存在感讓人難以抗拒。「就在這裡，她和我們在一起。」

他從擺在大腿上的相簿裡抬起頭，很是驚訝：「我也這麼覺得。我一直都這麼認為。」

「這真是太好了。」一說出口，我頓覺如釋重負。

托比露出微笑，他的眼睛瞇了起來，如同太陽就在他的臉上。「的確是，小藍。」我記得貝莉有次告訴我，托比和人類不會講太多話，但卻能夠只說幾句話就馴服牧場上受驚的馬兒。就像方濟各[14]一樣，我曾這麼對貝莉說，而且我也的確相信——他那低沉、緩慢與平靜的聲音令人感到寬心，就像夜裡不斷拍打岸邊的海浪。

我繼續看著貝莉在四葉草小學戲劇表演《彼得潘》裡飾演溫蒂的相片。我倆都沒有再提到這

[14] 指St. Francis of Assisi，義大利傳教士，愛護動物，是自然環境與動物的守護聖人，歐美公園裡常有其雕像，手上可以放置水或食物讓鳥兒進食。據傳其臨死前，要求修士們將他抬到樹下，讓花瓣落在身上，並與原野的小動物道別。為了紀念他，其逝世之日（十月四日）定為世界動物日。

件事，但貝莉就在身旁的感覺，撫慰了我們整個傍晚。

之後，我和托比站在花園旁道別。令人昏昏欲睡、身體飄飄欲仙的玫瑰花香將我們吞沒。

「小藍，和妳消磨時光很棒，讓我覺得好過些了。」

「我也是。」我拔起一瓣薰衣草。「好過多了，真的。」我小聲地對玫瑰花叢說，不確定我是不是甚至想讓他聽到，但當我抬起頭偷覷他的表情，他那獅子般威武的相貌變得有些像幼獸。

「是啊。」他看著我，深色眼珠閃著光芒，卻也同時透著悲傷。他抬起手臂，有那麼一瞬間，我以為他會伸手過來碰我的臉，但他只是用手指梳過那一頭塌扁的金色陽光頭髮。

我們以慢動作走完剩下的那幾步台階。一走到底，露西和艾瑟爾便不知道從哪裡冒了出來，攀上托比整個身子，他跪在地上和牠們告別。托比一手拿著滑板，另外一隻手又揉又拍著那兩隻狗，同時對著牠們那身毛髮低喃著某種難以理解的話語。

「你真的是方濟各耶，對吧？」我對聖人特別著迷——我是指奇蹟那部分，可不是指苦行。

「我聽過很多次了。」一抹溫柔的微笑緩緩在他兩頰蜿蜒展開，最後落腳在眼底。「大部分都是妳姊姊說的。」有那麼一瞬間，我想告訴他，這麼想的人是我，才不是貝莉。

他結束和兩隻狗的告別，站起身，把滑板扔到地上，用一隻腳穩住。他沒有踩上滑板，而是等了彷彿有幾年那麼久的時間。

「我該走了。」他卻沒有動作。

「是啊。」我說。又是幾年的時間過去了。

在他終於跳上滑板之前，他與我擁別，在悲傷的星空下，我們緊緊互相擁抱，有那麼一刻，我感覺到我們碎掉的是同一顆心，而不是兩顆。

但突然間我感覺到某種硬硬的東西抵著我的胯下，是他，是「那玩意兒」。要死了！我很快抽回身子，說再見，跑回屋裡。

我不知道他是不是曉得我感覺到了。

我什麼都不知道。

貝莉戲劇課的某個人
在喪禮結束時大聲喝采
所有人都跳了起來
開始鼓掌
我記得當時還想著，屋頂
會被如雷的掌聲掀起
想著，悲痛是一間房
裝滿飢渴的絕望光芒
我們鼓掌了十九年
在貝莉活著的世界裡
沒有停止鼓掌

當太陽落下、月亮升起
當所有人源源不絕來到家裡
帶著食物與極度哀傷
沒有停止鼓掌
直到拂曉
我們關上了門
不讓托比進來
他得自己踩著哀傷回去
我知道我們一定早已經離開那地方
一定早已經洗過澡、睡過覺和吃過東西
但在我心裡，外婆、大仔舅舅和我
好幾個星期都是這副樣子
就只是盯著那扇關閉的門
手裡什麼都沒有
只有空氣

（在一張被風吹過大街的筆記本紙頁上發現的。）

4

這是喬伊．方特尼在樂團練習上首次獨奏喇叭時發生的狀況：我第一個發難，昏倒在瑞秋身上，瑞秋倒在凱西迪．羅森索身上，他絆倒了薩查利．昆特，薩查利整個人摔倒在莎拉頭上，結果莎拉轉了一圈撞倒路克．雅各斯——一直到樂團裡每個人都倒在地上，東倒西歪跌成一團。接著屋頂炸了開來，牆壁倒塌，我往外一瞧，見到座落在學校旁的那片紅杉林已經連根拔起，結隊來到方形中庭，朝我們教室走來，一幫巨大的木頭人一起拍著枝椏鼓掌。最後，雨河的河水淹沒了河岸，左右迂迴繞道，一直流進了四葉草高中的音樂教室裡，把我們都沖走——這傢伙就是這麼神！

當我們其他音樂造詣沒他那麼高明的凡人回神到能繼續演奏時，連忙跟著演奏下去，但練習結束後，大家收拾樂器時，整間音樂教室安靜得像是一座空教堂。

詹姆斯老師只是一直盯著喬伊，彷彿把他當成鴕鳥，直到最後他終於恢復了說話的能力，說：「真是了不起。就像各位常說的，真夠屌。」大家都哈哈笑了。我轉頭看看莎拉作何感想。在那頂巨大的牙買加帽[15]下，剛好可以清楚看見她的一隻眼睛。她用嘴型無聲說出：要死了我真不敢相信。我往喬伊的方向望過去，他正在擦拭喇叭，滿臉通紅，不知道是因為大家的反應，還

⑮ Rasta hat，毛線圓帽，多半附帶仿黑人的辮子。

是因為剛才的吹奏？我不確定是哪個原因。他抬起頭，正好迎上我的目光，對我期待地揚起雙眉，好像剛剛才從他喇叭裡吹出來的那陣暴風，是正對我而來。但為什麼呢？而且為什麼我發現他一直在看著我演奏？那不是因為對我有興趣，我是說，「那種興趣」，我看得出來。他目光專注，看著我的模樣彷彿我是個病人，就像以前瑪格莉特曾在某堂課上那樣看著我一樣，想要找出我到底是哪根筋不對。

我轉過身，聽見瑞秋說：「妳想都別想，他已經有人看上了。小藍，反正妳也根本配不上他。我是說，上次妳有男朋友是什麼時候了？喔，對了，妳從來就沒有過！」

我想著在她的頭髮上點火。

我想著中古世紀的酷刑：尤其是拷問台。[16]

我想著告訴她，去年秋天那場首席的徵選會上到底是怎麼回事。

但我只是像這一整年那樣地忽視她，擦拭我的豎笛，希望我現在滿心想著的，的確是喬伊．方特尼，而不是和托比之間發生的那件事——每次我一想起他壓在我身上的那種感覺，就會全身猛打顫——這絕對不是妳姊姊男友在妳面前勃起後該有的反應！而更糟的部分藏在我心底最深處，那就是我的心並沒有像實際抽開身子那樣離開他，而是仍停留在那片靜默天空下，留在他的懷抱裡，這讓我因為羞愧而臉紅。

我關上豎笛盒，希望對托比的歪念也能這樣關上就好了。我環視音樂教室——其他演奏管樂的人已經圍聚在喬伊身旁，彷彿那股音樂魔力能傳染似的。自從我第一天回到學校之後，我和他之間一句話都沒說過。其實我和學校其他人也幾乎沒說過什麼話。連莎拉也是。

詹姆斯老師拍拍手引起全班注意，以沙啞刺耳的興奮語氣提起暑期樂團練習，因為還不到一個星期，學校就要放暑假了。「住在學校附近的同學，我們會持續練習，七月開始。有哪些人來，我們就演奏哪些適合的曲子。我在想爵士樂——」他像西班牙吉普賽舞者那樣打了個響指。「也許是一些熱情的西班牙爵士樂，但其他意見也隨時歡迎。」

他像教堂集會前的牧師那樣舉起雙手，說：「我的朋友們，找到節拍，勤奮練習。」每一堂他都是這麼結束。但過了一會兒，他又拍拍手，說：「差點忘了，有誰打算去參加明年州立樂團的徵選？舉起手讓我瞧瞧。」糟糕。我扔下鉛筆，彎下腰，避開任何可能與詹姆斯老師目光相接的機會。我仔細檢查完地板後，重新冒出來，這時我的手機在口袋裡震動。我轉向莎拉，她露在帽子外的那隻眼睛瞪得老大。我偷偷拿出手機，看她的簡訊：

妳沒有舉手？！

獨奏讓我想起妳那天的表現！

今晚過來嗎？

我轉過身，用嘴型無聲對她說：不行。

她拿起一根鼓棒，誇張地用雙手握著，假裝刺進自己的肚子。我知道這招切腹自殺的背後，

⓰ The rack，將人手腳固定並拉扯逼供的刑台。

其實是我對她不斷增加的傷害，但我不知該怎麼辦才好。在我們的人生當中，這是第一次，我在她沒有辦法找到的地方，我也沒有地圖能給她，領著她找到我。

我迅速收拾東西好避開她的目光，這並不難，因為路克．雅各斯已經來到她面前緊迫盯人。我一面收拾東西，莎拉提到的那一天情景一面飛也似在我腦海中上映。那是高一剛開學的時候，我們兩個人都入選了榮譽樂團。詹姆斯老師那天對大家的表現異常沮喪，忍不住跳上椅子大喊：「你們到底是哪根筋不對啊？你們自認為是音樂家嗎？！你們得放開膽子去嘗試！去實際感受什麼叫做音樂！」然後他說：「快點，跟我走。可以帶上樂器的人就帶著。」

我們排成一隊離開教室，走過小徑來到樹林，河流在樹林裡奔騰怒吼。我們全都站在河岸邊，詹姆斯老師爬上一塊石頭，對我們發表演說。

「現在，仔細聽，仔細學，然後演奏。只要演奏，製造出聲音。製造出什麼都好。製造出音——樂！」然後他開始指揮起河流、風與樹林間的鳥兒，完全像個瘋子。在我們克服歇斯底里，好不容易安靜下來之後，一個接一個，我們之中帶著樂器的人開始演奏了。而我居然是第一個演奏的。過了一會兒之後，河流和風和鳥兒和豎笛和直笛和雙簧管的聲音全都混在一起，變成一片不和諧的壯觀混亂，詹姆斯老師的注意力從森林轉回到我們身上，搖擺起身子，雙手連續左右晃動，說：「就是這樣，就是這樣。就是這樣！」

那就是他想要的。

那天我們回到教室後，詹姆斯老師走到我面前，遞給我瑪格莉特．丹尼斯的名片，說：「打電話給她，馬上就打。」

我回想喬伊今天大師級的演奏，可以在自己的手指上感覺到同樣的悸動。我將手指握成拳頭。不管那股悸動是什麼，不管詹姆斯老師那天帶我們去樹林找到的東西是什麼，不論是放縱或是熱情，不論是創新或只是單純的勇氣，喬伊擁有那樣東西。

他的膽子放開了，我的卻還縮在次席的位置上。

5

小藍？
幹嘛？
妳醒著嗎？
對啦。
我們做了耶。
做什麼？
托比和我做了，昨晚發生了關係。
我以為你們早做了不知道幾百次。
才沒有。
那……
感覺棒透了。
那恭喜啦。
小聲點，為什麼妳不能為我和托比感到開心呢？
我不知道。
怎麼回事？妳忌妒嗎？

我不知道耶……抱歉。

沒關係，算了啦，去睡覺吧。

妳想要的話就說一說嘛。

我不想再說了。

好吧。

好吧。

（在雨河岸邊一個外帶紙杯上發現的。）

我知道是他，卻希望我事先根本不知道。我希望自己聽見小石頭扔在窗戶上「砰」的一聲時，第一個冒出來的念頭，是隨便什麼人都好，而不是托比。我正坐在貝莉的衣櫥裡，在牆上寫著一首詩，試著想抑制在我體內那像彗星被困住般四處亂竄的驚慌。

我脫下套在身上的貝莉衣服，握住衣櫥門把，把自己抬回到聖地。我光腳走過房間地板上那三張被踩得扁扁的藍色地毯，來到窗前。藍色地毯宛如蔚藍天空，我和貝莉這麼多年來總是在上頭又蹦又跳，舉行殺到見血的跳舞競技，比賽誰先讓對方發瘋狂笑，地毯居然都沒踩壞。我總是輸給貝莉，因為她有雪貂臉這項武器，再加上出色的猴子舞，保證致命。要是她一開始就同時使出兩招（如此不計形象我可做不來），我絕對徹底輸慘，無可救藥地癱在地上，笑得死去活來，次次靈驗。

我靠向窗台，一如所料，看見托比站在近滿月的月光下。很不幸，我沒法鎮壓住身體內部的倒戈叛變。我深呼吸一口，然後走下樓打開門。

「嘿，什麼事？大家都睡了。」我的聲音聽起來粗嘎，好像很久沒使用過，感覺就像蝙蝠可能會從我嘴裡飛出來。我在門廊的燈光下仔細端詳他。他臉上滿是放肆的悲傷。彷彿就像在照鏡子。

「我想也許可以找妳殺點時間。」他說。我心裡聽到的是：硬起來了，硬了，勃起，搭帳篷，硬了硬了硬了——「小藍，我有件事要告訴妳，我不知道還能向誰說。」他聲音裡那股迫切讓我打了一個顫。他頭頂上那盞紅色的警示燈已經閃亮到不能再閃了，但我還是無法說不，我不想說。「先生，進來吧。」

他經過我身邊時，以一種友好、兄長似的方式碰了碰我的手臂，讓我感到安心。也許男生一直都處在勃起狀態吧，沒什麼特別理由——我對男生小弟弟硬起來的知識等於零。我只親過三個男生，所以我對現實生活裡的男人毫無經驗，即使我對書裡那些男生可說是專家，尤其是希斯克里夫，他都不會勃起——等等，現在我才想到有這麼回事，他和凱瑟琳待在沼澤地時，一定一天到晚都在升旗。希斯克里夫一定是個整天那裡都硬邦邦的男生。

我在他身後關上門，示意他跟我上樓走到聖地時要安靜，聖地有隔音設備，好保護屋子裡的其他人對抗數年來殺雞狗叫般的豎笛聲。要是外婆知道托比在上學日凌晨快要兩點時來這裡找我，一定會心臟病發作。小藍，不管哪天晚上都是。這絕對不是她心裡所想的那種對托比伸出援手的方式。

聖地的門一關上，我放了些最近一直在聽的獨立搖滾音樂，歌詞成天嚷著要自殺。然後我坐到地板上，坐在托比身旁，我們背靠著牆，腿往前伸得筆直。我們沉默地坐在那兒，就像兩塊石板。好幾個世紀的時間就這樣流逝。

我實在忍不下去了，便開玩笑說：「你很有可能已經把男人堅強寡言這種典型發揮到了極致。」

「喔，抱歉。」他搖搖頭，很不好意思。「我根本沒注意。」

「注意什麼？」

「我沒講話……」

「真的假的？不然你以為你在幹嘛？」

他歪了歪頭，瞇起眼迷人地笑了，說：「我正在模仿院子裡的橡樹。」

我笑出聲來，說：「很好啊，你模仿得真道地。」

「謝謝……我想貝莉一定很受不了吧？我這副悶葫蘆樣。」

「才沒哩，她超喜歡，她告訴過我，說這樣比較不會有意見不同的時候……外加她可以有更多表演空間。」

「的確。」他安靜了一分鐘，然後聲音有些哽咽沙啞地說：「我們實在太不同了。」

「是啊。」我輕輕地說。根本就是完全相反的典型，托比總是穩重，不動如山（不在馬背上或滑板上的時候），貝莉卻什麼都來：走路、說話、大笑、跑趴，一切以光速進行，而且光芒四射。

「是妳，讓我想到她……」他說。

我差點脫口問：啥？你不總是把我當成路邊石頭嗎？但我說的卻是：「才不呢，我的燈泡瓦數才沒她那麼亮。」

「妳也很亮眼的……黯淡的人是我才對。」他聽起來意外地像還沒變聲的小男生。

「她才不這麼認為。」我說。他的眼神因為這句話而變得溫暖——簡直要我命了。我們要拿這麼多的愛意怎麼辦？

他不敢置信地搖頭，說：「我實在很幸運。那本巧克力書……」

那幅景象突然襲來：他們相遇的那天，托比踩著滑板回來時，貝莉從石塊上跳下來，說：「我就知道你會回來！」她興奮大喊，把書扔到空中。「就像這個故事一樣，我就知道！」

我感覺到托比心裡也正上演同一天的景象，因為我們禮貌性的輕鬆對談戛然而止——我們話語裡所有的過去時態忽然堆疊起來，彷彿要壓垮我們。

我見到絕望慢慢爬上他的臉龐，同時一定也爬上了我的臉。

我環視臥房，注視著整片連綿的橘色牆壁，原本多年來牆壁一直是沉悶的藍色，直到我和貝莉在上頭刷上厚厚一層橘色。貝莉曾說：「如果這還不能改變我們的生活，我還真不知道有什麼能？這個，小藍，是不凡的顏色[17]。」記得當時我還想著不想生活從此改變，也不懂貝莉為什麼想。我記得當時自己想著：我其實一直都很喜歡藍色的牆壁。

我嘆了口氣。「托比，我真高興你過來。我一直都躲在貝莉的衣櫥裡逃避現實，一躲就好幾個小時。」

「很好啊。我是說，妳很高興我來找妳。我不知道是不是該來打擾妳，但我反正也睡不著……跑去亂滑差點讓自己掛掉的滑板，結果就滑到這裡來了，坐在棕櫚樹下快一小時，一直在想要不要……」

托比聲音裡的豐富音色忽然讓我意識到房間裡另外一道聲音，從喇叭發出歌手的刺耳歌聲，聽起來像是正被人用盡全力掐住脖子，我站起身，去放些旋律比較優美的音樂，再坐回托比身邊時，我吐露了真心話：「學校裡沒人能理解，他們不是真的懂，即使莎拉也一樣。」

他仰頭往後靠在牆上，說：「如果不是親身體驗，就像我們一樣，不知道他們是否真的會懂？我不曉得……」

「我也不曉得。」忽然間，我想擁抱托比，因為今天晚上我不用再自己一個人沉浸在失去貝莉的悲傷裡，感覺大大鬆一口氣。

他正低頭看著自己的雙手，眉毛緊皺，像是正在掙扎著要怎麼說出口。我等著。

繼續等。

仍舊在等。貝莉是怎麼敢打破這種沉默的？簡直就像收不到訊號的收音機。

他抬起頭時，臉上全是憐憫與青澀。話語從他嘴裡連珠砲似地吐出：「我從沒這麼貼近認識一對姊妹，小藍，我好替妳感到難過。我實在很難過。我一直在想，妳沒有了她該怎麼辦？」

⓱ the color of extraordinary，color亦指本性、本色，此段呼應故事結尾，出現在貝莉墓誌銘上的墓誌銘。

「謝謝。」我輕聲說，打從心底感謝，忽然間我很想去碰觸他，把手放在他的手上，他的手正放在大腿上，觸手可及。

我瞄了他一眼，他坐得離我那麼近，近到可以聞到他頭上洗髮精的味道，我無法擺脫一個驚人的可怕念頭：他真的很帥，帥到翻了，我以前怎麼從來沒注意到？

我自己回答：小藍，他是貝莉的男朋友耶！妳是怎麼搞的？

親愛的腦袋。我用手指在牛仔褲上寫著。規矩點。

對不起，我在腦袋裡對貝莉小聲說，我不是故意要這樣看托比的，我對貝莉保證，絕對不會再發生了。

只是，他是唯一能了解我感受的人，我附帶解釋。真要命。

又是一小段無言的時間過去後，他從外套口袋裡拿出一小罐龍舌蘭，打開。

「要不要來點？」他問。太好了，這東西派得上用場。

「當然好。」我幾乎不碰酒，但也許酒精能幫得上忙，說不定能把我體內那股瘋狂趕走。我伸過手去拿，拿到酒瓶時，我們兩人手指擦過的瞬間似乎太久了些——我決定那只是自己的想像罷了。我把酒瓶舉到嘴邊，先少少嚐一小口，接著優美地全吐出來，濺了我們滿身。「噁，真難喝。」我用袖子擦擦嘴巴。「受不了。」

他笑出聲來，伸出兩條手臂，讓我看看自己的傑作。「需要時間慢慢習慣。」

「對不起。」我說：「不知道會搞成這樣。」

他舉起酒杯回敬，然後豪飲一大口。我下定決心要再試一次，不要再一口噴出。我伸手去拿酒瓶，舉到嘴邊，讓酒精一路燒過喉嚨，然後又喝了一口，這次比較大口。

「很簡單吧。」托比把酒瓶從我這兒拿走。「小藍，我得告訴妳一件事。」

「好啊。」我正享受著開始在我體內沉澱的暖意。

「我曾要貝莉嫁給我……」他說得太快，一開始我還沒能理解。他正看著我，揣測我會有什麼反應。這明顯是——搞什麼？！

「嫁給你？你在說笑吧？」我很確定這不是他想要的回應，但我完全措手不及。他大可以同樣輕鬆地告訴我，貝莉一直在祕密計畫想要從事吞火表演。他們兩個都才十九歲耶，而且貝莉還有婚姻恐懼症！

「她怎麼說？」我很怕聽見答案。

「她答應了。」他語氣裡的希望與絕望一樣強大，這個誓言仍活在他心裡。她答應了。我拿過龍舌蘭，喝下一大口，甚至沒嚐出味道或感覺到那股燒灼。我很震驚貝莉居然想要嫁給他，同時也因為這個事實而受傷，為了她從沒告訴過我而感到受傷。我得知道她一直以來到底在想些什麼。我不敢相信自己居然無法再去問她了。再也沒有辦法。我看著托比，看見他眼裡的誠摯，就像軟綿綿的小動物。

「對不起，托比。」我試著隱藏不以為然與受傷的感情，但接下來我還是忍不住問：「我不知道她為什麼沒有告訴我。」

「我們本來下星期要告訴大家的，我才剛求婚而已……」他口裡的「我們」讓我感覺很刺耳。所謂的「我們」一直以來都是我和貝莉，不是貝莉和托比。忽然間我覺得自己被排擠了，在一個甚至不會發生的未來裡。

「但她的演戲事業怎麼辦？」我其實想問的是：那我怎麼辦？

「她之前就在演戲了……」

「是沒錯，但是……」我看著他。「你知道我的意思。」但我從他的表情看得出來，他根本不明白。的確，女孩都夢想著婚禮，但貝莉卻夢想著茱莉亞：紐約市的茱莉亞音樂學院[18]。有次我在官網上見到這間學校的宗旨：為全世界享有天賦的音樂家、舞蹈家與演員提供最高水準的藝術教育，將潛能激發到最大，使之成為藝術家、領袖以及世界公民。的確，貝莉去年秋天申請被拒後，便去就讀四葉草州立大學（她唯一另外申請的一所大學）。但我一直很確定貝莉會再申請一次。我是說，她怎麼會不再試一次呢？那可是她的夢想。

我們不再談論這個話題。風已經轉強，開始想吹進屋裡，發出聲響。我打了一個冷顫，從搖椅上抓過一條薄毯蓋在腿上。龍舌蘭酒讓我覺得自己好像正在融化到什麼都不剩，我想要這樣，想要消失。我有股衝動，想在橘色的牆上寫滿字——我需要一種符號系統，裡面滿是從書上撕下來的字尾、從時鐘扯下來的時針、冰冷的石塊，還有只裝著風的空鞋。我把頭靠在托比的肩膀上，說：「我們是這世界上最傷心的人。」

「說得好。」他捏捏我的膝蓋好一會兒。我忽略他碰觸我所帶來的顫慄感。他們可是已經說好要結婚了。

「我們該怎麼辦？」我低聲說。「一天又一天沒有她的日子……」

「喔，小藍。」他轉過頭面對我，用手整理我臉頰兩旁的頭髮。

我繼續等著他把手移開，轉回頭，但他沒有。他沒有把手移開，視線也沒有離開我。時間慢了下來。有什麼東西在這個房間裡轉變了，在我們兩人之間。我看進他悲傷的雙眼，他也看進我悲傷的雙眼，於是我想，他和我一樣思念貝莉，就是這個時候他吻了我——他的嘴唇柔軟、熾熱，如此富有生命力，我忍不住呻吟。我希望自己能退開，但我沒有。我回吻他，不想停下，因為在那一刻，我感覺就像自己和托比兩個人一起合力，總之不知道用了什麼方法，超越了時間，將貝莉拉了回來。

他退開來，跳起身子，說：「我不懂。」他一下子整個人都慌了，在房間裡不斷踱步。

「老天，我該走了，我真的該走了。」

但他沒有走。他坐在貝莉的床上，從那兒看著我，然後嘆了口氣，彷彿對某種看不見的力量屈服。他喊了我的名字，他的聲音如此粗啞與催眠，將我的身子拉了起來，拉著我走過好長一段距離的羞愧與罪惡感。我不想走向他，但我的確也想靠近他。我不知道該如何是好，卻依然走過房間，身子因為龍舌蘭而有些搖晃，來到他身旁。他輕輕拉住我的手。

「我只是想待在妳身邊。」他低聲說：「只有這時候，我不會因為想念她而死去。」

「我也是。」我的手指擦過散佈在他臉頰上的雀斑。他眼眶開始泛淚，然後我也跟著泛淚。我坐在他身邊，然後兩人一起倒在貝莉的床上，手腳在對方身上不安分地撫摸。我在他充滿安全感的強壯手臂裡睡著前的最後一個念頭，是希望我們身上的味道，不會取代貝莉最後仍殘存著、

⑱ Juilliard School，美國知名綜合表演藝術學院，包含音樂、舞蹈與戲劇。

深深浸在這些被枕上的氣味。

我再次醒過來時，正面對著托比，我們的身體壓在一起，呼吸交纏。他正看著我。

「小藍，妳真美。」

「才怪。」然後我猛地嗆出一個名字：「貝莉。」

「我知道。」他說。但他還是吻上了我。「我情不自禁。」

他直接在我唇上低喃。

我也情不自禁。

我
希望
自己的
影子
可以
起
身
然後
走在

我
身邊

（四葉草高中裡，在一個花盆裡的法文小考試卷背後發現的。）

6

曾有一對姊妹共享同一間臥房，
穿同樣的衣服，
在同一個時刻裡出現同樣的念頭。
這一對姊妹沒有母親
但她們擁有彼此。
姊姊總是走在妹妹前面
所以妹妹知道該往哪裡走。
姊姊帶著妹妹到河邊
兩人仰躺漂浮在水上
一如死者。
姊姊會說：
把頭浸到水裡幾公分
然後睜開眼睛，抬頭看太陽
妹妹：
我的鼻子會進水啦

姊姊：
來嘛，試試看
妹妹照做了
於是她整個世界充滿了光

（在山脊柵欄間卡著的一張筆記本紙上發現的。）

猶大、布魯特斯、班乃迪克．阿諾[19]，還有我。

更糟的是，每次我只要一閉上眼，就能再度看見托比那張獅子臉，他的雙唇離我的嘴唇僅僅只有一個呼吸的距離，讓我從頭到腳一陣顫慄，不是因為應該要有罪惡感，而是因為慾望——接著，就在我允許讓自己沉浸在與托比接吻的幻想中時，我看見貝莉，她就在半空中俯瞰著我們接吻，臉龐因為受到驚嚇與遭到背叛而扭曲著：她的男友，她的未婚夫，吻著她那背信忘義的妹妹，就在她自己的床上。夠了！羞愧就像隻看門狗，緊緊盯著我不放。

[19] 此三位皆為歷史上著名叛變人物：猶大在最後的晚餐出賣了耶穌；布魯特斯曾是凱撒心腹，因熱愛民主而加入刺殺凱撒的行列。莎士比亞戲劇曾描寫凱撒臨死前不敢置信地反問：「Et tu, Brute?」意為：「布魯特斯，連你也是？」此句在西方世界廣為流傳與使用，用來形容連最親近之人也陣前倒戈的心痛與不可置信。班乃迪克．阿諾（Benedict Arnold）為美國獨立戰爭時重要軍官，後卻變節投靠英軍。

我正在自我放逐中，蜷縮在學校後方樹林裡我最愛的那棵樹上，躲在斷裂的樹枝間。這陣子我每天午餐時間都跑來這裡，把自己藏起來直到上課鐘響，用筆在樹枝上刻著字，讓我的心在沒人看見的地方能徹底碎個痛快。我無所遁形——學校裡每個人都能完全看穿我。

我正要伸手去拿外婆替我裝好的牛皮紙袋時，聽到底下傳來細枝斷裂的聲音。慘了。我往下一看，瞧見喬伊．方特尼。我整個人僵住。我不想讓他看見我這副德行：小藍．沃克，在樹上吃午餐的精神病患（躲在一棵樹上，絕對不是什麼精神正常的人會幹的事！）。他疑惑地在我底下轉著圈圈，彷彿正在找人。我幾乎不敢呼吸，但他沒有繼續往前走，而是就停在我這棵樹下。接著我不小心讓紙袋發出沙沙的聲響，他抬起頭，瞧見了我。

「嗨。」我表現得彷彿樹上是吃午餐最正常的地方。

「嘿，妳在這裡啊——」他停了停，試圖掩飾。「我只是不知道學校後頭有什麼……」他四處張望。「這裡可是蓋蘆餅屋或鴉片館的最佳地點。」

「你早就形跡敗露啦。」我很訝異自己這麼放肆。

「好吧，罪證確鑿。我在跟蹤妳。」他對我微笑——又是那副同樣閃亮的微笑——不得了，難怪我之前會以為——

他繼續說：「我猜妳會想獨處。妳大老遠跑來這裡，還爬上樹，大概不是因為渴望有人能與妳聊天吧？」他朝我望了一眼，滿懷希望。即便我身處如此淒慘的感情狀態，被托比折磨得焦慮不安，即便喬伊已經被壞女人庫伊拉[20]給看上了，我還是被他迷倒了。

「要上來嗎？」我讓給他一根樹枝，他大概不到三秒就跳上了樹，在我身邊找到適合的位置坐下，然後對我猛眨眼放電。我都已經忘了他的眼睫毛有多厲害。根本就是「不得了」再來個平方啊！

「吃什麼？」他指著牛皮紙袋。

「有沒有搞錯？先是打擾我的獨處，現在還要討食物？你是在哪裡被養大的啊？」

「巴黎。」他說。「所以我只討精緻美食[21]吃。」

喔，真慶幸我學過法文[22]。哎呀，難怪全校都在談論他，難怪我之前想要吻他。我甚至短暫地原諒了瑞秋那根從背包裡冒出來的白癡法國麵包。他繼續說：「不過我是在加州出生的，在舊金山一直住到九歲，一年前又搬回舊金山，所以現在我們在這兒啦。不過我還是很想知道紙袋裡有什麼好料？」

「你永遠都猜不到啦。」我告訴他。「其實我也猜不到。我外婆覺得把各種東西放進我們的——我的午餐紙袋裡，是件有趣的事。我從來都不知道裡頭會是什麼：康明思[23]的詩、花瓣、一把鈕釦。她似乎忘了這個牛皮紙袋原來是做什麼用的。」

「也許她認為其他形式的營養更重要。」

「她就是這麼想。」我訝異地說。「好吧，你要幫忙猜一猜嗎？」我舉起袋子。

---

[20] Cruella de Vil，迪士尼卡通《101忠狗》中之大反派。
[21] 原文為法文：「raffiné」，refined（精美）之意。
[22] 原文為法文：「j'etudie le francais」，意為「I studied French（我學過法文）。」
[23] E. E. Cummings（1894~1962），美國著名詩人、畫家與作家。

「我突然很害怕耶，裡面有沒有裝過活的東西？」眨眼。眨眼。眨眨眼。好吧，我可能需要一點時間，才能對他猛眨眼放電的睫毛免疫。

「我永遠都不知道……」我試著讓聲音不要透露迷醉的心情。而且我要假裝坐在樹上接・吻・的詩句沒有正好從腦袋裡冒出來。

他拿過紙袋，用誇張的盛重手勢將手伸進去，然後拿出了一個——蘋果。

「蘋果？這落差未免太大了吧？」他把蘋果扔給我。「大家都有蘋果。」

我催促他繼續。他伸手進去，拿出一本《咆哮山莊》。

「那是我最喜歡的書。」我說。「這本書能讓我心情安定，我已經讀了二十三次了。她每次都把這本書放進來。」

「咆哮山莊——妳還讀了二十三次！史上最悲情的書耶，妳要怎麼正常過日子？」

「我得提醒你嗎？我可是在午餐時間坐在樹上！」

「是沒錯。」他又伸手進去，這次拿出一朵去掉花莖的紫色牡丹。牡丹濃烈的香氣立刻襲來。「哇喔！」他深深吸進一口。「我覺得自己好像要飄起來了。」他把花拿到我鼻子下方。我閉上眼，想像花香也讓我飄飄欲仙。我辦不到。不過我倒是想起了一件事。

「我一直以來最喜歡的聖人是聖若瑟[24]。」我告訴他。「他會飄上天空。只要他一想到上帝，他就會在一陣狂喜中升天。」

他歪過頭，懷疑地看著我，揚起眉毛，說：「聽妳鬼扯。」

我點頭，說：「有一堆見證。他一直都可以升天，就在望彌撒的時候。」

「好吧，我忌妒死他了。我想我只是自稱可以飄上天空而已。」

「那可真遺憾。」我說。「我倒很想看看你吹著喇叭，隨風飄過四葉草高中的模樣。」

「最好是。」他叫嚷。「妳可以跟我一起來，抓著我的腳或什麼的。」

我們很快交換目光，搜尋對方臉上的表情，同時對彼此感到納悶，意外我們之間的距離一下子就拉得這麼近——稍縱即逝，幾乎察覺不到，就像一隻瓢蟲停在你的手臂上。

他把花放在我腿上，我感覺到他手指擦過我的牛仔褲。牛皮紙袋現在是空的了，他把紙袋遞給我，我們不再說話，只是聽著風在我們四周吹過，看著太陽以不可思議的厚重朦朧光線滲透這片紅杉林，就像小孩子的圖畫。

這傢伙是何方神聖？自從回來學校上課後，我在樹上和他講的話，比和其他學校裡的人還要多。但他怎麼可能讀過《咆哮山莊》後，還會喜歡瑞秋那婊子？也許是因為她去過法蘭西的緣故。或因為她假裝喜歡其他人沒聽過的音樂，像是受歡迎到不行的蒙古吐瓦雙聲唱歌手。[25]

「我前幾天有看到妳。」他拿起蘋果，扔出去，再用另外一隻手接住。「就在大草原那邊。我在草地上彈吉他，妳在另外一邊，趴在車上好像在寫筆記還是什麼的，然後妳把那張紙就那樣一扔——」

---

[24] Joseph of Cupertino，據說在二十年的苦修後獲得升天的能力，超過一百次的升天事蹟讓他贏得「飛行修士」的稱號。1753年被封為聖徒。

[25] Throat Singers of Tuva，也稱吐瓦喉唱，源自外蒙古遊牧民族的一種唱法，指利用喉頭與嘴唇、下顎等地方可同時唱出兩個音，亦即一人便能唱出和聲。

「你在偷偷跟蹤我？」我試著掩飾語氣裡因為出現這個念頭而忽然冒出的欣喜。

「也許有一點吧。」他停下扔蘋果的動作。「也許我是對某件事很好奇。」

「好奇？」我問。「好奇什麼？」

他沒有回答，而是開始摘起一根樹枝上的青苔。我注意到他的雙手，修長的手指因為吉他琴弦的關係而長滿了繭。

「好奇什麼啦？」我又說了一次，超想知道是什麼讓他好奇到跟著我爬上樹來。

「是妳演奏的方式……」

那股欣喜從我身體裡流失。「所以？」

「或者說，其實是妳不演奏的方式。」

「什麼意思？」其實我完全知道他在說什麼。

「我是說，妳有成堆的演奏技巧。妳的手指動得飛快，舌頭也是，妳的音域範圍之廣，老天……但就像一下子都中斷了。我不懂。」他笑了出來，似乎不知道他才剛踩到地雷。「妳看起來就像睡著吹豎笛或什麼的。」

血液湧上我的臉頰。睡著吹豎笛！我覺得自己被逮個正著，網裡的魚兒。我希望自己早就離開樂團，就像我之前早就決定好的。我看向遠方的紅杉林，每一棵樹都直直挺入天際，周圍一片平坦。他正盯著我瞧，我感覺得出來，他在等我回應，但不會有的——這是非請勿入區。

「聽著。」他謹慎地說，終於開始意識到他的魅力已經消退。「我跟著妳來到這裡，是想看看我們能不能一起演奏。」

「為什麼？」我的聲音比自己想表現的更大聲、更不爽。一股熟悉的驚恐正慢慢掌控我的身體。

「我想親耳聽到約翰·藍儂的演奏嘛。我是說，誰不想，是吧？」

這個笑話在我們之間爆裂，然後燃燒開來。

「我不這麼想。」我說，剛好鐘聲響起。

「聽我說——」他開口，但我不讓他說完。

「我不想和你一起演奏，好嗎？」

「隨便妳。」他把蘋果用力扔向空中。蘋果還沒落地、他跳下樹之前，他說：「反正也不是我的主意。」

7

愛奴[26]，莎拉的吉普車，在馬路上響著喇叭，把我吵醒——完全出乎我意料。我翻過身，從窗戶往下望，看見她從車裡跳出來，穿著她最喜愛的復古黑長裙與高統軍靴，從黑髮染回金色的頭髮挽成一個髻，臉上搽著慘白到恐怖的粉餅，血紅的嘴唇上叼著一根菸。我看了看時鐘：早上七點零五分。她抬起頭看著在窗內的我，手揮得像是在颶風裡狂轉的風車。

我把被單蓋在頭上，等著接下來鐵定會發生的事。

「我來吸妳的血！」過了一陣子之後，她這麼說。

我從被單裡偷看，說：「妳的確是個出色的吸血鬼。」

「我知道！」她靠近我梳妝台上的鏡子，用塗著黑色指甲油的手指擦去牙齒上的口紅。「我扮成這樣真不賴……哥德風少女。」沒有那身穿著打扮的話，莎拉可以去演《三隻熊》故事裡的金髮女孩[27]。她是個充滿陽光的沙灘少女，卻老喜歡扮成龐克搖滾、嬉皮搖滾、情緒搖滾[28]、金屬搖滾或各種怪胎潮流尖端怪宅男瘋狂嘻哈少女，一層層把自己本來面貌包藏起來。她走過來站在我面前，拉起被角跳上床，連靴子都沒脫。

「小藍，我好想妳。」她巨大的藍色眼珠俯瞰著我，那麼真誠，卻又和她這一身裝扮格格不入。「上學前一起去吃早餐吧！這是高二的最後一天，是傳統。」

「好吧。」我說，然後又加了一句：「抱歉，我最近這麼差勁。」

「別這麼說，我只是不知道能為妳做什麼。我真無法想像……」她沒把話說完，張望著聖地。我看見她忽然一陣擔憂，說：「這實在讓人受不了……」她盯著貝莉的床。「一切都維持原樣。小藍，老天啊。」

「我知道。」我整個人喉嚨一堵，險些要哭出來。「我去換衣服。」

她咬著下唇，試著不要哭出來。「我在樓下等妳。我答應妳外婆，要和她聊聊天。」她下床走到門邊，前一刻她跳上床的地方一團凌亂。我把被單蓋回頭上。我知道這間臥室是座陵墓。我知道每個人進來都不舒服（除了托比，他似乎沒怎麼注意到），但我想要房間保持原樣，讓我感覺貝莉彷彿仍在這兒，或彷彿她會回來。

前往鎮裡的路上，莎拉告訴我她的最新打算，她想擄獲一個甜心，這人要能和她一起討論她最喜愛的存在主義學者沙特。問題是那些瘋狂被她吸引的人，都是些只會衝浪的呆瓜，他們（非偏見）通常並不怎麼通曉法國文學與哲學，因此一定會不斷被打槍，從莎拉的「一定要知道沙特，或至少讀過一些D．H．勞倫斯的書，或最低限度要讀過布朗特姊妹的作品，最好是愛蜜莉．布朗特[29]寫的」約會標準上剔除。

[26] Ennui，原意為枯燥乏味。

[27] 原文為Goldilocks，意為金髮女孩，為童話故事《三隻熊》裡誤闖熊家庭裡後不客氣地大吃大喝的女主角。

[28] Emocore，直譯為「情緒核」，為hardcore punk的一支，樂手皆穿緊身牛仔褲與上衣，長瀏海（通常遮住一半臉），繫著釘有鉚釘的皮帶並穿帆布鞋（或滑板鞋）。

[29] Emily Bronte，布朗特三姊妹之一，最著名也是唯一一部作品即為《咆哮山莊》。

「今年夏天在州立學院有場法國女性主義的下午座談會。」她告訴我。「我要去。妳要來嗎？」

我笑了出來。「聽起來真是認識男生的絕佳地點。」

「到時候妳就知道了。小藍，最酷的男生才不會怕成為女性主義者。」

我轉頭看著她，她正試著想吐出煙圈，但只是吐出一團團煙霧。

我怕死了告訴她托比的事情，但我總得告訴她，對吧？只是我實在太懦弱，於是決定先告訴她比較沒那麼勁爆的消息。

「前幾天我吃午餐時，和喬伊·方特尼在一起。」

「才怪！」

「真的。」

「少來。」

「真的。」

「騙誰啊。」

「真的嘛。」

「根本不可能。」

「就是有可能。」

我們對這種互相打槍的廢話容忍度，簡直高到不可思議。

「妳這臭鴨子！會飛的黃鴨子！妳過了這麼久才告訴我？！」莎拉一興奮，說話就會隨機蹦出各種動物，就像她患有「王老先生有塊地啊咿呀咿呀唷」[30]這種妥瑞氏症候群[31]。「好吧，他人怎麼樣？」

「還不錯。」我看向窗外，心煩意亂地說。我想不出會是誰想要我們兩個一起演奏。說不定是詹姆斯老師？不過，為什麼？而且，老天，光用想的就有夠丟臉。

「小藍，拜託回到現實好嗎？妳剛剛是不是說喬伊．方特尼還不錯？這傢伙馬力十足到讓人瞠目結舌！而且我聽說他還有兩個哥哥：超級馬力乘以三呀！妳覺得怎麼樣？」

「超級馬力哩，妳這蝙蝠女。」我把莎拉逗得咯咯笑，這笑聲從她那張陰森如蝙蝠的哥德妝臉龐上發出來，實在不太搭調。她抽完最後一口菸，把菸蒂扔進汽水罐裡。我又說：「他喜歡瑞秋，你覺得呢？」

「那他有Y染色體。」莎拉一面說一面把一片口香糖塞進她老是閒不下來的嘴裡。「不過，我真搞不懂。我聽說他只在乎音樂，但是瑞秋的豎笛吹得像殺雞一樣。也許是她老把那些有夠蠢的喉唱歌手掛在嘴上，所以他覺得她很懂音樂吧。」英雄所見略同嘛……莎拉忽然在位置上跳了一下，彷彿坐在彈簧高蹺上。「對了，小藍，就這麼辦！去挑戰她的首席位置，就是今天！好嘛，一定會很刺激的——說不定這在樂團裡是頭一遭，在學期結束前的最後一天，挑戰首席位置！」

---

[30] 原文為〈Old MacDonald Had a Farm〉這首兒歌，隨著歌曲進行，各式各樣的動物與叫聲出現在老先生的農場裡。

[31] Tourette syndrome，指病患常出現間歇性的小動作，通常出現得很短暫、很突然。

我搖搖頭，說：「我不會這麼做。」

「為什麼？」

我沒有回答她，不知道該怎麼回答。

去年夏天某個下午的景象跳進我腦海裡。我才剛決定不再去上瑪格莉特的豎笛課，和貝莉與托比在飛人河谷閒混。托比告訴我們，純種賽馬身邊總是會有陪練的小型馬，我記得那時我在想：*那就是我*。我是陪練的小馬，而陪練用的小馬不會單獨上陣。牠們不會當首席演奏，也不會去參加州立樂團徵選，或去參加全國比賽，或是慎重考慮進入紐約某間表演藝術學校，一如瑪格莉特一開始所堅持。

牠們就是不會這樣。

莎拉忽地轉彎駛入停車格時，嘆了一口氣。「好吧，看來我得另外想辦法在學期最後一天替自己找找樂子了。」

「我想也是。」

我們跳下愛奴，走到西西莉亞的店裡，點了一堆份量多到恐怖的糕點，西西莉亞免費贈送，她臉上也是那副同情的悲傷模樣，不管我到哪裡都躲不掉。我想，只要我開口，她會把店裡所有糕點都送給我。

我們在瑪莉亞義大利熟食店旁的那張專用長凳上坐下，我從十四歲開始，每年夏天都是這家店裡的千層麵領班大廚。明天我又會去裡頭做千層麵了。陽光普照，成千上萬的陽光碎金灑滿了整條主街。今天的天氣真是棒極了。一切都那麼閃亮，只除了我那充滿罪惡感的心情。

「莎拉，我得告訴妳一件事。」

她臉上浮現擔憂。「沒問題。」

「是前幾天晚上我和托比之間發生的事情。」她臉上的擔憂轉變成其他的東西，那正是我所害怕的。關於男生，莎拉對於「女友守則」有很嚴格的標準。原則是姊妹情誼絕對至上。

「是普通事情？還是那種事情？」她的眉毛都揚到火星上去了。

我的胃一陣翻攪。「是那種事情……我們接吻了。」她眼睛瞪得好大，因為不敢置信而五官扭曲，還是那是驚悚的表情？我這張滿是羞愧的臉，正回望著她。我怎麼能吻托比？我第一千次這麼問自己。

「哇喔。」這兩個字像石頭落在地面。她完全沒有試圖隱瞞臉上的不屑與鄙夷。我把臉埋在雙手裡，擺出準備墜機前的動作——我真不該告訴她的。

「在那個當下，感覺就這樣來了，我們都很想念貝莉，只有他懂，懂我的感覺，他就像是唯一能懂我的人……而且我喝醉了。」我對著牛仔褲說出這一切。

「醉了？」她無法壓抑驚訝。她拖我去參加的那些派對上，我幾乎連一罐啤酒都沒碰過。然後我聽見她用較輕柔的聲音問：「托比是唯一能懂妳的人？」

死定了。

「我不是這個意思。」我抬起頭迎上她的目光。但那不是真的，我就是這個意思，我也可以從她的表情上看得出來，她明白。「莎拉。」

她吞了一口口水，別過頭，然後很快把話題轉回我那件不光彩行為。「我猜這種事的確會發生。是有因為過於悲痛而莫名發生性愛的這種例子，我讀過的那些書裡有提到這一點。」我仍舊能從她的聲音裡聽出批判，而且更嚴厲了。

「我們沒有做愛。」我說。「我還是世界上最後一個處女啦。」

她嘆了口氣，然後摟住我，有些彆扭，彷彿她必須這麼做。我覺得自己像被摔角選手固定住頭部。我們都不知道該怎麼面對那些沒說出來的話，或是已經說出來的話。

「小藍，沒關係的，貝莉會諒解的。」她聽起來毫無說服力。「這種事情不會再發生，對吧？」

「當然不會。」我希望自己沒有在說謊。

同時又希望我是在說謊。

大家一直都說我很像貝莉，
但我一點都不像。
我的眼珠是暗灰色，她是綠色，
我是鵝蛋臉，她是瓜子臉，
我比較矮、比較瘦巴巴、比較蒼白
胸部比較扁平、比較平凡、比較聽話。
我們共同的地方是都有一頭亂蓬蓬的卷髮

我用馬尾把頭髮束縛住
她卻任由她的頭髮招搖
瘋狂地
圍繞著她的臉蛋。
我睡著時不會唱歌
也不會咬下花朵的花瓣吃掉
也不會跑進雨裡，而不是躲開。
我是不起眼的那一個，
是附帶的妹妹，
藏在她影子的邊緣裡。
男生四處跟隨她；
她當女侍的餐廳裡
他們塞滿了包廂，
還在河邊圍繞著她，成群結隊。
有天，我見到一個男生走到她身後
拔下她一綹長髮。
我能明白——
我也有同樣感覺。

我們一起合拍的相片裡，
她總是看著鏡頭，
而我總是看著她。

（通往雨河的小徑上，在一張摺起來半埋在松針裡的紙上發現的。）

8

我坐在貝莉的書桌前，和失物主保聖安東尼[32]在一起。

他不應該在這裡。他應該放在壁爐上，就在那幅「一半的媽媽」的畫像前面，我一直都擺在那裡，但一定是貝莉拿上樓來的，我不知道原因。我發現他被塞在電腦後面，電腦後方是一幅她很久以前的畫，用圖釘釘在牆上——外婆有天說我們的母親是個探險家（是哥倫布那一種），之後貝莉就畫了這幅畫。

我已經拉上了窗簾。即使我很想，還是不會讓自己偷偷望向窗外，看看托比是不是在棕櫚樹下。我也不會讓自己去想他的雙唇是如何迷失與半狂野地印在我唇上。不會。我讓自己想像圓頂雪屋，北極嚴寒的漂亮雪屋。我已經答應過貝莉，同樣的事情絕對不會再發生。

今天是暑假第一天，學校裡每個人都去了河邊。我才剛接到莎拉醉醺醺打來的電話，告訴我不止一個，也不止兩個，而是三個超級馬力的方特尼兄弟隨時就會來到飛人河谷，他們會一塊兒在外頭瘋，而且她才剛知道其他兩位方特尼家的男生在洛杉磯參加超炫的樂團，連他們上哪所大學都打聽得一清二楚，所以我最好趕快滾過去見證他們有多酷。我告訴她，我要留在家裡，她就替我好好陶醉在方特尼家男孩的帥勁裡吧。結果喚起她昨天那副怒髮衝冠的憤怒，問：「小藍，

[32] St. Anthony，遺失物品之守護神。

妳沒有和托比在一起吧？」

喔，拜託！

我望向演奏椅，上頭擺著琴盒，豎笛就扔棄在裡頭。它在棺木裡，我隨即丟開這念頭。我走過去，打開琴盒。對於自己該演奏什麼樂器，我從來沒有疑惑。五年級的音樂課上，所有女生都衝向長笛，只有我直直走向豎笛。豎笛讓我想到自己。我把手伸進放著擦拭布和簧片的袋子裡，摸索著尋找一張摺起來的紙。我不知道自己為什麼留著（超過了一年！），也不知道為什麼那天下午貝莉將這張紙扔掉後，我還要從垃圾堆裡翻出來。貝莉說：「好吧，我就是甩不開你們這些男生。」然後便投入托比的懷抱，彷彿那對她毫無意義。但我知道那張紙意義重大。怎麼會不重要呢？那可是從茱莉亞學院寄來的。

我沒有再看最後一次，就把貝莉申請入學的拒絕信揉成紙球，扔進垃圾桶裡，然後坐回她的書桌前。

那天夜裡，就是在完全同樣的地方，我聽到電話聲忽然炸起，響遍整棟屋子，響遍整個未曾懷疑那是噩耗到來的世界。我正在寫化學作業，一如往常痛恨寫作業的每一分鐘。外婆燴雞肉的濃烈奧勒岡葉香料味不斷飄進房裡，我一心只希望貝莉趕快回家，這樣我們就能開飯，因為我餓死了，而且恨死了同位素。怎麼會這樣呢？我姊姊在鎮上另外一頭才剛嚥下最後一口氣的時候，我居然一直在想著燴菜和碳分子？這是什麼鬼世界？妳又能拿這個世界怎麼辦？當妳能想像最糟糕的事情，真的發生的時候，妳會怎麼辦？當妳接到那通電話的時候？當妳想念姊姊那美如天籟的聲音，想念到妳想用指甲把整間屋子拆掉的時候？

我是這麼做的：我拿出手機，用力按下她的電話號碼。前幾天我腦袋不知道在想什麼，傻愣愣地撥了貝莉的電話，想知道她回家了沒，然後發現她的語音信箱還沒有被取消。

嗨，我是貝莉，這個月的最佳茱麗葉，所以啦，老兄，汝想說什麼？汝有無歡欣之言？來點安慰人的話吧……

聽到留言的「嗶」聲，我掛上電話，一次又一次，然後再打，再掛上，想直接就把她從電話裡拉出來。有一次，我沒掛上電話。

「妳為什麼沒有告訴我，你們要結婚了？」我低聲問，然後猛地闔上手機，把手機放在她的書桌上。因為我不明白。我們不是什麼事都告訴對方的嗎？如果這不能改變我們的生活，小藍，我不知道還有什麼能？我們漆牆壁的時候，她曾這麼說過。這就是她那時候想要的改變嗎？我拿起廉價塑膠製成的聖安東尼。那他呢？誰帶他上來這裡的？我更仔細看著他靠著的那幅畫。這幅畫已經掛了很久，久到畫紙都已經泛黃，四個角捲曲；久到我已經好幾年都視而不見。貝莉畫這幅畫的時候，差不多十一歲，是她開始不斷追問外婆我們母親下落的年紀。

她這麼不屈不撓地追問了好幾個星期。

「妳怎麼知道她會回來？」貝莉不知道問了第幾百萬次。我們當時在外婆的畫室裡，我和貝莉趴在地板上用粉蠟筆畫畫，外婆背對著我們，在角落的畫布上畫著她那些柳條美女。她一整天都在迴避貝莉的問題，巧妙地改變話題，但這次卻沒有用。我看著外婆的手臂垂了下來，畫筆上滿懷希望的綠彩滴落在濺滿漆彩的地板上。她嘆了口氣，非常沉重、非常寂寞的一口氣，終於轉身面對我們。

「孩子們，我想妳們已經夠大了。」她說。我們精神一振，立刻放下手上的粉蠟筆，全神貫注。「妳們的母親……這個……我想最好的形容方式……嗯……讓我想想……」貝莉驚恐地望著我——我們從不知道外婆會有詞窮的時候。

「外婆，怎麼樣？」貝莉問。「她怎麼樣了？」

「嗯……」外婆咬著下唇，最後終於遲疑地說：「我想這麼說好了……妳們知道，有些人會有某種天性，就像我畫畫與從事園藝，大仔是樹藝專家，還有妳，貝莉，長大後想當女演員——」

「我要去念茱莉亞學院。」她告訴我們。

外婆露出微笑，說：「是的，我們知道，好萊塢小姐。還是我該說百老匯小姐呢？」

「妳剛說到我們的媽媽？」在我們跑題轉去談論更多那所無聊學校之前，我提醒她們兩位。我只希望，如果貝莉真要去讀的話，走路就可以到了。或至少近到我可以騎腳踏車每天去看她。我一直都怕得不敢問。

外婆噘起嘴一會兒，才說：「好吧，這個嘛，妳們的母親，她有點不一樣，她更……這麼說吧，更像探險家。」

「妳是說像哥倫布那樣嗎？」貝莉問。

「對，就像那樣，只是沒有妮娜號、平塔號和聖塔瑪莉亞號[33]。只有一個女人和一張地圖，走進世界裡，一個人獨奏。」然後外婆就離開了房間，這是她用來結束對話最喜愛也最有效的方法。

我和貝莉彼此大眼瞪小眼。在我們那些從未間斷的默想裡，我們想像媽媽會在什麼地方？她為什麼離去？但可從沒有想到過這麼酷的事。我跟在外婆後頭走出去，想挖出更多內幕，貝莉卻留在地板上，畫了這張畫。

在畫裡，有一個女人站在山頂上，背對著我們，看向遠方。外婆、大仔和我——我們的名字就寫在腳邊——正在山底下對著那孤寂的身影揮手。在整張畫下方，用綠色字跡寫著「探險家」三個字。不知道為什麼，貝莉沒有把自己放進畫裡。

我把聖安東尼舉到胸前，緊緊握住。我現在需要他，但貝莉之前為什麼也需要他呢？她弄丟了什麼東西嗎？

她必須要找到什麼呢？

我穿上她的衣服。
在我的上衣外
扣上一件她的鑲邊上衣。
有時圍上一條，有時是兩條，
有時是全部，把她那些花俏領巾圍在脖子上。

㉝皆為哥倫布航行時搭乘之船隻名稱。

或是脫下衣服，從頭套上她一件比較緊身的洋裝，
讓布料
如水般滑落肌膚。
然後我就會覺得好過些，
彷彿她正在擁抱我。
接著我去碰觸所有
自從她死後就沒人動過的東西：
皺巴巴的紙鈔
從汗溼的口袋裡挖出來的，
三罐香水瓶
現在裡頭的液體容量再也不會減少，
山姆·謝普[34]的舞台劇
《愚人愚愛》[35]
她夾的書籤再也不會移動。
我已經替她讀了兩次劇本，
讀完後，總是把書籤
夾回原來的地方——
我痛苦萬分

她永遠都不會知道
到底結束時
發生了什麼事。

*四葉草高中圖書館館章

（四葉草高中圖書館裡，在一本《咆哮山莊》書封內裡發現的。）

㉞ Sam Shepherd，美國演員、劇作家與導演。
㉟ Fool for Love，曾於1985年拍成電影上映，1991年亦由台灣果陀劇場翻譯改編演出。

9

外婆一整晚
都在那幅「一半的媽媽」前。
我聽見她的啜泣——
悲傷
落不盡的
雨水。
我坐在樓梯頂端，
知道她正觸摸著
媽媽那扁平的冰冷臉頰
一面說：抱歉
我真的很抱歉。
我想著可怕的念頭。
我想：妳是應該要感到抱歉。
我想：妳怎能讓這種事發生？

妳怎能讓她們兩個都離我而去？

（在西西莉亞烘焙糕餅店的廁所牆壁上發現的。）

學校已經停課兩個星期。有證據顯示外婆、大仔和我都跳下樹在公園裡亂竄[36]——各自往不同的方向。

證物Ａ：外婆拿茶壺跟著我在家裡到處轉。茶壺是滿的，我可以看見水蒸氣從壺嘴冒出。她另外一隻手拿著兩個馬克杯。我和外婆常一起喝茶，但那是從前。我們以前會在接近傍晚時刻，坐在廚房餐桌喝茶聊天，等著其他人回家。但我現在不想再和外婆喝茶了，因為我不想說話，她知道，但她還沒有接受這個事實。所以她一直跟著我到樓上，現在就站在聖地的門口前，手裡拿著茶壺。

我跳上床，拿起書，假裝讀著。

「外婆，我不想喝茶。」我從《咆哮山莊》裡抬起頭，這時才發現書拿反了，希望她沒注意到。

她的臉垮了下來。簡直像山崩。

「隨便妳。」她把一個馬克杯放在地上，替自己手上那只杯子倒滿了茶，啜了一小口。我看

---

[36] 請見註釋[12]。

得出來茶水燙傷了她的舌頭，但她假裝沒事。「隨便妳，隨妳高興，隨便。」她唸個沒完，又啜了一口。

學校停課後，她就一直這樣跟著我亂轉。通常，夏季是她身為園藝大師最繁忙的時刻，但她已經告訴所有的客戶，她要暫時休息到秋季。所以她沒有忙著去當園藝大師，而是趁我在瑪莉亞熟食店打工的時候，碰巧來店裡，或趁我工作休息時，碰巧走進圖書館，或尾隨我到飛人河谷，在小徑上慢慢踱步，望著我仰漂在河上，任由眼淚落進河水裡。

「小甜豆，這樣實在不健康……」她的聲音軟化成如滔滔河水般的擔憂，一聽即知。我以為她講的是我的疏離，但我一望向她，便領悟她擔憂的是另外一件事。她正盯著貝莉的梳妝台，上頭散落著口香糖包裝紙，梳子上纏繞著一團她的黑色頭髮。我看著她凝視房間四周，貝莉丟在書桌椅背後的洋裝、扔在她床柱上的毛巾、貝莉的洗衣籃裡仍堆著她的髒衣服……「我們來收拾一些東西吧。」

「我說過我會收拾的。」我低聲說，克制自己不要放聲尖叫。「外婆，我會收拾，只要妳別和我說話，別再管我。」

「好吧，小藍。」她說。我不用抬頭去看，也知道我傷了她的心。

等我真正抬起頭時，她已經不見了。我立刻就想追出去，從她手裡拿過茶壺，倒滿我的馬克杯，和她一起喝茶，把我現在的念頭和感覺一股腦全倒出來。

但我沒有追出去。

我聽見浴室裡蓮蓬頭打開的聲音。外婆現在待在浴室裡的時間頻繁到誇張，我知道原因，因為她以為可以在蓮蓬頭灑下的水聲中哭泣，而不會被我和大仔聽見。但我們還是聽到了。

證物B：我翻過身，沒多久就抱著枕頭，用著讓人尷尬到不行的熱情親吻空氣。我想，別又來了吧。我到底是怎麼回事？什麼樣的女孩會想去親吻參加喪禮的每一個男生？會在前天晚上和姊姊的男朋友親熱後，還想在樹上和另外一個傢伙又摟又抱？說到這個，哪個女孩會去和姊姊的男朋友親熱，啊？

讓我的腦袋不要再接收這些亂七八糟的念頭了吧，我根本一點都不懂啊。我以前幾乎從沒想過性這回事，更別說是任何和性有關的東西。過去四年，我在三個派對裡認識三個男生：凱西．米勒，嚐起來像熱狗；丹西．羅森克雷茲，在我衣服裡東翻西找，像是看電影時把手伸進爆米花盒裡；還有高二時認識的傑斯普．史托茲，是莎拉拖著我去玩國王遊戲[37]時認識的。每一個都讓我完全無感如死魚。一點都不像希斯克里夫與凱瑟琳，也不像查泰萊夫人與園丁奧利佛．梅勒，更不像達西與伊莉莎白[38]！當然，天雷勾動地火那種瞬間爆發的激情一直很吸引我，但那就只是理論而已，不過是在書裡發生罷了，你可以隨時闔上書本，放回架上。也許我暗地裡想要得不得了，卻無法想像有一天會真實發生在自己身上。這種事只會發生在像貝莉這樣的女主角身上，她們總是引起騷動的焦點。但現在我已經精神失常了，狂親任何我嘴唇能碰到的東西：枕頭、扶手椅、門框、鏡子，一直想像一個我不該想到的人，我答應過姊姊絕對不會再親吻的人。那個能讓

---

[37] 一群人圍坐在一起轉動瓶子，瓶子停下後，被瓶口對到的人得完成指令或是特殊任務。

[38]《傲慢與偏見》男女主角。

我覺得有一絲絲不那麼害怕的人。

屋裡的大門被猛地用力關上，把我從托比的禁忌懷抱裡喚回神。是大仔。現在是證物C：我聽見他踩著笨重腳步走到餐廳，不過就在兩天前，他在那兒讓他的金字塔重見天日。這向來是個壞預兆。根據某種隱藏在埃及金字塔幾何學裡的數學法則，他好幾年前開始建造這些塔（天知道？這傢伙也會對樹說話）。據大仔說，他造的這些金字塔，就像那些中東地區的金字塔，有著不尋常的特質。他一直相信他這些複製品能夠延長剪枝花朵與水果的壽命，甚至讓昆蟲復活，他會把這些東西都放在金字塔底下進行研究。在他對金字塔著迷的這段期間，大仔、貝莉和我會花上好幾個小時在屋子裡到處搜尋死掉的蜘蛛或蒼蠅，然後每天早上我們會跑到金字塔旁，期盼見證重生的奇蹟。我們從沒見證過。但只要大仔心情不痛快，他體內那個裝神弄鬼的巫師就會跑出來，巫師一出來，金字塔也就出現了。這一次他可狂熱得很，確定一定會成功，堅信他之前之所以會失敗，只是因為他忘了一個重要關鍵：充電的線圈。他現在就放在每一個金字塔底下。

過了一會兒，嗑完大麻、飄飄欲仙的大仔飄過我敞開的房門口。他大麻抽得很兇，抽到只要他在家裡，就彷彿一個巨大無比的氣球，在我和外婆頭上飄浮盤旋——每次我一走近他，都想把他綁在椅子上。

他原路倒退回來，在我房門口流連了一下。

「我明天要加上幾隻死掉的蛾。」他彷彿接起一段我們一直在進行的對話。

我點頭。「好主意。」

他對我點頭，然後飄回他房間，很有可能飄出窗外去了。

我們這一家子就是這樣。已經兩個月了，情況依舊持續。真是個杜鵑窩。

□

隔天早上，外婆淋過浴也擦乾了身子，正在弄焦灰早餐，大仔正在清掃金字塔椽，然後要把死蛾放進去，而我正試著不要和湯匙親熱，這時有人敲門。我們全一時僵住了，所有人立刻驚恐萬分，害怕有人可能會目睹我們這場悲傷的餘興節目。我踮起腳尖走到前門，不想透露真的有人在家，然後從門上的窺孔偷偷往外看。是喬伊．方特尼，臉上表情依舊那樣豐富，彷彿前門正在對他說笑話。他手裡拿著吉他。

「快躲起來。」我壓低聲音。我比較喜歡所有的男生都乖乖躲在我快被性搞瘋的心底，而不是站在我們快要傾覆的屋子前門外。尤其是這位吟遊詩人。自從學期結束後，我根本沒有把豎笛從琴盒裡拿出來過。我根本就不想去暑期樂團練習。

「胡扯。」外婆走到屋子前方，穿著亮紫毛巾夏威夷連身裙[39]，搭配粉紅色的纏頭毛巾。

「是誰？」她低聲問，音量卻比她平常說話要高出一百分貝。

「外婆，是樂團裡新來的男生，我應付不了。」我拚命揮手想把她趕回廚房。

[39] Muumuu，夏威夷女性所穿之寬鬆連身洋裝。

除了用來親家具，我已經忘了要怎麼用嘴唇去做其他事。我根本不會交談了。放暑假後我就沒見過學校其他人，我不想見他們，也沒有回電給莎拉，她一直寫長長的電子郵件（文章）給我，說她根本沒有針對托比那件事批判我，但反而只是更讓我知道，她針對這件事對我有多批判。我躲進廚房，縮進一個角落，希望能隱形。

「瞧瞧，是位吟遊詩人呢。」外婆打開了門。她已經明顯注意到喬伊的臉有多令人難以抗拒，而且已經開始和他打情罵俏了。「我還以為我們已經在二十一世紀了……」她愉快地說。我得去解救喬伊。

我不情願地現身，加入勾引大師外婆的行列。我認真看了他一眼，我都已經忘了他有多耀眼，彷彿是另外一種人類，血管裡流動的不是血液，而是光芒。他一面和外婆說話，一面像陀螺一樣轉著吉他盒。他看起來開心得很，根本不需要被拯救。

「嗨，約翰．藍儂。」他對著我眉開眼笑，彷彿那場樹上的不歡而散從沒發生過。

你跑來這裡做什麼？我在腦袋裡大喊，大聲到腦袋可能會炸開。

「最近都沒看到妳。」有一瞬間他臉上浮現出難為情——這讓我心臟怦怦直跳。老天，我想我需要聲請一道禁制令，禁止所有男生接近我，直到我能控制身體這種新發現的陶醉感。

「快進來。」外婆彷彿在對一位騎士說話。「我正在準備早餐。」他看向我，用眼神問我能不能進來？外婆走回廚房，嘴上仍在說：「你可以為我們彈奏一首歌，讓我們心情好一些。」我對他微笑——根本不可能不對他微笑——然後用手擺出歡迎的架式。我們走進廚房，我聽見外婆對大仔低聲說話，仍然是對騎士說話的調調：「我敢說，這位年輕紳士剛剛用他那長得不尋常的睫毛對我放電。」

喪禮過後，好幾個星期以來，我們都沒有過真正的訪客，所以不知道該怎麼招呼他。大仔似乎已經飄回地面，正靠在他用來清掃死蟲的掃帚上。外婆手裡拿著小鍋鏟，站在廚房正中央，臉上掛著超燦爛的微笑。我相信她完全忘了自己身上穿的是什麼。而我在餐桌前的椅子上坐得挺直。沒人說話，我們都猛盯著喬伊，彷彿他是台電視，我們正希望他會自動開機。

他果然開機了。

「這花園真像野生的，我從沒見過像那樣的花，還以為那些玫瑰會切掉我的頭，然後把我放進花瓶裡呢。」他一臉驚奇地搖著頭，頭髮掉了下來遮住眼睛，簡直迷死人。「就像伊甸園一樣。」

「在伊甸園裡可要小心，有那麼多誘惑。」大仔上帝般的聲音如雷貫耳——他最近一直是我裝啞巴的好夥伴，外婆對這點很不高興。「大家早就知道，聞到我們家外婆的花香，會讓人心神迷亂。」

「喔？真的？」喬伊說。「像哪方面？」

「很多方面。舉例來說，她玫瑰的香氣會引發瘋狂愛意不斷繁茂滋長。」這時喬伊的目光幾不可察地朝我望了一眼——老天，還是這只是我的想像罷了？因為現在他的目光又回到話還沒說完的大仔身上。「從我個人經驗與五次婚姻紀錄來看，我相信的確是如此。」他對喬伊咧開嘴笑了笑。「對了，我叫大仔，我是小藍的舅舅。你大概才剛來不久，不然你早就知道了。」

他只會知道大仔是這鎮上的情場浪子。謠傳在午餐時刻，從四面八方而來的女人會打包好野餐，然後出發去尋找樹藝家在哪棵樹上，希望能在高高的樹梢頂上，得到他的邀約，在大木桶裡共進午餐。接下來是據說他們用完餐後不久，衣服就會像落葉那樣翩然落下。

我看著喬伊盯著我舅舅那巨大的身形，還有他那兩撇古怪的八字鬍。他一定很喜歡眼前所見，因為他的微笑馬上就讓這個房間增亮了一些色度。

「沒錯，我們幾個月前才從城裡搬到這地方，之前我們住在巴黎──」嗯哼。他一定還沒有看到門上的警告，絕對不要在離外婆一點五公里的半徑範圍內說出「巴黎」這兩個字。為時已晚。她已經準備好開唱一場親法狂想曲，但喬伊似乎感染了她的狂熱。

他哀嘆：「唉，要是我們還住在──」

「好了，好了。」她插嘴，搖著手指像是在指責他。喔，糟了。她的手放上了臀部。果然──她聲音呆板地唱起了歌：「要是我的屁股上有輪子，我就是輛手推車。」外婆想搶先引人注目的標準出糗模式。我嚇得呆若木雞，喬伊卻失聲大笑。

外婆戀愛了。我不怪她。她已經牽起他的手，如同護花使者般帶著他在屋裡一面參觀一面講解，炫耀她那些柳條女人，從喬伊嘴裡適時吐出的那些讚賞來看──或許我該補充一下，都是法文──他的確是印象深刻。於是大仔繼續去翻找蟲子，而我則把幻想的對象從湯匙替換成喬伊・方特尼的嘴唇。我可以聽見那兩個人在客廳的聲音，知道他們正站在那幅「一半的媽媽」前，因為每個到家裡來的人都對這幅畫有同樣的反應。

「這幅畫真是讓人一見便難以忘懷。」喬伊說。

「嗯，是啊……那是我女兒，佩吉，小藍和貝莉的媽媽，她已經離開了很久、很久一段時間……」我嚇到了。外婆幾乎不會主動談起媽媽。「總有一天我會完成這幅畫，我還沒畫完……」外婆總是說等到媽媽回來可以為她擺好姿勢的時候，她就能完成這幅畫。

「來吧，我們來坐坐。」隔著三面牆，我聽見外婆聲音裡的心碎。貝莉死後，對她而言，媽媽離去的事實自然變得更加難以忽略。我不斷發現她和大仔用著一種從未見過的、近乎是絕望的渴望眼神凝視著那幅「一半的媽媽」。對我而言，媽媽的不存在同樣變得更明顯了。貝莉和我上床睡覺前，我們會一起想像媽媽人在哪裡、正在做什麼？少了貝莉，我不知道要怎麼去想媽媽了。

我正在鞋底草草寫下一首詩的時候，他們回到了廚房。

「紙不夠用？」喬伊問。

我把腳放下。夠了。小藍，妳主修什麼？喔，對了，是白癡學。

喬伊在桌前坐下，四肢優雅伸展開來，活像隻章魚。

我們又開始盯著他猛瞧，仍舊不確定該怎麼對待在我們中央的這位陌生人。這位陌生人看起來倒是挺自在。

「那株植物怎麼了？」他指著餐桌中間那株絕望的小藍植物，看起來像得了痲瘋。我們全沉默了下來，因為對那株我的分身植物，我們不知道該怎麼說明？

「那是小藍。它快枯死了。老實說，我們不知道該怎麼辦。」大仔轟隆隆的聲音斬釘截鐵地說。整間屋子似乎尷尬地吸了一口長長的氣，接著在同一瞬間，外婆、大仔和我終於失控——大仔猛拍桌子，狂吼大笑，像喝醉的海獅；外婆靠在流理台上笑得人仰馬翻，上氣不接下氣；而我整個人彎下腰，一面笑岔了氣一面努力想要呼吸，所有人都歇斯底里地失態，我們已經好幾個月沒有這樣狂笑了。

「古奇姨婆！古奇姨婆！」外婆一面放聲大笑一面尖叫。古奇姨婆是我和貝莉替外婆笑聲取的名字，因為那笑聲會不請自來，就像一個瘋癲的親戚，一頭粉紅色頭髮出現在門口，手提箱裡裝滿氣球，壓根沒想要離開。

外婆喘著氣說：「老天，老天，我以為她永遠不會再回來了。」

喬伊對我們忽然放聲狂笑似乎不以為意。他靠在椅背上，只靠後方兩條椅腿保持平衡。他看起來挺開心，彷彿正在看著——好吧，彷彿正在看著三個心碎的人失去理智。最後我總算恢復鎮定，一面掉淚一面繼續咯咯笑不停，解釋那株植物的故事給喬伊聽。如果他還沒認為自己已經進入了當地的瘋人院，他現在一定是這麼想。但令我驚異的是，他沒有找藉口奪門而出，而是異常認真地看待這株植物的處境，彷彿他真的很在乎它的命運，這株不會再復甦的病弱植物。

吃過早餐後，我和喬伊來到屋前，神祕的晨霧仍包圍住整個門廊。我們身後的紗門一關上，他就說：「一首就好。」彷彿我們樹上相遇之後，中間這段時間根本沒有流動過。

我走到欄杆前，靠在上頭，雙臂抱胸，說：「你演奏，我聽就好。」

「我不懂。」他說：「到底怎麼回事？」

「我就是不想。」

「但為什麼？妳挑一首曲子，我都可以。」

「我告訴過你，我不想——」

他笑了出來，說：「老天，我覺得自己好像在逼妳上床似的。」半徑十幾公里內的所有血液全湧到我的臉頰上。「來嘛，我知道妳也想要……」他開玩笑地說，還揚起雙眉，一整個白癡樣。我只想要鑽到門廊底下，但他那燦爛迷人的咧嘴笑容讓我笑出聲來。「我猜妳喜歡莫札特。」他蹲下，打開琴盒。「所有的豎笛家都喜歡他。還是妳是巴哈神聖音樂的愛好者？」他對我瞇起眼。「不對，妳看起來一點都不像。」他把吉他拿出來，坐在咖啡桌邊緣，在膝蓋上搖起吉他。「我想到了。只要是血管裡流動著血液的豎笛手，都無法抗拒吉普賽爵士[40]。」他彈了幾個熱情火燙的和弦。「我猜對了嗎？果真猜對了吧！」他開始用手在吉他上拍打出一段節奏，雙腳用力敲著地板。「迪克西蘭爵士[41]！」

這傢伙真是活生生的酒鬼，憨第德[42]和他比起來反而像個陰沉鬼。他到底知不知道這世界上存在著死亡這回事？

「所以這是誰的主意？」我問他。

他停下手指敲擊的動作。「什麼主意？」

「我們一起演奏啊。你不是說——」

「喔，那個啊。瑪格莉特．丹尼斯是我們家的老朋友了——其實都是因為她，我才會流放到

[40] Gypsy Jazz以熱情奔放的強烈節奏與技巧為特色。

[41] 源自美國路易斯安那州紐奧爾良，早期爵士樂。

[42] Candide，法國哲學家伏爾泰所著之諷刺小說，主角為一叫做憨第德的青年，天真地相信老師所灌輸他的一切，認為世間一切都是為了到達最好的結果而存在，但實際上一生卻苦難重重。

這裡。她可能是提到過有位小藍．沃克，豎笛吹得出神入化[43]。」他像瑪格莉特那樣在空中轉著手。「她演奏的音樂優美動人，如在夢境，令人驚豔[44]。」

我感覺到有股什麼東西湧現，什麼都有，驚恐、驕傲、罪惡感和厭惡——感覺太過強烈，我得緊緊握住欄杆。不知道她還告訴了喬伊什麼？

「真是天地變色[45]！。」他繼續說：「妳知道，我一直以為我才是她唯一能演奏得優美動人、如在夢境的學生。」我一定看起來一臉困惑，因為他解釋道：「是在法國。她在音樂學校教書，大部分是暑期課程。」

就在我明白了我那位瑪格莉特就是喬伊的音樂老師時，我看見大仔的大塊頭轟隆隆滾過窗前，掃帚舉在頭頂，又在尋找可以復活的生物。喬伊似乎沒有注意到，說不定是好事。他又說：「我開玩笑的。就我的部分啦，我對豎笛一直不是很行。」

「我聽到的可不是這樣。」我說。「聽說你吹得可了——不起。」

「瑞秋其實對音樂沒什麼天分。」他回答得一副理所當然，沒有任何羞辱語氣。她的名字那麼輕易就從他嘴裡說出，彷彿他成天掛在嘴上，說不定就在他吻她之前。我感覺自己的臉又紅了。我低下頭，開始仔細端詳自己的鞋子。我到底是怎麼了？我有夠花癡。他不過是想要像正常的音樂家那樣，和我一起演奏音樂而已。

然後我聽見：「接著我就想到妳……」

我不敢抬頭，害怕這句話只是我自己的想像，還有那悅耳誘人的音色。但如果真是我的想像，可不光是這樣而已。「我想到妳有多傷心欲絕，然後……」

他停下不說了。然後什麼嘛？我抬起頭，看見他也正在仔細端詳我的鞋子。「好吧。」他迎上我的目光。「然後我就想像了我們牽著手，在大草原或類似的地方，一起飛到空中。」

哇喔——我可沒料到這個，但我喜歡。「像聖若瑟那樣？」

他點頭。「從他那兒得到的靈感。」

「怎麼樣升天的？」我問。「像火箭嗎？」

「才不是哩。根本不用費力就飛上去了，像超人那樣。」他高舉一條手臂，用另外一隻手刷著吉他弦來示範。「妳知道的。」

我當然知道。我知道我光看著他就在微笑。我知道他剛才說的話讓我打開了心房。我知道在門廊周圍，這片濃霧將我們藏了起來，讓全世界都看不到。

我想要告訴他。

「我不是不想和你一起演奏。」我說得很快，這樣才不會失去繼續說下去的勇氣。「就是……我不知道，那不一樣，不是只是單純吹奏豎笛而已。」我逼自己把剩下的話說完。「我不想當首席，不想獨奏，我根本不想要這些。我搞砸了，徵選首席的時候……我是故意的。」這是我第一次大聲說出來，說給別人聽，心裡那塊行星般的大石終於放了下來。我繼續說：「我討厭

---

43 原文為法文：「joue de la clarinette comme un reve」，意為「plays the clarinet like a dream.」

44 原文為法文：「Elle joue a ravir, de merveille」，意為「She has played beautifully, wonder.」

45 原文為法文：「Quel catastrophe」，意為「What a catastrophe!」

獨奏，不是你以為的那樣……只是……」我揮舞著手臂，找不到適當字眼。但接下來我用手指著飛人河谷的方向，說：「就像在河裡的石頭上跳來跳去，卻是在這樣濃重的大霧裡，你完全是一個人，每一步都……」

「都怎麼樣？」

我忽然領悟自己語無倫次。我根本不知道自己在說什麼，毫無頭緒。「算了。」我說。

他聳聳肩，說：「一堆音樂家都會怕在台上出糗。」

我聽見河水持續飛快流動的聲音，彷彿霧已經散去，讓聲音得以傳進耳裡。

但這不光只是演出焦慮而已。瑪格莉特也是這麼想的。她以為這是我不再上課的原因——妳一定要努力鍛鍊勇氣，小藍，勇氣——但不只是這樣而已，問題還要更深一層。我一演奏，整個自我就像在身體裡被擠壓成一團，怕得要死，彷彿魔術箱裡的小丑，只是沒有彈簧。這個狀況已經持續超過一年了。

喬伊彎下腰，開始翻起在琴盒裡散頁的樂譜，大部分都是手寫的。他說：「讓我們來試試看吧。吉他和豎笛是很酷的二重奏，還沒好好開發過喔。」

他完全沒怎麼把我剛才那番真心話大冒險放在心上。感覺就像終於去教堂告解了，卻發現牧師戴著耳塞。

我告訴他：「也許下次再說吧。」好讓他打消念頭。

「哇喔。」他咧嘴笑了。「謝謝妳的鼓勵。」

接著，我彷彿已經人間蒸發。他在吉他前彎下身子，全神貫注地調音，專注到我幾乎覺得自已應該移開目光，卻辦不到。事實上，我整個人癡癡地看著，納悶：像他這樣又酷又隨性、無所畏懼又如此熱情洋溢，會是什麼感覺——有那麼一瞬間，我好想和他一起演奏。我想要去驚動那些鳥兒。

之後，隨著他彈呀彈地，陽光驅散了濃霧。我想，他說得沒錯。我現下的心境正是如此——我傷心欲絕，但在內心深處，我只想飛上天空。

10

哀傷是一棟屋子
屋裡的椅子
已經忘了如何撐住我們的重量
鏡子忘了如何映出我們的容顏
牆壁忘了如何包容我們的身子
哀傷是一棟屋子，每次
有人敲門或按鈴
便會消失
在一陣突然刮起的微風中
被吹入空中
當所有人都沉睡時
將自己深深埋在地底
哀傷是一棟屋子，裡頭沒人能保護妳
妹妹在裡頭
會變得比姊姊還要老

所有的門
都不再讓妳進來
或是出去

（在外婆花園裡一塊石頭底下發現的。）

一如往常，我睡不著，坐在貝莉的書桌前，手裡拿著聖安東尼像，怕死了要收拾她的東西。今天結束熟食店煩瑣的千層麵打工後，我回到家裡，貝莉的書桌旁擺著打開的紙箱。我甚至連一個抽屜都還沒打開。我辦不到。每次我一碰到木製的抽屜把手，就想到她再也不會在書桌上逐一翻找筆記本、一個地址或一支筆，然後我會瞬間窒息，腦袋裡只有一個念頭：貝莉被關在那個沒有空氣的箱子裡——

不。我把這個影像塞進心裡最隱密處，再用力把門踢上。我閉上雙眼，深呼吸一口、兩口、三口，當我睜開眼，發現自己又在盯著那張探險家媽媽的畫。我撫摸那薄脆的畫紙，手指一面滑過那已經褪色的身影，一面感覺粉蠟筆上的蠟。這個身影所對應的那個人，知道她其中一個女兒十九歲就死了嗎？她有沒有感覺到一陣冷風吹過，或一陣熾熱光芒閃過？還是她那時只是在吃著早餐，或在試穿新鞋？就像她那不凡遊歷人生中，任一個平凡無奇的一刻？

外婆說我們的媽媽是探險家，因為除此之外，她不知道要如何解釋媽媽身上那沃克家族傳承好幾代的「流浪癖基因」。據外婆說，這種無法安定的特質一直折磨著我們家族，大部分都是女人。為此而苦的人不斷搬家，從這一個鎮搬到另外一個鎮，從這個大陸流浪到另外一個大陸，從這個愛人換到那個愛人——外婆解釋，所以媽媽不知道我們姊妹的父親是誰，我們自己也不知道——直到她們耗盡精力，乖乖回家。外婆告訴我們，她的席維姨婆與一位遠房表妹維琴妮亞也受到同樣的折磨，探險世界許多年以後，她們才像之前的其他人，終於返家。她們注定要離去，外婆這麼告訴我們，她們也注定會回來。

「男生不會遺傳到嗎？」我十歲那年這麼問外婆，我開始更能體會這個「毛病」。當時我們正要走到河邊去游泳。

「小甜豆，他們當然也會。」但接著她停下腳步，雙手捧起我的手，以少見的慎重語氣說：「小藍，我不曉得等妳年紀成熟了，會不會懂。但事情是這樣的：當男生遺傳到這個基因時，似乎沒有人會注意，他們會去當太空人、機長、製圖師、罪犯或詩人。他們不會在女人身邊待太久，所以不太曉得自己是不是當了爸爸。當女人遺傳到這點時，唉，那就複雜麻煩多了，情況完全不同。」

「怎樣不同？」我問。

「這個嘛，舉例來說，一個母親這麼多年來都不見自己的女兒，是不是很不尋常？」

她提到了重點。

「妳們的媽媽一出生就是這樣，幾乎是從我子宮裡飛出來，降臨到這個世界。從出生第一天起，她就開始跑呀跑地，跑個不停。」

「跑走嗎？」

「才不是，小甜豆。妳得知道，她從來沒有跑走。」她捏捏我的手，說：「她總是往某個地方跑。」

跑向哪裡？我一面猜想，一面從貝莉的書桌前站起身。我母親到底那時候跑向了哪裡？她現在又朝著哪個方向跑去？貝莉算什麼？我又算什麼呢？

我走到窗前，將窗簾拉開一條縫隙，看見托比，他就坐在棕櫚樹下，在那些閃亮的星星下頭，在綠色草地上，在這個世界裡。露西和艾瑟爾懶洋洋地掛在他的大腿上——這兩隻狗只有他來的時候才會蹭過來，真令人費解。

我知道現在該關上燈，上床睡覺，繼續為喬伊．方特尼暈頭轉向，但我並沒這麼做。

我走到樹下與托比見面，兩人一起躲進樹林裡，往河邊走去，一路無言，彷彿我們早就計畫這樣做好幾天了。露西與艾瑟爾跟在我們後頭走了幾步，托比對牠們講了一番難以解讀的話，牠們便轉頭回家了。

我過著雙重人生：白天是小藍．沃克，晚上是海絲特．白蘭[46]。

我告訴自己，我不會吻他，無論如何都不會。

這天晚上溫暖無風，樹林一片寂靜。我們安靜地並肩走著，聽著畫眉如笛的歌聲。即使是在

[46] Hester Prynne，霍桑著名小說《紅字》裡的女主角，身為有夫之婦卻與牧師外遇生女。被察覺後，被判終生需在胸前佩戴一紅色「A」字。

月光下的這片沉默裡，托比看起來仍滿身陽光氣息，彷彿有風吹拂在他身上，像艘帆船。

「小藍，我知道我不該過來。」

「是不太應該。」

「我很擔心妳。」他說得很快。

「謝謝。」接著我身上那層偽裝，在所有其他人面前假裝一切都安好的斗篷，立刻從肩上滑落。

我們一面走，哀傷便一面隨著脈動從我們體內湧出。我幾乎要期盼樹木在我們經過時低下樹枝，讓星星分給我們一些光亮。我吸進尤加利樹那彷彿馬身上的氣息，還有加州白松的濃濃香氣，明白我吸進的每一口氣息，都讓我繼續在這個現實世界再多停留幾秒。我在舌尖嚐到夏季的甜美，只想大口大口地全吸進身體裡——我這具活生生的、在呼吸著、心臟在跳動的身體。

「托比？」

「怎麼了？」

「那之後你有沒有覺得更像活著……」我害怕問出口，彷彿我正揭發某件可恥的事，但我想知道他是不是也有這種感覺。

他沒有遲疑。「那之後我對什麼都更有感覺了。」

是啊，我想，對什麼都更有感覺了。就像有人「啪」地一聲打開了這個世界的開關，現在一切才剛開始，包括我，我體內的一切，不論好壞，全都暴衝到最大值。

他從樹枝上扯下一根細枝，用手指折成兩段。「我一直在做蠢事，晚上跑去練滑板。」他說。「練一些超炫的技巧，只有愛現的蠢蛋才會做，我一直是自己一個人在練……好幾次都要掛了。」

托比是鎮上少數幾個玩滑板的人，定期用引人注目的方式挑戰地心引力。如果他想讓自己身陷險境，那麼絕對是火力全開的神風特攻隊。

「托比，她不會想要你這樣的。」我的聲音裡忍不住透露出請求。

他嘆了口氣，很是挫敗。「我知道她不會，我知道。」他加快腳步，彷彿要把他剛才告訴我的話扔在腦後。

「她會宰了我。」他說得如此肯定，語氣強烈，我不禁懷疑：他是真的在講滑板這件事，還是指我們之間發生的事。

「我不會再做了。」他非常堅決地說。

「很好。」我還是不很確定他指的到底是哪一件事？但如果指的是我們，他根本不用擔心，對吧？我已經把窗簾拉上了。我已經答應過貝莉，不會再有任何事發生。

但即使心裡這麼想，我發現自己的目光仍正在盡情欣賞著他，他那寬闊的胸膛與強壯的手臂，還有他臉上的雀斑。我記得他的嘴唇飢渴地印在我的唇上，他的大手伸進我的頭髮裡，熾熱竄遍全身，那是如何讓我——

「那樣實在太莽撞了……」他說。

「是啊。」吐出的氣音未免有些太明顯。

「小藍？」

我需要嗅鹽。

他表情奇怪地看著我，但接著我想到，他從我的眼神讀到我腦袋裡在想什麼，因為他的眼睛睜大了些，閃亮了一下，然後他很快別過頭。

冷靜，小藍，自制一點！

我們沉默地走著，穿過樹林，我一下子回到了現實。星星與月亮幾乎都被濃密的樹林遮掩住，我覺得自己像是要游過一片黑暗，我的身體劃開空氣，彷彿空氣是水。我可以聽見河流奔騰的聲音，隨著踏出的每一步變得越來越響，那讓我想到貝莉，一天又一天，一年又一年，我們兩個走在這條小徑上，一句話都沒有交談，我們跳進水潭裡，然後張開雙臂，躺在岩石上盡情曬著太陽——

我低聲說：「她把我扔下了。」

「我也是……」他馬上說。他再也沒說什麼，也沒看我。他只是牽起我的手，說什麼都不放開。頭頂上的樹木越來越茂密，我們一起往不斷深沉的黑暗中更前進。

我輕輕地說：「我覺得好有罪惡感。」幾乎希望托比在聽見前，夜晚能將這句話吸走。

「我也是。」他輕聲回應。

「托比，不過是關於另外一件事……」

「什麼事？」

我身邊一片漆黑，托比又握著我的手，我覺得自己能說出口：「我現在仍在這裡，讓我好有罪惡感……」

「小藍，拜託別這麼說。」

「但她總是那麼……比我還──」

「別這樣。」他沒讓我說完。「她不會喜歡妳居然這麼想。」

「我知道。」

接著我脫口說出一直禁止自己去想、更別說出口的念頭：「托比，她在棺木裡。」我說得好大聲，簡直就是尖叫──這些話讓我頭暈目眩，有如幽閉恐怖症，彷彿我得立刻從自己的身體裡面跳出來。

我聽見他倒抽了一口氣。當他開口，他的聲音微弱到幾乎被我們的腳步聲蓋過：「不，她沒有。」

我也知道。我知道這兩件事同時存在。

托比握著我的手更緊了。

一到了飛人河谷，天空豁然開朗。

我們坐在一塊平坦岩石上，滿月的光芒如此耀眼地照在河流上，水看起來就像純粹的光在流動奔騰。

「這個世界怎麼能繼續像這樣發亮？」我躺了下來，看著沉醉在星星裡的夜空。

托比沒有回答，只是搖搖頭，然後躺在我身旁，近到可以用一隻手摟著我，近到如果他真的這樣做，我就能把頭枕在他的胸膛上。但他沒有，所以我也沒有。

他開始說話，輕柔的話語如煙霧般消失在夜色裡。他講著貝莉是如何想要在飛人河谷舉行婚禮，這樣他們宣誓完之後便能跳入水潭裡。我用雙手撐起頭，在月光下清楚見到那幅景象，彷彿正在看一場電影，我可以看見貝莉穿著溼透的亮橘色新娘禮服大笑，一路領著眾人走上小徑，回到屋裡，她那隨性的美麗如此豔光四射，人還未到便搶先一步宣告其降臨。在這場托比描述的電影裡，我可以看見貝莉是多麼快樂，忽然間，我不知道這一切的幸福快樂，貝莉的幸福，還有我們的快樂，現在到哪裡去了？我哭了起來，托比的臉出現在我的視線裡，他的眼淚落在我的臉頰上，直到我再也分不清那是誰的眼淚，只知道所有的幸福快樂都消失了，而我們又在相吻。

當我和他在一起，
就有人和我
一起在我的哀傷之屋，
有人和我一樣知道
屋子的構造，
有人能陪我走過
一間又一間悲傷的房間，
讓只有冷風與空虛
佈局凌亂的整棟建築物
不再那麼可怕、那麼寂寞

如同以往。

（四葉草高中外，在一棵樹的樹枝上發現的。）

11

喬伊・方特尼在敲門。我醒著躺在床上，正想著乾脆搬去南極，遠離托比，遠離這團混亂。我用一隻手撐起身子，往窗外望去，看著貧弱的晨光。

喬伊是我們家的公雞。自從一個半星期前，他第一次來訪後，他每天早上天才剛亮便抱著吉他過來，還帶著一袋從麵包店買來的巧克力可頌麵包，以及幾隻替大仔找來的死蟲。如果我們還沒起床，他會自己進門，煮上一壺濃得像瀝青的咖啡，然後坐在廚房餐桌前，漫不經心地在吉他上刷著憂鬱的和弦。他偶爾會問我想不想演奏，我說不要，他說好吧。禮貌的僵持。他後來再也沒有提過瑞秋，很好。

關於這一切最奇怪的地方，就是我們一點都不會感到奇怪。即使是大仔，根本不習慣早起，也會穿著拖鞋走下樓，狠狠在喬伊背上拍一掌表示歡迎，接著在檢查完金字塔後（喬伊已經檢查過了），他立刻跳回前一天早上的對話，聊著他最近很著迷的主題：爆炸蛋糕。

大仔聽說愛達荷州有一個女人，在替丈夫做生日蛋糕的時候，麵粉被點燃了。當地天氣持續一段時間都很乾燥，所以空氣中有很多靜電。一團麵粉塵圍繞著她，因為她手裡摩擦靜電所產生的火花，結果就爆炸了：一個無心製造出來的麵粉炸彈。現在大仔正在徵召喬伊和他一起重演當時場景，純粹為了科學研究。我和外婆一直堅決反對，理由再明顯也不過：「大仔，我們的大災難還不夠多嗎？」外婆昨天這麼說，立場十分堅定。我想是大仔抽不停的那堆大麻，讓爆炸蛋糕的點子變得比實際上更有趣、更吸引人，但不知道為什麼，喬伊也同樣被這想法迷住了。

今天是星期天，我得在幾小時內到熟食店報到。我闖進廚房時，裡頭一片鬧哄哄。

「早安，約翰．藍儂。」喬伊從吉他弦上抬起頭，對我拋出一個下巴差點都要掉下來的咧嘴笑容——我到底在做什麼？居然和托比親熱？貝莉的托比？我心裡一面這麼想著，一面朝這位超級無敵馬力的喬伊．方特尼回以微笑，這傢伙似乎已經搬進了我們家廚房。事情真的是一團亂——應該吻我的男孩表現得像個兄弟，而應該表現得像個兄弟的男孩卻一直吻我。嘖。

「嗨，約翰．藍儂。」外婆跟著說。

有沒有搞錯？大家可不能學起來。「只有喬伊可以這麼叫我。」我不滿地對她說。

「約翰．藍儂！」大仔迅速溜進廚房，「呼」地一下將我抱入懷裡，在廚房裡轉著圈子逗我。「我的女孩今天如何啊？」

「為什麼大家心情都這麼好？」我覺得自己像守財奴㊼史古基。

「我沒有心情很好。」外婆笑得開懷極了，看起來簡直和喬伊有血緣關係。我注意到她的頭髮也是乾的。今天早上沒有悲傷的淋浴。這可是第一次。「我只是昨晚想到一個點子，是個驚喜。」喬伊和大仔望了我一眼，然後聳聳肩。外婆的點子和大仔的通常在古怪程度上不相上下，但我懷疑這次她的點子可能會牽扯到爆炸或求神問卜的巫術。

㊼ Scrooge，狄更斯作品《聖誕頌歌》（A Christmas Carol）之主角，吝嗇鬼，貪財又愛算計，獨居，而且鄙棄聖誕節。遇見過去、現在與未來三個鬼魂之後才恍然大悟，反省自己的人生。

「親愛的，我們也不知道。」大仔那轟轟作響的男中音實在很不適合在清晨八點出現。「其他新聞快報，喬伊今早忽然頓悟，把那株小藍植物放在其中一個金字塔底下——我居然之前都沒想到。」大仔止不住興奮，像個驕傲的父親低頭對著喬伊微笑。我納悶喬伊是如何就這樣混入了我們家，不知道是不是因為他從來不認識貝莉，沒有擁有任何關於她的記憶，他像來自另外一個世界，一個沒有我們心碎的世界——

我的手機響了。我瞄了一下手機螢幕，是托比。我沒接，讓來電進入語音信箱，覺得自己是世界上最惡劣的人，因為光看他的名字就讓我回想起昨晚那一切，我的胃忽然一陣陣扭曲絞痛，我怎麼能讓這種事發生？

我抬起頭，所有人的目光都集中在我身上，納悶為什麼我沒接電話？我得離開廚房。

「喬伊，想不想一起演奏？」我走上樓去拿豎笛。

我聽見「哇靠！」然後是對外婆與大仔的道歉。

我們又回到門廊，我說：「你起頭，我會跟上。」

他點頭，開始演奏一些G小調的甜美輕柔和弦，但我心煩到不適合甜美，意亂到不適合輕柔。我甩不去托比那通電話，還有他的吻。我甩不去那些紙箱、不會再被使用的香水、不會再移動的書籤以及被移動的聖安東尼像。我甩不去貝莉十一歲那年沒有把自己放入那張全家福裡的事實。而忽然間，我好氣自己居然忘了在演奏音樂，甚至忘了喬伊就在身旁。

我開始想著自從貝莉死後，那些我未曾說出口的事，所有深深堆藏在我心裡的那些話，我們那間橘色的臥房，在人死後沒有被說出口的那些話，因為太悲傷，太憤怒，太讓人心力交瘁，太讓人有罪惡感，所以無法說出口——所有這一切像條錯亂的河流在我體內流竄。我用力吸進所有空氣，直到四葉草鎮大概再也不剩一點空氣給其他人呼吸，接著把所有的氣全吹進豎笛裡，吹出一個如瘋狂颶風肆虐的顫抖音符。我不知道豎笛是否曾發出過如此恐怖的聲音，但我停不下來，所有那些年的回憶此刻傾瀉而出——我和貝莉在河裡，在海洋裡，在臥房裡緊緊相依偎，一起坐在車子的後座，一起泡澡，一起跑過樹林，一起度過沒有媽媽的每一個白天，每一個夜晚，每一個月和每一年——我震破窗戶，爆破牆壁，回憶有如走馬燈迅速跑過，我要托比離得遠遠的，還要把那株蠢死了的小藍植物拿起來用力扔進大海裡——

我睜開眼睛，喬伊目瞪口呆地盯著我瞧。隔壁的狗正在吠個不停。

「哇喔，我想下次妳帶頭演奏吧。」他說。

這幾天我一直在做決定。

我拿出那件貝莉會永．遠穿著的洋裝——

黑色絲質的那件——並不合季節——她最喜愛的。

我挑了一件毛衣搭配，耳環、手鍊、項鍊

她最愛的羅馬繫帶涼鞋。

我收集她的化妝品，和一張最近的相片，一起交給禮儀師——

我以為替她梳妝打扮的會是我；

我不想讓一個陌生人見到她全身赤裸

碰觸她的身體
刮她的腿毛
替她擦口紅
儘管如此，還是難免。
我幫外婆挑棺木，
與墓地。
我改了幾句話
在大仔寫的訃聞裡。
我在一張紙上寫下我認為
應該放在墓碑上的話。
我一句話都沒說地完成這些事。
一句話都沒說，過了好幾天，
直到我在喪禮前看見貝莉
終於失控。
之前大家如此這般地說著，我還沒意識到
猛地回到現實
這是真的——
我開始搖她——

以為自己可以搖醒她
要她從那鬼箱子裡出來。
她沒有醒來，
我尖叫：和我說話啊！
大仔一把抓過我抱入懷裡，
帶著我離開靈堂，離開教堂，
走進傾盆大雨裡，
一路走到溪邊
在那裡，我們一起啜泣
躲在他舉在頭頂上的黑外套下
遮擋住這惡劣的天氣。

（馬路底，在一張揉成一團的五線譜紙上發現的。）

12

真希望豎笛就在手邊，我一面這麼想，一面從熟食店走回家。如果我手上有豎笛，我會直接走向樹林，那裡沒人能聽見我出糗，就像今早我在自家門廊上的表演。演奏音樂，不是演奏樂器而已。瑪格莉特總是這麼說。而詹姆斯老師說：讓樂器來演奏妳。直到今天，他們兩人的話我都沒聽。我總是想像音樂被困在我的豎笛裡，而不是被困在我體內。但如果音樂是心碎時所逃逸出來的呢？

我轉彎走入家門前的那條街，見到大仔舅舅正在一面走路一面看書，不時被自己粗大的腳掌絆倒，經過他最喜愛的那幾棵樹時還會打招呼。沒什麼太異常，只除了會飛的水果。每年都會有幾個星期，如果條件允許，像是現在這樣大的風，梅子又特別沉重，我們家附近的梅子樹就會對人很不友善，開始拿我們當標靶練習。

大仔把手臂從東邊揮到西邊，熱情打招呼，險險躲過一顆差點掉在他頭上的梅子。

我向他敬禮，等到他走得夠近，我前前後後打量他那兩撇八字鬍，鬍子上了蠟，徹底造型過，是好一段時間內我見過最炫（換言之：最怪異）的造型。

「妳的朋友過來了。」他對我眨眨眼，然後又把臉埋回書裡，繼續散步去了。我知道他說的是喬伊，但我想到了莎拉，然後胃小小緊了一下。她今天傳了一封簡訊：派出搜索隊尋找我們的友誼。我還沒有回覆。我也不知道它到哪裡去了。

過了一會兒，我聽見大仔說：「喔，小藍，托比今天打電話給妳，要妳立刻回電。」

我在上班時，他也打了我的手機。我沒有聽語音信箱。我再次重申一整天都在發的誓：我再也不會去見托比．蕭。然後我乞求我姊姊賜給我寬恕的徵兆——也不用太細微，貝莉，來場地震就可以了。

離家更近時，我見到整棟屋子裡外顛倒——前院堆滿了一疊疊的書、家具、面具、壺和平底鍋、箱子、古董、畫、盤子、小裝飾品——接著我看見喬伊，還有一個看起來就像他的男生，只是壯碩些，甚至還高些，他們兩人正從屋子裡把長沙發搬出來。

「外婆，妳要把這放哪裡？」喬伊說，彷彿把沙發搬出屋外，是件再自然也不過的事。這一定就是外婆所謂的驚喜。我們要搬到前院去住。太棒了。

「男孩們，放哪裡都可以。」然後外婆看見了我。「小藍。」她輕快地走過來。「我正要找出是什麼導致這麼可怕的厄運。」她說。「我昨天半夜忽然想到的就是這件事。我們把所有可疑的東西都搬到屋外，舉行個儀式，燒燒鼠尾草，然後確保不要把任何不吉利的東西帶回屋裡。喬伊人真好，還去把他哥哥帶過來幫忙。」

「嗯哼。」除此之外我還真不知道能說什麼。外婆一本正經地對喬伊解釋這個荒唐主意時，我真希望能見到他當時臉上的表情。我從外婆身旁走開後，喬伊幾乎是飛快地跑過來。真是個智障傢伙。

「又是在精神病院的一天，是吧？」我說。

「令人費解的是……」他像個教授似地用手指著自己的眉毛。「妳外婆是怎麼決定哪些東西吉利或不吉利。我還沒破解出來。」他這麼快就已經發現當外婆滿腦子不切實際的幻想時，無法阻止，只能順著她的意，這點讓我印象深刻。

他哥哥也走了過來，隨意地將手放在喬伊肩上，立刻讓喬伊轉變成一個小弟弟——切進我心裡的那一刀既銳利又讓人措手不及——我不再是一個小妹妹了。不再是妹妹，就這樣。

喬伊毫不掩飾一臉過度崇拜，我整個人被擊倒。我也是完全一樣——我介紹貝莉的時候，覺得自己是在獻上這個世界上最會到處惹麻煩的一件藝術品。

「馬克斯暑假來這裡，他念加大洛杉磯分校。他和我大哥在那裡有一個樂團。」哥哥，哥哥，滿嘴都是哥哥。

「嗨。」我對另外一個眉開眼笑的傢伙說。方特尼這一家子在家絕對不需要燈泡。

「聽說妳吹的豎笛夠嗆。」馬克斯說。我馬上臉紅，喬伊也跟著臉紅，馬克斯笑出聲來，用力捶了他弟弟手臂一下。我聽見他低聲說：「哎唷，喬伊，你陷得可真深啊。」如果我沒看錯的話，喬伊的臉更紅了，然後他走進屋裡去拿一盞燈。

我納悶：如果喬伊真的那麼喜歡我，為什麼卻沒有更進一步的行動？甚至連跡象都沒有。我知道，我知道，我是女性主義者，我大可以主動，但是(a)我這輩子從沒對任何人主動過，不知道該怎麼做。(b)最近有位害我行為變得這麼古怪的不速之客，搶先佔據了我心裡那麼一點點小空間，還有(c)瑞秋——我是說，我知道他早上都待在我們家，但誰怎麼知道他晚上沒有跑去找瑞秋？

外婆已經立刻就喜歡上方特尼家的男生。她步伐輕快地在院子裡轉來轉去，一次又一次對那些男生說他們有多英俊，問他們的父母有沒有考慮過賣掉他們。「他們一定可以靠你們這幾個男生賺上一大筆錢。真可惜，像你們那樣的睫毛卻長在男生身上。小藍，妳不這麼認為嗎？妳不會不惜一切手段去擁有像那樣的睫毛嗎？」老天，我尷尬死了，即使她對睫毛的看法完全沒錯。馬克斯也不是在眨眼，他們兩個都是在放電。

她要喬伊和馬克斯回家去把第三個兄弟也帶來，確信方特尼家的男生都要到場來舉行儀式。很明顯，馬克斯和喬伊都著了外婆的魔，她說不定可以說動他們去替她搶銀行。

「帶上你們的樂器！」她在他們倆身後喊。「小藍，妳也是。」

我照著外婆的指示，去樹上找到我的豎笛，連同我的各式所有物，一同拿下來。接著外婆和我把幾個她已經補回好運的壺和平底鍋拿回廚房去煮晚餐。她準備雞肉，我把馬鈴薯切成四等分，再用大蒜和迷迭香調味。食材都放在烤箱裡後，我們走到外面去收集一些散落的梅子來做水果塔。她揉出麵團來做塔皮，我切著番茄和酪梨準備做沙拉。每次她經過我身旁，就會拍拍我的頭，或是捏捏我的手臂。

「這樣真好，又一起做晚餐了。是不是，小甜豆？」

我對她微笑。「是啊，外婆。」好吧，只有之前算是，因為她現在正用那種「小藍對我說真心話」的眼神看著我。外婆即將要發表宣言了。

「小藍，我很擔心妳。」來了。

「我沒事。」

「真的是時候了。至少該整理一下，把她的衣服洗乾淨，或是允許我去做。我可以在妳上班的時候去整理。」

「我會做的。」我一如往常地說。我也的確會整理，只是不知道會是什麼時候。

她的肩膀誇張地垮下。「我在想，我們下個星期可以找一天去城裡，吃個午餐——」

「沒關係。」

我把目光落回手上的工作。我不想見到她的失望。

她寂寞地大聲嘆了口氣，然後回去做塔皮。我用心電感應告訴她，我很抱歉。我告訴她，我只是現在無法對她吐實。告訴她，我們之間那一公尺的距離，對我而言就像一光年，我不知道要如何跨越。

她用心電感應回我話，說我傷了她已經破碎的心。

那些男生回來時，介紹了方特尼家的大哥，他也是趁著夏天從洛杉磯來鎮上。

「這位是道格。」馬克斯說，喬伊也同時說：「這位是佛瑞德。」

「父母就是下不了決定。」最新的這位方特尼男生提供了解釋。這一位看起來肯定是歡樂到精神整個錯亂的地步。外婆說得對，我們應該把他們賣掉。

「他說謊。」馬克斯高聲說。「念高中的時候，佛瑞德想要裝成熟，好去認識一堆法國馬子。他想佛瑞德這名字太不文明，活像摩登原始人[48]，所以決定用他名字中間的那個字：道格。但我和喬伊一直改不過來。」

「所以現在歐洲和美洲這兩邊的人都喊他道格佛瑞德。」喬伊用手推了一下大哥的胸膛，對方馬上反擊，在他肋骨上戳了好幾下。方特尼家的男生就像一窩體型巨大的小狗，互相追來趕去、跌跌撞撞，雖然打打鬧鬧，感情卻依舊好得不得了。

我知道這樣想很不夠大方，但看著他們，他們那兄弟間的友愛與忠誠，讓我覺得自己像月亮一樣寂寞。我想著托比和我昨夜在黑暗裡緊握著手，在河邊相吻，只要和他在一起，我就覺得自己的悲傷有了去處。

我們隨性坐在現在滿是家具的草地上吃飯。風已經小了些，所以我們可以坐在草地上而不會被掉落的水果連續攻擊。雞肉嚐起來就像雞肉，梅子做成的水果塔嚐起來就像梅子做成的水果塔。未免太快就一口焦灰都沒有了。

薄暮在整座天際潑濺出一片粉紅與橘色，懶洋洋地在夏季裡緩緩漫步。我聽見河水流過樹林的聲音，聽起來有可能是在說——

她永遠都不會認識方特尼家的男生。

她永遠都不會在河邊散步時，聽人談起這頓晚餐。

她再也不會在清晨或星期二回來，或三個月回來一次。

她再也不會回來了，永遠都不會。

她走了，而這個世界沒有她，仍從容地緩緩向前行進——

我再也無法呼吸，再也無法思考，再也無法好好坐著。

我想說：「我馬上就回來。」但卻一句話都說不出口，只能轉過身，不去理會院子裡大家關

㊽ Flintstoneish，意指美國動畫影集Flintstone，曾改拍為真人電影。

心的臉色，匆匆跑向樹林邊。我一走到小徑上便拔足飛奔，想跑贏正緊追我不放的心碎。

我很確定外婆或大仔會追過來，但他們沒有，追過來的是喬伊。他來到我面前時，我正喘不過氣，在一張小徑上找到的紙上面寫著東西。我把紙扔到一塊石頭後面，試著抹去臉上的淚水。

這是我第一次見到他臉上沒有出現任何微笑。

「妳沒事吧？」他問。

「你根本就不認識她！」我居然就這樣脫口而出，尖銳又充滿指責，我想阻止自己都來不及。我看見他臉上出現驚訝。

「是不認識。」

他沒有再說什麼，但我無法阻止那個錯亂瘋癲的自己繼續說下去：「而且你還有這麼多哥哥。」我這麼說，彷彿那是種罪。

「我是有。」

「我就是不明白，你為什麼一直要跑來和我們混在一起？」隨著尷尬悄悄竄進全身，我感覺自己的臉蛋開始發燙——真正的問題是，我為什麼一直堅持要像個百分百受過專業訓練的瘋子？

「妳不知道？」他眼神在我臉上流連，嘴角開始往上揚。「小藍，我喜歡妳啊。」他不敢置信地說。「我覺得妳很棒……」他為什麼會這樣想？貝莉才棒，還有外婆和大仔也是，當然媽媽也是，但不會是我。我是一個立體家族裡的平面人物。

他咧嘴笑著，說：「我也覺得妳很漂亮，我真夠膚淺吧。」

我有個可怕的念頭：他會覺得我漂亮，覺得我很棒，只是因為他從未遇見過貝莉。接著又是一個非常恐怖的可怕念頭：我真高興他從沒見過貝莉。我搖搖頭，想要從心裡抹去那些念頭，就像玩具畫板[49]。

「怎麼了？」他的手往我臉上伸過來，拇指緩緩摩挲過我的臉頰。他的碰觸好溫柔，我身子一震。從沒有人像這樣碰過我，用他現在正看著我的眼神那樣看著我，深深地看進我的心底。我想躲開他的目光，卻同時又好想吻他。

接著：眨眼，眨眼，眨眼。

我沉淪了。

我想他表現得像個哥哥的額度已經用完了。

「可以嗎？」他伸手去拿我綁在馬尾上的橡皮圈。

我點頭。他很緩慢地將橡皮圈拿下，過程中目光一直注視著我。我整個人被催眠。彷彿他正在解開我上衣的釦子。他拿下來後，我微微搖了搖頭，於是頭髮猛地恢復慣常那奔放模樣。

「哇喔。」他輕聲說。「我一直很想這麼做……」

我可以聽見我們的呼吸聲。我想即使遠在紐約的人也能聽見。

「那瑞秋呢？」我說。

「她怎麼了？」

「你不是和她？」

[49] Etch a Sketch，一種玩具畫板，如果想把畫好的圖畫清掉，只要搖一下畫板，圖案便會全部消失。

「是妳。」他回答。是我耶！

我說：「對不起我說了那些話，在你……」

他搖搖頭，彷彿那不重要，出乎我意料地，他並沒有吻我，而是摟住了我。有那麼一瞬間，在他的懷抱裡，我的心事緊貼著他的心，我聽著漸強的風聲，想著：也許這陣風真的能把我們吹起來，隨風而去。

13

古老紅杉林的乾枯枝條在我們頭頂上發出詭異的吱嘎聲響。

「哇，那是什麼聲音？」喬伊抬起頭，忽然抽開了身子，然後又往回看。

「什麼？」我還是好想被他摟著，感到很不好意思，便試著說笑來掩飾。「呿，真是殺風景。你忘了嗎？我現在可是處於危機時刻。」

「我想妳一天內的怪異行徑已經夠多了。」他微笑，手指在耳邊畫著圈圈，表示我有多像瘋子。我忍不住大聲笑了出來。他有些驚恐地再次環顧四周，問：「說真的，那到底是什麼聲音？」

「城市男孩，你害怕深不見底的幽暗樹林嗎？」

「我當然怕，大多數的正常人都會怕好嗎？記得樹林裡會有獅子、老虎和熊嗎？怕死了。」他的手指勾住我的褲耳[50]，開始調整我的方向往回家的路上走，然後忽然停住不動。「就是那個聲音，剛剛又出現了。活像那種毛骨悚然的恐怖電影音效，接著手拿著斧頭的殺人狂就會跳出來逮住我們。」

「那是古老樹林都會有的聲音。風很大的時候，這裡聽起來就像上百道門發出怪聲打開又關

[50] 褲子上用來固定皮帶的條狀物。

上，全在同一時間響起，遠比毛骨悚然還恐怖。我想你沒辦法忍受的。」

他用手摟住我，說：「挑釁嗎？那下次有風的日子來逛逛。」他指著自己——「韓賽爾」——然後指著我「葛莉特[51]」。

就在我們要離開樹林之際，我說：「謝謝，謝謝你追了上來，還有……」我想謝謝他花上一整天時間替外婆搬家具，謝謝他每天早上替大仔帶來死蟲，謝謝他在我辦不到的時候，陪著他們說話解悶。但我只說：「我超愛你演奏的方式。」這也是真的。

「我也是。」

「少來。」我說。「那根本不是演奏，是在吹喇叭，超丟臉。」

他笑出聲來，說：「才不會。等待是值得的。這證明了為什麼如果可以選擇的話，我寧願失去說話的能力，而不是演奏音樂的能力。音樂顯然是更優越的溝通方式。」

這點我倒是同意，不管有沒有出糗。今天的演奏像是找到了一套字母符號系統——彷彿一下子就冒了出來。他把我摟得更緊，我身體裡有某種東西開始膨脹，某種很像是喜悅的東西。

我試著去忽略腦袋裡那道堅持的聲音：小藍，妳怎麼敢哪？妳怎麼敢這麼快就感覺到喜悅？

我們走出樹林後，我看見托比的卡車停在屋子前，立刻身子發軟。我慢下腳步，離開喬伊身邊，他疑惑地看向我。外婆一定也邀請了托比來參加她的儀式。我考慮要不要再上演另外一樁瘋狂脫逃，衝回樹林裡，這樣就不用和托比與喬伊待在同一間屋子裡，但我不是那位女演員[52]，我知道我辦不到。我們走上台階時，我的胃一陣絞痛。我們走過露西與艾瑟爾，這兩隻狗趴在門廊上等著托比出來，我們經過時，當然，牠們根本連一根毛都沒動。我們推開門，穿過走廊來到客廳。屋裡點滿了蠟燭，空氣裡飄著鼠尾草濃濃的甜香。

道格佛瑞德與馬克斯坐在客廳中央的椅子上，正在彈奏佛朗明哥吉他。「一半的媽媽」就在他們上方，彷彿正在聆聽奔放在整間屋子裡的粗獷和弦。大仔舅舅聳立在壁爐前，雙手隨著狂熱節奏拍打大腿。而托比站在客廳另外一邊，遠離大家，看起來就和我之前感覺到的一樣寂寞——我的心立即就倒向了他。他靠在窗前，金色的頭髮與肌膚在閃爍的燭光裡微微發光。他看著我們走進客廳，喬伊清楚看見他用根本不該出現的眼神緊盯我倆不放，我打了一個顫。即使沒有往身旁看去，我也可以感覺到喬伊的迷惑。

此刻我正想像樹根從我腳上長出來，這樣我才不會飛奔到托比的懷裡，因為我有一個很大的問題：即使是在這間屋子裡，在今天晚上，所有人都在場，還有不再表現得像兄弟的超級帥哥喬伊．方特尼就在我身旁，我還是能感覺到那條看不見的繩索拉著我越過客廳，走向托比，而我根本無法招架。

我轉身面對喬伊，我從沒見過他這副模樣：不開心，四肢因為困惑而緊繃著，目光從托比移到我身上，又移回托比身上，彷彿我和托比之間所有那些不可告人的祕密，在喬伊面前一覽無遺。

「這傢伙是誰？」喬伊完全沒了平日的從容。

---

51 Hansel和Gretel為童話故事《糖果屋》中那兩位主角兄妹。

52 可能是指Runaway Bride（中譯：《落跑新娘》）裡的女主角（Julia Roberts飾演），婚禮前總是落跑。

「托比。」我說出來的聲音古怪得像個機器人。

喬伊看著我的眼神像是在說：拜託，智障，托比是誰？

「我來介紹你們認識。」我這麼說，因為我別無選擇，也不能只是就站在這兒，好像中風了似的。

情況只能這麼形容：全搞砸了。

而且，除此之外，佛朗明哥的音樂已經開始漸漸加強，火焰、性與激情從四面八方鞭策而來，將我們團團圍住。完美。他們就不能挑些讓人昏昏欲睡的奏鳴曲嗎？男生們，華爾滋也不錯啊。喬伊跨過客廳往托比走去，我緊緊跟在後頭：太陽的運行軌道就要和月亮相撞了。

幽暗的暮色從窗戶湧進，籠罩住托比整個人。我和喬伊停在他面前幾步遠的地方，三個人現在都身陷白天與黑夜交界的不確定裡。圍繞著我們的音樂繼續鼓動著火熱的革命，我身體裡面有一個女孩想要對這狂熱的節拍屈服——她想要在這充滿強烈節奏的屋內放浪地狂舞，但不幸地，那個女孩在我身體內，並不是我自己。我只想要一件隱形斗篷，離開這場混亂。

我看向喬伊，見到那激昂的節拍暫時劫持了他的注意力，我鬆了一口氣。他一隻手在大腿上彈著，一隻腳在地板上踩著拍子，頭快速擺動，頭髮甩落到眼前。他一直對兩個哥哥微笑，那兩人手指上不斷流瀉出來的激烈節奏兇暴到說不定能推翻政府。我知道，我透過喬伊看著這場音樂暴動時，臉上也笑得像個方特尼家族的一份子。我可以感覺得出來喬伊有多想要他的吉他，就如同，忽然間，我可以感覺到托比有多想要我。我悄悄朝他瞥了一眼，一如所料，我望著喬伊的一舉一動，全被他看在眼裡。他的目光牢牢黏在我身上。我們怎麼會讓自己陷入這樣的處境？這一刻他的眼神一點都感覺不到是要尋求慰藉，而是要別的什麼。我低下頭，用手指在牛仔褲上寫下

「救我」，再抬起頭時，見到托比和喬伊的目光鎖在一起。某種訊息無聲地在他們中間傳遞，而這一切都和我有關，因為彷彿就在這個時候，他們看著彼此的眼光落到我身上，兩個人都用眼神在說：小藍，這是怎麼回事？

我身體內的每個器官都移位了。

喬伊溫柔地將手放在我的手臂上，彷彿這樣能提醒我張開嘴巴，說出話來。他一碰到我，托比的眼神便燃燒起來。他今晚是怎麼回事？他的舉止就像我男友，而不是我姊姊的男友、不是在情有可原的情況下和我親熱過兩次的那個人。而我又是怎麼了？不管怎樣，他對我這難以理解又無法逃避的吸引力，究竟是怎麼回事？

我說：「喬伊才剛搬到鎮上。」托比禮貌地點點頭，我聽起來也恢復了人性，很好的開始。我想要說：「托比曾是貝莉的男友。」卻厭惡說出「曾是」，也厭惡那會讓我覺得自己是個背叛姊姊的人。

但托比直接看著我，說：「妳的頭髮放下了。」喂，這可不是你該說的話。你該說的是：「喔，老兄，那你是從哪搬來的？」或是「四葉草鎮挺不錯。」或是「你滑滑板嗎？」或什麼都好，除了「妳的頭髮放下了。」

他的評語似乎沒干擾到喬伊。他正看著我微笑，彷彿很驕傲是他讓我的頭髮從束縛中解脫。就在這時，我注意到外婆站在門口，正看著我們。她匆匆過來，手裡拿著一束燃燒著的鼠尾草，像是魔杖。她迅速上下打量我幾眼，似乎確定我已經沒事了，便將她的魔杖指著托比，說：「我來介紹你們兩個男生認識一下。這位是喬伊．方特尼，這位是托比．蕭，貝莉的男朋友。」

呼——我看見了：喬伊那口鬆下來的氣像瀑布一樣嘩啦啦流遍全身。我看見他心底已經結案，他說不定心想不會有什麼事發生——因為有哪個妹妹會去跨越那條線？

「嘿，我很遺憾。」他這麼告訴托比。

「謝謝。」托比試著微笑，但露出來的卻不是微笑，而是一副想殺人的表情。不過，外婆說出的事實讓喬伊如釋重負，他甚至根本沒注意到，只是轉過身，恢復向來的開朗，加入哥哥的陣營，外婆跟在他後頭。

「小藍，我要走了。」托比的聲音幾乎被音樂蓋過。我轉過身，見到喬伊正在吉他前彎下腰，除了手指發出的聲音外，忘卻了一切。

「那我陪你出去。」我說。

托比對外婆、大仔和方特尼家的男生們道別，所有人都很訝異他這麼快就要走了，尤其是外婆，我看得出來，她正想要了解這是什麼情況。

我跟著托比來到他的卡車旁——露西、艾瑟爾和我全都在他腳邊汪汪叫。他打開車門，卻沒有上車，而是靠在車上。我們面對著面，在他臉上完全看不到我以往那麼熟悉的平靜或溫柔，取而代之的是極度的錯亂與焦躁。他正處於完全的「剽悍滑板者」模式，而即使我並不想去注意，還是很難移開目光。我感覺我們之間有一道水流在流動，感覺那道水流開始在我體內失控地奔竄。*那是什麼啊？*我這麼想著的同時，他凝視我的雙眼，接著是我的嘴唇，然後目光緩緩掃過我全身，彷彿我為他所有。*我們為什麼無法停止？*我覺得自己好想就這樣拋開顧忌——彷彿我和他一起在滑板上旋轉到了空中，不顧安全或是後果，不顧一切，只除了速度、膽量，還有飢渴地、貪婪地想要感覺活著——但我告訴他：「不。不要現在。」

「什麼時候？」

「明天。我下班後。」我違背了更好的判斷，違背了所有的判斷。

妳們兩個晚餐想要吃什麼？
妳們兩個對我的新畫作有什麼意見？
女孩們這週末有什麼計畫？
女孩們去上學了沒有？
我今天還沒見到她們。
我早告訴過她們要快點！
那兩個女孩去哪了？
女孩們，別忘了帶午餐。
女孩們，晚上十一點之前要到家。
女孩們，想都別想去游泳——外頭凍死人了。
沃克家的那對姊妹要來舞會嗎？
沃克家的那對姊妹昨晚在河邊。
看看沃克家的那對姊妹回家了沒？

（在貝莉衣櫃裡的牆壁上發現的。）

14

我找到外婆，她正拿著鼠尾草魔杖在客廳裡轉著圈圈，像個長大過頭的仙子。我對她說我很抱歉，但我覺得不舒服，需要上樓去。

她轉到一半停住。我知道她感覺到出了問題，但她說：「好的，小甜豆。」我向大家道歉，並盡量若無其事地道晚安。

喬伊跟著我走出客廳，我決定也許現在是加入修道院的時候，去和修女過上一陣子與世隔絕的生活。

他碰碰我的肩膀，我轉過身面對他。「希望我在樹林裡說的那些沒有嚇到妳什麼的……希望這不是妳失常的原因……」

「不，不是的。」他的雙眼因為擔憂而睜得大大的。我解釋：「事實上，那些話讓我很開心。」這當然是真的，只是聽完他的告白後，出現了一個很小的問題，那就是我和死去姊姊的男友定了一個約會，天知道我們要去幹嘛！

「那就好。」喬伊用拇指摩挲我的臉頰，他的溫柔再次讓我身子一震。「小藍，因為我已經無法自拔了。」眨眼，眨眼，眨眼。他不過就是這樣眨幾次眼，我也要無法自拔了，因為我正想著喬伊・方特尼就要吻我了。終於。

管他的修道院。

先過來吻我吧！我體內之前不存在的放蕩因子就要爆發。

「我以為你不知道我的名字。」我說。

「小藍，妳對我認識也不多。」他露出微笑，伸出食指壓在我的嘴唇上，手指停在那兒，直到我的心在木星上降落：三秒鐘，然後他移開手指，轉過身，走回客廳。乖乖真是不得了——好吧，這要不是我這輩子最蠢就是最性感的一刻，我決定投性感一票，因為我站在這兒，呆若木雞，頭暈目眩，不知道他到底吻了我沒有？

我一整個意亂情迷。

我想這不是一般正常人服喪的方式。

最後我終於能讓腳移到另外一隻腳前面時，我上樓進入聖地。感謝老天，外婆認為這地方還算好運，所以幾乎原封不動，尤其是貝莉的東西，外婆仁慈地碰都沒碰。我直直走向她的書桌，開始對著那幅探險家圖畫說話，就像我們有時候會對「一半的媽媽」說話。

今晚，山頂上的女人一定得是貝莉。

我坐下來，告訴她我有多抱歉，我不知道自己是怎麼了，我明天早上第一件事就是打電話給托比取消約會。我也告訴她，我不是故意在樹林裡想那些念頭，我願意付出任何代價，讓她能與喬伊．方特尼相遇。任何代價。然後我再次請求她，在我那些不可饒恕的念頭與行為越來越多，變得無可救藥之前，賜給我一個寬恕的徵兆。

我望向那些箱子。我知道總得開始收拾。我深呼吸一口，趕走心裡所有可怕念頭，將雙手放在書桌抽屜的木製把手上。卻只是立刻就想到貝莉和我的不准窺探協定。我從未打破過這個協定，一次都沒有，即使我天性就喜歡到處挖別人的祕密。在別人家裡，只要可能，我就會跑去打開藥櫃，偷看浴簾後面，打開抽屜和衣櫃的門。但和貝莉在一起，我一直遵守著這個協定。

協定。我們之間有好多協定，現在都沒人遵守了。還有那些沒說出口的呢？那些不用話語、不用打勾勾約定，甚至還沒有意識到便已經開始的協定呢？我的胸口瞬間刮起一陣風暴。我忘了和畫說話，拿出手機用力按下貝莉的號碼，不耐煩地聽著她扮演茱麗葉，腦袋裡熱烘烘的，在「嗶」聲響起後，我聽見自己說：「賽馬死掉後，那隻陪跑的笨小馬後來怎麼樣了？」我的聲音裡同時有著憤怒與絕望，又立刻莫名地希望自己能清掉這則留言，這樣她才不會聽到。

我緩緩打開書桌抽屜，害怕可能會找到什麼，害怕有什麼她可能沒有告訴過我的事，害怕打破協定而激動到快抓狂的自己。但裡面就只是一些雜物而已，她一些不重要的東西，幾支筆，幾張四葉草劇團的節目單，音樂會的票，一本通訊錄，一支舊手機，幾張名片，一張是我們牙醫的名片，提醒她記得下次的約診，還有一張是保羅．布思的名片，是個私家偵探，地址在舊金山。

搞啥鬼？

我拿起這張名片，背面是貝莉的筆跡寫著：四月二十五日，下午四點，2B號房。我唯一能想到她會去見私家偵探的理由，就是她要找媽媽。但她為什麼要這麼做？我們都知道大仔已經試過了，確切地說，不過就在幾年前而已，而那位私家偵探說不可能找到她了。

大仔告訴我們私家偵探這件事的那天，我和外婆正在廚房剝著從花園裡摘來的豆子準備晚餐，貝莉一直處在火爆狀態，像枚魚雷在廚房裡四處襲擊。

貝莉說：「外婆，我知道妳曉得她在哪。」

「貝莉，我怎麼會知道？」外婆回答。

「是啊，貝莉，外婆怎麼會知道？」我重複一次。我最恨外婆和貝莉吵架，而且感覺到有什麼事即將要爆發。

貝莉說：「我可以去找她。我可以找到她，把她帶回來。」她抓過一個豆莢，連殼整個塞入嘴裡。

「妳找不到她的，也無法把她帶回來。」大仔站在門口，他的話像福音般響徹整間廚房。我不知道他已經聽了多久。

貝莉走向他，問：「你怎麼知道？」

「貝莉，因為我試過了。」

外婆和我停下剝豆莢的動作，抬起頭看著大仔。他笨重地走到桌前，坐在一張廚房椅子上，看起來就像巨人坐在幼稚園教室裡。「幾年前我雇了一個偵探，很不錯的偵探，如果他真找到什麼，我會全告訴你們，但他什麼都沒找到。他說，如果一個人不想被找到，最簡單的方法就是上演失蹤記。他認為佩吉換了名字，如果她搬走的話，說不定也換了社會安全號碼[53]……」大仔漫不經心地在桌上敲著手指——聽起來就像雷聲在小聲鼓掌。

「我們怎麼知道她是不是還活著？」大仔低聲說，但我們都聽見了，彷彿他是在山頂上大聲喊出這句話。奇怪的是，我從沒這麼想過，我想貝莉也從未這麼想過。別人總是告訴我們，她會

[53] Social security number，美國政府發給本國公民、永久居民與臨時工居民的一組九位數字號碼，等同於身分證號碼。

回來，我們也如此認為，深信不疑。

「她還活著，她當然活著。」外婆對大仔說。「而且她一定會回來。」

我看見貝莉臉上又出現了懷疑。

「外婆，妳怎麼知道？既然妳這麼確定，妳一定知道什麼。」

「身為一個母親就是知道，可以嗎？媽媽就是會知道。」說完後，外婆便離開了廚房。

我把名片放回書桌抽屜裡，拿起聖安東尼像，上床睡覺。我把聖安東尼像放在床頭櫃上。為什麼貝莉有那麼多祕密不告訴我？而我現在又怎麼可能為此而對她生氣？在任何情況下。關於任何事。即使只有一瞬間。都不可能了。

貝莉和我不太常討論
外婆的魔咒，
外婆說那是她的「私人時間」，
待在畫室裡好幾天
完全不休息。
不過就是天經地義，
一如夏季的綠葉，
在秋季燒得火紅。

我會從門縫偷窺，
看見她被畫架圍繞
上頭全是綠色的女人，已經成形一半——
油彩依舊未乾，飢渴。
她會一口氣全畫完，
很快，她開始
也變得像她們一樣，
衣服上、手上和臉上
全濺滿綠色。
這樣的日子裡，貝莉和我
會自己打包牛皮紙袋，
中午會拿出三明治，
恨死了面對失望，
那個小圓點圍巾、
幾張樂譜和藍色羽毛的美妙世界
沒有在午餐時帶給我們驚喜。
放學後，我們會端給外婆一壺茶
或是配著起司的切片蘋果，

但都只是放在桌上，動都沒動。
大仔會告訴我們要自己度過難關——
每個人偶爾都會需要休息
從日常生活中逃離。
所以我們自己照顧自己——
外婆就像是去
和她的情人們度假
然後就像她們
在某個地方被困住
在現實與幻想之間。

小藍，妳醒著嗎？
嗯。
我們來想媽媽。
好啊，我先開始。她在羅馬——

（在小藍豎笛盒裡的一個牛皮紙袋上發現的。）

她最近一直在羅馬——
嗯，她現在是很有名的羅馬披薩大廚，已經很晚了，餐廳剛關門，她正喝著一瓶酒，和——和路奇在一起，那個帥哥侍者，他們才剛拿起酒瓶，正走過灑滿月光的街道，天氣很熱，他們走到噴泉時，她脫掉鞋子跳了進去……
路奇甚至連鞋子也沒脫，就那樣跳了進去，對她潑水，他們放聲大笑……
但站在噴泉裡，在又圓又亮的月亮底下，讓她想起飛人河谷，她是如何曾在夜晚裡和大仔一起游泳……
貝莉，妳真的這樣想嗎？妳真的認為她在炎熱夏夜的羅馬噴泉裡，和超帥的路奇在一起，會想到我們？還有大仔？
當然。
才不會。
我們正在想她啊。
那又不一樣。
為什麼？
因為我們不是在炎熱夏夜裡的羅馬噴泉裡，也沒有和帥哥路奇在一起。
沒錯。
晚安，貝莉。

（小藍衣櫃的一隻鞋子裡，在一團被揉成紙球的筆記本頁面上發現的。）

15

發生這一切的那一天，就像最近的每一天，從喬伊輕柔的敲門聲音開始。我翻過身，從窗口探出頭，透過晨霧，只見到空蕩蕩的草地。所有的東西一定是在我上床後全搬回了屋裡。

我走下樓，發現外婆在廚房裡，坐在她的餐桌位置上，頭髮用毛巾包了起來。她的雙手握著一杯咖啡，正盯著貝莉的椅子。我在她身邊坐下，說：「昨晚真的很抱歉。我知道妳有多想為貝莉，還有為我們，舉辦去邪儀式。」

「小藍，沒關係，我們會再辦一次，時間很多。」她握住我的手，用另外一隻手心不在焉地揉著。「而且，反正我想我已經找出導致厄運的禍首。」

「真的嗎？是什麼？」我說。

「妳知道大仔在南美研究樹林時，從那兒帶回來的面具嗎？我想那個面具上可能有詛咒。」我一直很討厭那個面具。整個面具全被假髮包覆，驚愕揚起的誇張眉毛，還有一張露出閃亮狼牙的嘴。「那面具總是讓我不寒而慄。」我告訴她。「貝莉也是。」

外婆點頭，但似乎另有心事。我想她沒有真正在聽我說話，這實在不像最近的她。

「小藍。」她試探地問。「妳和托比一切都還好吧？」

我的胃一緊。「當然沒事。」我用力吞了口口水，想讓自己聽起來不怎麼在意。「怎麼了？」外婆睜大眼睛看著我。

「我不知道，你們兩個昨晚在一起的時候，看起來都不太對勁。」慘了慘了慘了。

「而且我一直納悶，為什麼莎拉都不過來了？妳們吵架了嗎？」她這句話讓我更陷入罪惡感漩渦裡。

就在這時，大仔和喬伊走了進來，讓我逃過一劫。大仔說：「我們今天在六號蜘蛛身上見到了生機。」

喬伊說：「我發誓看到牠抖動了一下。」

「我差點當場就要心臟病發，這位喬伊呢，簡直興奮到要衝破屋頂了，但一定只是一陣微風的關係而已，那小東西還是根本動也沒動。那株小藍植物也還在繼續凋萎。我得再重新想想，說不定加盞紫外線燈。」

「嗨。」喬伊走到我身後，一隻手落到我肩上。我抬起頭，看著他臉上的溫暖表情，對他微笑。我想，即使我被吊在絞刑台上——我很確定自己現在正在前往的途中——他也能讓我微笑。我把手放在喬伊手上片刻，見到正要起身替我們做早餐的外婆注意到這情景。

我覺得自己多少該為我們正挖進嘴裡的這堆炒焦灰負責，彷彿昨天早上我們家才開始朝治癒之路邁進，我卻讓它脫軌了。大仔和喬伊談笑著爆炸蛋糕與如何讓蟲復活——他們老是提個不停——我則主動避開外婆懷疑的視線。

「我今天得提早去上班，今晚朱爾家要舉辦派對，我們負責提供飲食。」我對著盤子說，但可以從眼角餘光見到外婆正在點頭。她曉得這場派對，因為之前就有人要請她幫忙監督花卉擺置。一直都有人要請她指導派對和婚禮的花卉，但她很少答應，因為她討厭剪花。我們都知道不要去修剪她的灌木叢，或是剪下她種出來的盛開花朵，不然下場就是死刑。說不定她這次會答應，只是想離開家一個下午。有時候，我會想像，今年夏天沒了外婆，整個鎮上的園丁們有多可憐，他們站在院子裡，看著無精打采的紫藤、淒涼的吊鐘花，只能搔頭，無計可施。

喬伊說：「我陪妳去上班，反正我要去樂器行一趟。」方特尼家的所有男生這個夏天都應該要為父母工作，把一座穀倉變成一個小工場，讓他們爸爸可以打造特製的吉他，但我懷疑他們花上一整天的時間，其實是在替他們的樂團Dive寫新歌。

我們啟程出發，要走過七個街口到鎮上，但看起來要花上兩個小時，因為喬伊每次想說什麼就會停下，每三秒鐘就來一次。

「你是不是無法同時說話和走路？」我問。

他停在半途，說：「才不是。」然後繼續安靜走了一分鐘，直到他再也忍不住，於是停下，轉身對著我，拉住我的手臂，要我不得不也停下，同時告訴我，我得去巴黎，我們會一起在地下鐵演奏音樂，賺上大把大把鈔票，只吃巧克力可頌麵包，喝紅酒，每天晚上都整夜不睡，因為在巴黎是沒有人睡覺的。我可以聽到他的心一直在怦怦跳著，而我在想著：何不呢？我可以離開這哀傷的生活，就像脫下一件難看的舊洋裝，和喬伊一起去巴黎啊——我們可以坐上飛機，飛過海洋，降落在法蘭西。我們甚至今天就可以去。我有存款。我有一頂貝雷帽。一件火辣黑色胸罩。我知道怎麼用法文說我愛你[54]。我超愛咖啡、巧克力和波特萊爾[55]。而且我看過貝莉做過很多次了，知道怎麼樣圍絲巾。我們真的可以成行，這個可能性讓我樂得輕飄飄的，覺得自己可以「咻」一下子彈上天空。我這麼告訴喬伊，他牽起我的手，另外一隻手臂高舉成超人模樣。

「妳看吧，我之前說得沒錯。」他臉上的微笑足以供電整個加州。

「老天，你真是帥呆了。」我脫口而出，然後好想死，因為我不敢相信自己居然說得這麼大聲，他也一臉不敢置信——他的微笑，此刻如此燦爛，勝過千言萬語。

他又停了下來。我以為他又要講起更多巴黎的事——但他沒有。我抬起頭望著他。他表情正經，一如昨晚在樹林裡的模樣。

「小藍。」他低聲喚。

我望進他那雙無憂的眼眸，心門猛地一下開啟。

我們相吻時，我看見門的另外一端是藍天。

---

54 Je t'aime。

55 Baudelaire，法國著名詩人與作家，曾將美國作家愛倫坡作品譯為法文，使其在歐洲大受歡迎。

16

我
無法
推開
擋
在
我
面前
的
黑暗

（在瑪莉亞義大利熟食店外的長凳上發現的。）

我在熟食店的櫥窗裡做了一百萬個千層麵，還得一面聽瑪莉亞和一個又一個客人八卦，然後回家發現托比躺在我床上。外婆在朱爾家，大仔在工作，整間屋子靜悄悄的。我今天在手機裡按下托比的電話號碼十次，但每次還沒撥出，我就掛斷了。我本來要告訴他，我不會見他。在答應過貝莉之後。在吻了喬伊之後。在外婆的查問之後。在我捫心自問，發現某種貌似良心的東西之後。我本來要告訴他，不能再這樣下去了，我們得想想這會讓貝莉有什麼感受？我們自己感覺又有多糟？我本來要告訴他這一切，但卻沒有，因為每次當我要撥出電話，就會回到昨晚在他卡車旁的那一刻，於是那令人難以理解的同樣衝動再次襲來，是那樣不顧後果與飢渴，直到手機關上，無聲地躺在我面前的櫃檯上。

「嘿。」他的聲音深沉陰鬱，立刻讓我回到現實。

我朝向他移動，無法抗拒那股拉力，無法避開，如潮汐般強勁。他很快起身，走到房間中央迎上我。有那麼一瞬間我倆彼此面對，彷彿跳入鏡子裡。接著我感覺到他的唇狠狠壓在我的唇上，牙齒與舌頭與嘴唇還有他那痛苦的悲傷立刻與我的相撞，我們所有的痛苦悲傷一起衝撞這個讓我們變成這副模樣的世界。我發狂似地解開他上衣的鈕釦，從他的肩上扯下，接著我的雙手在他的胸膛、他的背後與脖子上，我想他一定有八隻手，因為一隻正在脫去我的上衣，另外兩隻在他吻我的時候捧著我的臉蛋，一隻正梳過我的頭髮，還有另外兩隻放在我胸前，剩下幾隻把我的下半身拉近他的，最後一隻手則在解開我牛仔褲上的鈕釦、拉開拉鍊，我們倒在床上，他的手漸漸朝我兩腿之間移動，就在這個時候，我聽見前門「砰」的一聲關上——

我們全身一僵，目光相對——羞恥在半空中相撞：所有的失事殘骸在我體內爆炸。我受不了了！我捧住臉，聽見自己的呻吟。我在幹嘛？我們差點就做了什麼？我想按下倒帶鍵。一直按一直按一直按下去。但我現在無法思考，只能想著不要和托比在這張床上被抓到。

「快點。」這句話讓我們兩個都恢復了動作，解除恐慌。

他跳下床，我像隻抓狂的螃蟹爬過地板，穿上衣服，把托比的衣服扔給他。我們同時以曲速著衣——

「不可以再這樣。」我一面說一面摸索著扣上上衣釦子，感覺像是犯了什麼滔天大罪，充滿自我厭惡和羞恥。「求求你。」

他正在整理床鋪，金色的頭髮胡亂飛揚。「小藍，對不起——」

「這不會讓我少想她一點，再也不會了。」我聽起來一半是堅決，一半是狂怒。「這只會讓事情更糟。」

他停下手上的動作，點點頭，各種情緒競相出現在臉上，但看起來似乎是受傷害居多。老天，我不想傷害他，但我也不想再做這種事了。我不能。而事情又怎麼會演變成這樣？現在和他在一起，不再像之前有躲進避風港的感覺了——不一樣了，變得走投無路，就像兩個人掙扎著想要呼吸。

「約翰．藍儂。」我聽見樓下喊。「妳在家嗎？」

不可能，這不可能。以前什麼事情都不會發生在我身上，十七年來一件都沒有，現在一下子全部發生了。喬伊實際上在唱著我的名字，聽起來得意洋洋，說不定還在為那個吻沾沾自喜。那個絕妙的吻，能讓星星落入張開的雙手裡，凱瑟琳與希斯克里夫在沼地時一定有過這樣的吻，陽光在他們背上鼓動，整個世界湧進了風與各種可能性——完全不像剛才橫掃過我和托比之間那如龍捲風肆虐的吻。

托比已經穿好衣服，正坐在我的床上，上衣下襬掛在大腿上。我納悶他為什麼不塞進褲子裡，然後才明白他是在試圖遮掩那要死的勃起狀態——喔，老天，我到底是哪根蔥？我竟然能讓情況如此失控？還有為什麼我家人不會做點正常的事，像是帶走家裡鑰匙，鎖上前門？

我確定自己已經扣上所有釦子，拉鍊也拉上。我整整頭髮，擦了擦嘴，然後打開臥房的門，把頭探出去，正好見到喬伊快步走來。他臉上綻放著燦爛無比的微笑，彷彿這身牛仔褲、黑上衣與反戴棒球帽的底下正是愛神本人。

「今晚過來我家吧。他們都要去城裡看爵士音樂表演。」他上氣不接下氣——我猜他是一路跑來的。「我實在等不及……」他牽起我的手，接著看見托比坐在我身後的床上。他先是放開了我的手，然後不可能的事發生了：喬伊．方特尼的臉瞬間笑意全消。

「嗨。」他對托比說，但聲音緊張，像被踩到痛處。

「我和托比剛剛正在整理一些貝莉的東西。」我脫口而出。我居然利用貝莉當藉口對喬伊說謊，掩飾自己和她男朋友胡搞。即使我已經變成這麼沒道德感的女孩，居然還能墮落到再創新低點。我是女孩子裡的沙漠毒蜥蜴。尼斯湖小藍水怪。連修道院都不會收留我。

喬伊點點頭，平靜下來，但仍舊用懷疑的眼光在我和托比之間轉來轉去。彷彿有人按下了調暗燈光的開關，把他整個存在都關掉了。

托比站起來。「我得回家了。」他走過房間，舉止頹喪，步伐怪異不穩。「很高興又見到你。」他對喬伊含糊地說。「小藍，再見。」他匆忙經過我們兩人身旁，像雨一樣悲傷，我覺得糟糕透了。我的心跟了他幾步，但又跳飛回喬伊身上，他就在我身邊，身上找不到一絲死亡的蹤跡。

「小藍，你們是不是——」

我很清楚知道喬伊要問什麼，所以我做出唯一能想得到的一件事，阻止這個問題從他嘴裡冒出來：我吻了他。我是說*真正地*吻他，就像第一天回到樂團後我就一直想要做的那樣。不是甜美溫柔的輕啄。用同一雙才剛吻過別人的唇，我吻去他的問題與懷疑，隨著時間過去，我也吻去了那個人、那件差點就要發生的事，直到只剩下我們兩個，我和喬伊，在這間房間裡，在這個世界裡，在我瘋狂不斷膨脹的心裡。

超級馬力啊！

有好一會兒，我把自己變成「婊子妓女蕩婦淫娃無恥淫蕩魔女陰晴不定的早熟少女」這念頭拋在一旁，因為我才剛領悟了一件不可思議的事。*這就是了*——激情就是這麼回事，《咆哮山莊》就是這麼回事——此刻當我和喬伊相吻，我們的雙唇拒絕分開，一切全匯結成在我體內奔竄的這股熱流。誰能知道這麼多年來，我只差一個吻，就能當凱瑟琳和茱麗葉和伊莉莎白還有查泰萊夫人？

幾年前，我「砰」的一聲倒在外婆的花園裡，大仔問我在幹嘛？我說我在看藍天。他說：「小藍，那是一種誤解，藍天處處都是，就從妳腳下開始。」

與喬伊相吻，我相信，這是我人生中的初吻。

我一陣狂喜，喬伊式的狂喜，我一面這麼想，一面抽開身子一會兒，然後睜開眼，看見喬伊．方特尼的燈光調節開關已經又調了回去，他現在也是一臉喬伊式的狂喜。

「那實在是——」我幾乎無法成句。

「不可思議。」他打斷我。「他媽的難以置信[56]。」

我們盯著彼此瞧，一臉驚嘆。

「當然好。」我忽然想起他今晚邀我去他家。

「當然好什麼？」他看著我的模樣，彷彿我正在說非洲語，然後他露出微笑，雙手抱住我，說：「準備好了嗎？」他把我舉起來旋轉，我忽然間身處有始以來最白癡的電影裡，我大聲笑出來，感受到的幸福如此巨大，讓人羞於在一個沒有姊姊的世界裡去享受。

「當然好，我今晚會去。」當一切停止轉動，我的兩隻腳又重新回到地面上時，我這麼說。

[56] 原文為法語：incroyable。

17

小藍，怎麼啦？

沒事。

告訴我。

不要。

快點，說嘛。

好吧。只是妳現在不一樣了。

怎麼不一樣？

像殭屍那樣笨。

小藍，我戀愛了——我從沒像這樣的感覺。

像什麼？

像永遠。

永遠？

是啊，這就是了。就是他了。

妳怎麼知道？

我的腳趾頭告訴我的。腳趾頭就是知道。

（西西莉亞糕點烘焙店裡，在一張塞在馬克杯裡的餐巾紙上發現的。）

「我要去喬伊家。」我對外婆和大仔說，他們倆現在都在家，守在廚房裡，聽著收音機裡一場大概是1930年代的棒球比賽。

「聽起來很不錯。」外婆說。她已經把那株仍舊無望的小藍植物從金字塔底下拿出來，放在桌上，對著它輕柔地唱歌，一首關於綠油油草地的歌。「我去梳洗一下，拿個袋子，小甜豆。」她不會是認真的吧。

「我也要去。」正彎著腰玩填字謎的大仔說。他是基督教國家裡玩填字謎最厲害的人。然而我望過去，卻注意到這次他在格子裡填的是數字，而不是字母。「等我把這填完，就一起出發去方特尼家。」

「那個，我想最好不要喔。」我說。

他們同時抬起頭望著我，滿臉不敢置信。

大仔說：「小藍，妳是什麼意思？他可是每天早上都來這裡，公平起見，除非我們也——」

接著他再也忍俊不住，放聲大笑，外婆也跟著大笑。我鬆了口氣。我真的已經開始想像，當我往山坡上前進，身旁伴著大仔與外婆的景象：怪怪一家子跟著瑪莉琳[57]去約會。

[57] 原文提到的 The Munsters（音似怪物英文：monsters）為美國影集，1964~1966期間上映，一家子都是怪物，吸血鬼、科學怪人等等，只有女主角 Lily 的表妹 Marilyn 是正常人。

「唷，大仔，她可是盛裝打扮，而且還把頭髮放下了，看看她。」這就是問題。我選好穿上碎花短洋裝、高跟鞋，擦上口紅，讓頭髮隨意放下，還以為不會有人注意到這模樣和我這輩子每一天裡最愛穿的牛仔褲、馬尾巴和素顏有何不同。我知道我臉紅了，也知道我得趕快出門，免得我衝回樓上挑戰貝莉約會前換穿三十七套衣服的金氏紀錄。這只是我的第十八套，但換衣服是種得飛快進行的活動，越換只會越抓狂，這是自然法則。即便是聖安東尼都從床頭櫃上偷覷著我，提醒我昨晚在抽屜裡找到什麼，就是不肯放過我。不過，我倒是想起一件關於聖安東尼的事蹟。他就像貝莉，魅力非凡，無人能敵。他得在市場佈道，因為即使是最大的教堂都塞不下前來聽他講道的信徒。他過世時，帕多瓦[58]所有的教堂鐘聲全部自動響起。大家都認為天使來到了地上。

「大夥兒，再見。」我對外婆和大仔說，然後走向門口。

「小藍，好好玩……不要太晚回來好嗎？」

我點頭，然後出發前往這輩子第一次的約會。我和其他男生一起出去的那些個晚上不算，和托比出去的那些晚上也不算（我努力試著不要去回想），派對當然更不算，那些派對過後隔天、一個星期、一個月和一年，我一直想著有什麼辦法能要回我的吻。從沒有像這樣過，此刻我走上山坡前往喬伊家，首次感覺到胸口彷彿有一扇窗戶，陽光正在湧進。

[58] Padua，義大利東北部一城市。

18

當
喬伊
演奏
他的
喇叭
我
從
我的
椅子
上
摔下
然後
跪在
地上
當

他
演奏
所有
的
花朵
交換
顏色
而
幾年
和
幾十年
和
幾個世紀
的
雨水
倒
回
了

（四葉草高中裡，在音樂教室的廁所牆壁上發現的。）

一看見喬伊坐在那棟白色大屋子的門口台階上彈著吉他，今天稍早我與他在聖地擁有的甜蜜戀愛感覺，再度襲來。他抱著吉他，彎著腰，輕聲唱著歌，歌詞隨風飄入空中，如同飛舞的葉子。

「嗨，約翰．藍儂。」他放下吉他，站起身從台階上跳下來。「哇喔，妳看起來實在[59]美極了，美到整夜只和我待在一起實在太可惜。」他簡直是一路跳著過來。他的歡喜係數讓我飄飄欲仙。在製造人類的工廠裡，一定有人搞砸了，悄悄在他身體內塞入比我們其他人還要多的東西。

「我一直在想，我們可以怎麼樣表演二重奏。我只需要重新安排——」

我無心再聽他說話了。我希望他繼續講個沒完沒了，因為我一個字都說不出來。我知道心花朵朵開只是種比喻，但此刻在我心裡，有一朵美得要死的花被縮時攝影[60]，恰好在十秒內從花苞

[59] 原文為法文：vachement。

[60] Time lapse photography，將長時間間隔拍攝的動態影像快速播放的技巧，在電影中通常交代時間的流逝。

開到整朵怒放。

「妳沒事吧？」他雙手放在我肩膀上，凝視著我的臉蛋。

「沒事。」我正在納悶，在這樣的情況下，大家是怎麼正常呼吸的。「我沒事。」

「妳沒事。」他打量著我，彷彿我是個大白癡，一下子就讓我從愛情魔咒中回到現實。

「哎唷，你這呆瓜[61]。」我推開他。

他笑出聲來，摟住我的肩膀，說：「來吧，妳即將進入方特尼大宅，安全恕不負責。」

關於方特尼大宅，我注意到的第一件事，是電話正在響，但喬伊似乎沒注意到。我聽見遠遠的另外一間房裡，有個女孩的聲音出現在答錄機上。我想了一下，覺得那聲音聽起來像瑞秋，然後決定：根本一點都不像。我注意到的第二件事，是這棟屋子和沃克大宅簡直完全相反。我們家看起來彷彿有哈比人住在裡頭，天花板低矮，粗糙多節的深色木材，地板上鋪著五顏六色的碎呢地毯，四處都是畫，牆壁上也是。而喬伊家卻高高地和雲朵一起飄在天空，到處都看得見窗戶，看得見被熾熱陽光照耀的田野在風中湧動，河流環繞蒼綠森林後，能在遠方見到它流經一個又一個城鎮。桌上沒有堆著幾個星期的郵件，家具底下沒有亂踢的鞋子，也沒有攤開的書出現在每一個可見的平面上。喬伊住在博物館裡：掛在每一面牆上的是酷到爆的吉他，各種顏色、形狀和尺寸。那些吉他看起來那麼生動，彷彿本身就能演奏出音樂。

「很讚吧？我爸能製造出讓人驚嘆的樂器。不只是吉他，還有曼陀林、魯特琴和揚琴。」我貪婪地瞧著這一把把吉他時，他這麼說。

接著來到完全不一樣的地方：喬伊的房間。完全是渾沌理論的具體呈現。到處都是我從沒見過的樂器，甚至想像不出這些樂器會發出什麼聲音。還有CD、音樂雜誌、從圖書館借來的書，法文英文都有、我從沒聽過的法國樂團演唱會海報、漫畫書、一堆筆記本，裡頭滿是小小像方塊似的古怪男生筆跡、樂譜、音響設備，插電和沒插電的都有、破肚壞掉的擴音器、其他我不認得的設備、古怪的橡膠動物、裝著藍色彈珠的碗、好幾副牌、堆到和我膝蓋一樣高的衣服，更別提那些餐盤、瓶子、玻璃杯……還有，他書桌上方掛著一張約翰．藍儂的小張海報。

「嗯哼。」我指著那張海報。我環顧四周，把這一切都納入眼裡。「我想你的房間讓我對喬伊．方特尼，又名超級狂人，有了新的見解。」

「對啊，我之前想最好先不要讓妳看這間炸彈房，直到……」

「直到什麼？」

「我不知道啦，直到妳明白……」

「明白什麼嘛？」

「小藍，我不知道啦。」我看得出來他很不好意思。不知道為什麼，場面變得尷尬。

「告訴我。」我說。「直到我明白什麼？」

「沒有啦，很無聊的事情。」他低頭看著自己的腳，然後又抬起頭看著我。眨眼，眨眼，眨眼。

「我想要知道。」我說。

---

❻❶原文為法文：quel dork。

「好吧，那我就說了：直到妳明白，也許妳也喜歡我。」

我胸口的心花又再次綻放，從花苞到精采絕倫的怒放，這次只花了三秒。

「我喜歡你。」接著幾乎是不加思索地，我又說：「很喜歡。」老天我是怎麼了？我現在真的無法呼吸了。忽然壓在我唇上的那雙唇讓情況更嚴重。

我們的舌頭已經瘋狂陷入熱戀，而且還結婚搬到了巴黎。

在我確信自己已經補償夠了過去那些無吻的日子，我說：「我想要是我們再不停止接吻，這個世界就會爆炸。」

「好像的確是這樣。」他低聲說。他正雙眼迷濛地凝視著我。希斯克里夫和凱瑟琳也比不上我們。「我們可以先做一會兒別的事。」他說。「如果妳想的話……」他微笑。然後：眨眼，眨眼，眨眼。我真懷疑自己要怎麼熬過這天晚上。

「想要玩樂器嗎？」他問。

「想。」我告訴他。「但是我沒有帶樂器來。」

「我替妳找一個。」他離開房間，讓我有機會恢復正常。然後，不幸地，我開始思考稍早和托比發生的那一切。今天我們那樣實在太離譜，情況完全失控，我們彷彿想要用力打碎對方。但為什麼？為了要找到貝莉？為了想把貝莉從另外一個人的心裡挖走？還是從另外一個人的身體裡？抑或，是更糟糕的事情？我們是不是想忘掉她，想在一個激情的時刻，將她從我們的記憶中抹去？但，不對，不是那樣，不可能會是這樣，不是嗎？我和托比在一起的時候，貝莉就在我們四周，彷彿我們能吸進的空氣；那一直是我們的慰藉，直到今天為止，直到一切都失去掌控。我不知道是怎麼回事。我只曉得這一切都是因為她，因為即使是現在，只要我一想像托比孤單一人地心碎，我人卻和喬伊在這裡，忘卻屬於我的那份心碎，我就有罪惡感，彷彿我拋棄了他。而和他在一起，就是和我的悲傷在一起。和我的悲傷在一起，就是和我姊姊在一起。

電話又響了，仁慈地讓我從這些念頭裡彈出，緊急降落回到這間炸彈房——在這間房裡，喬伊睡在那張沒整理的床鋪上，讀著這些散落四處的書，房間裡有五百個裝得半滿的玻璃杯，他似乎一口氣全喝了。待在這間房裡，那種親密感讓我有些目眩，這裡是他思考和做夢的地方，他更衣後絕對會把衣服亂扔，他在這地方全裸。喬伊，全裸。想到這念頭，喬伊全裸，可以將他看個徹底——啊！我從沒在現實生活中見過完全一絲不掛的傢伙，從來沒有。只在一些網路色情電影裡看過，我和莎拉曾有一陣子狂看這些電影。就這樣。我一直怕死了看見全部，看見那東西。莎拉第一次看見勃起，那一刻從她嘴裡脫口飛出來的動物名字，比她這輩子全說過的加起來還要多。而且還不是你以為的那些動物。不是巨蛇和鰻魚。據她所說，是整間動物園都用上了：河馬、大象、猩猩、貘、羚羊等等。

我一下子因為想念莎拉而猛受打擊。我怎麼能待在喬伊．方特尼該死的臥房，卻沒有告訴她？我怎麼能這樣一直忽略她？我拿出手機，打出簡訊：叫回搜索隊。拜託。原諒我。

我再次環顧四周，壓抑衝動不去翻遍每個抽屜、偷看床底，還有去看躺在我腳邊打開的筆記本。好吧，我壓抑住其中兩個衝動。反正今天一直是個不宜遵守道德的日子。而且這不算是真正偷看別人的日記，如果本子根本就是打開的，往下望就可以看到內容，還清楚寫出了妳的名字，好吧，他習慣喚妳的那個名字，出現在這樣一個句子裡……

我蹲下來，完全沒有碰到筆記本，只讀了一點圍繞著ＪＬ[62]兩個大寫字母附近的段落。

我從未見過有人像ＪＬ這樣心碎，我想讓她好過一點，想在她身邊，一直陪著她。真是瘋狂，她彷彿把音量開到了最大，其他所有人就都這樣消音了，而且她很誠實，這麼誠實，不像金娜維爾，一點都不像金娜維爾……

我聽見他的腳步聲從走廊傳來，我連忙站起身。電話又響了。

他手裡帶著兩支豎笛回來，降Ｂ調豎笛與低音豎笛，他舉起豎笛，我走向平常習慣用的高音豎笛。

「那電話是怎麼回事？」我沒有問誰是金娜維爾，反而這麼問。我沒有跪在地上告解我根本不誠實，我說不定就像金娜維爾，管她是誰，我只差沒有異國法式風情這部分。

他聳聳肩，說：「很多人打電話到我們家。」然後他開始調音儀式，讓這個世界的所有一切全部消失，只剩下他和一些和弦。

還沒太多人嘗試合作過的吉他與豎笛二重奏一開始很奇怪。我們在音樂裡跌跌撞撞，摔倒在對方身上，尷尬地抬起頭，然後再試一次。但過了一會兒之後，我們開始進行得很順利，當我們不知道對方演奏到哪裡時，會彼此凝視，聆聽得如此專心，在好幾個電光石火的瞬間，彷彿我們的靈魂在交談。有一次我即興獨奏了一會兒後，他興奮地喊：「妳的音色超讚，好寂寞好寂寞，就好像，我不知道，就像一整天都只有妳一個人，連隻鳥的聲音都聽不見。」但我一點都不覺得寂寞。我覺得貝莉彷彿正在聽著。

「好吧，夜都深了，妳還是都沒變，完全是同一個約翰・藍儂。」我們坐在草地上，喝著喬伊從他爸那兒摸來的紅酒。前門敞開著，一位法國女歌手的歌聲宏亮地從前門流瀉而出，湧入溫暖的夜色裡。我們大口喝著酒瓶裡的酒、吃著起司和法國麵包。我終於和喬伊到了法國，我忍不住露出微笑。

「怎麼了？」他問。

「不知道。這真好喝。我以前從沒喝過紅酒。」

「我這輩子都在喝。我們小時候，我爸會把酒加在水裡給我們喝。」

「真的？喝醉的方特尼家小男生一直去撞牆？」

他笑出聲來，說：「沒錯，就是這樣。所以我才會有個理論，法國小孩都特別乖。因為這些可愛的小傢伙[63]大部分的時候都爛醉如泥。」他拿起酒瓶喝了一小口，然後遞給我。

「你父母都是法國人嗎？」

「我爸是，在巴黎出生長大。我媽是這附近本地人。不過我爸想辦法補償自己的思鄉情，他

[62] JL，即John Lennon的縮寫，意指女主角。

[63] 原文為法文：petits mignons。

是專演法國人的龍套演員。」他語氣裡有種苦澀，但我沒去追問。我才剛從偷窺別人日記的震驚裡恢復過來，幾乎要忘了誰是金娜維爾，還有對喬伊誠實的重要，這時他說：「談過戀愛嗎？」他躺了下來，看著滿天令人彷彿要暈眩的星星。

我沒衝口大喊：有，就是現在，和你啊，笨蛋，而是說：「沒有。我什麼都沒談過。」

他用手肘撐起一邊身子，朝我望過來，說：「什麼意思？」

我坐下來，抱住雙膝，遠望灑在山谷裡的月光。

「就像我以前都睡著了的意思吧，我很快樂，但卻是睡著的，睡了十七年，然後貝莉死了……」酒精讓我更容易開口，但我不知道有沒有人能聽懂。我望向喬伊，他正聚精會神地聽著，像是我說的話一從嘴裡掉出來，他就要伸手接住。

「現在呢？」

「嗯，現在我不知道。我覺得很不一樣。」我撿起一顆小鵝卵石，擲入黑暗裡。我回想著以前的日子是怎麼過的：一切都可以預料、事事合情合理。我又是怎麼習慣一成不變。我想著怎麼會有事情是無法逃避的？怎麼以前我從沒遇過？我以前就是不知道。「我猜，我現在醒了，也許是好事，但一切變得比從前更複雜了，因為現在我知道，最糟的事情隨時都會發生。」

喬伊點點頭，像是我說的很有道理，很好，因為我自己都不知道剛剛講了什麼。不過，我知道我想說什麼。我想說的是，我現在知道，死亡有多近。是如何潛伏在我們四周。但誰又想知道這一點？誰想知道，只是一個輕輕鬆鬆的呼吸，就是我們和終點的距離？誰想知道妳所愛的那個人、妳最需要的那個人，可以就這樣永遠消失？

喬伊說：「但如果你知道最糟的事隨時都會發生，妳不就同時知道，最好的事也會隨時發生？」

我想著這一點，然後立刻覺得興高采烈。「對啊，沒錯。」我說。「就像現在和你在一起……」我就這麼脫口而出，根本來不及阻止自己，然後我看見他臉上滿是欣喜。

「我們是不是醉了？」我問。

他又喝了一大口。「很有可能。」

「總之，你有沒有過……」

「我從沒體驗過妳現在正在經歷的一切。」

「不是，我是說，你有沒有談過戀愛？」我的胃一緊。我好希望他說沒有，但我知道他不會這麼說，他也果真沒這麼回答。

「有啊，談過。我想是吧。」他搖搖頭。「至少，我是這麼認為。」

「怎麼了？」

遠方響起汽笛聲。喬伊坐起身子。「夏天的時候，我都會住在學校搭伙食。我無意中見到她和我室友在一起，簡直不想活了。我真的超想去死的。我再也沒和她說過話，還有我室友。我整個人瘋了似地投身到音樂裡，發誓再也不碰女生，直到現在，我想……」他露出微笑，但不像以往，那微笑裡有著脆弱，還有遲疑，佈滿他整張臉，也在他那雙漂亮的綠色眼珠裡游移。我閉上眼，不想見到他這樣的神情，因為我唯一能想到的，就是他今天幾乎就要撞見我和托比在一起。

喬伊抓起酒瓶喝了起來。「這個故事的寓意：小提琴家精神都有問題。我想是因為琴弓也不太正常的緣故。」金娜維爾，美麗無雙的法國小提琴家。可惡。

「是嗎？那演奏豎笛的呢？」

他露出微笑。「最深情。」他的手指在我臉上遊走，從額頭到臉頰，再到下巴，然後往下來到我的脖子上。「而且這麼漂亮。」喔老天啊，我完全了解為什麼英格蘭的愛德華八世[64]願意為愛遜位。如果我繼承了王位，我會放棄王位，只為重溫剛剛那最後三秒鐘。

「那喇叭手呢？」我倆手指交纏。

他搖搖頭，說：「都是瘋狂的搗蛋鬼，絕對要避開。要就全要，不然就什麼都不要的那一型，絕對不容許中間地帶的自大狂。」我慘了。「妳絕對不會想要背叛一個喇叭手。」他有些俏皮又補了一句，但我聽在耳裡卻一點都不俏皮。我不敢相信自己今天居然對喬伊說謊。我得離開托比。離得遠遠的。

遠方有一對土狼在嚎叫，我脊椎冒起冷顫。時機抓得真好，好狗狗。

「我以前都不知道，你們這些吹喇叭的這麼恐怖。」我放開他的手，從酒瓶裡喝了一大口酒。「那吉他手呢？」

「妳來告訴我。」

「嗯，讓我想想……」這次換我的手指在他臉上遊走。「平凡乏味，還有，當然，毫無天分——」他放聲大笑。「我還沒說完。但是他們完全可以補足缺點，因為他們是這麼、這麼熱情——」

「喔，天啊。」他低喃，伸手握住我的後頸，將我的雙唇帶向他的。「這次就讓整個他媽的世界都炸掉吧。」

然後我們真的辦到了。

❻❹ 遜位後由其弟喬治六世繼承王位，喬治六世即為英國現今女王伊莉莎白二世之父。愛德華八世愛上有夫之婦辛普森夫人，寧愛美人而放棄江山。

19

我躺在床上，聽見有人在說話。

「你覺得她是怎麼回事？」

「不確定。可能是橘色牆壁影響了她的心智。」停頓。接著我聽見：「讓我們來好好推敲一番。症狀：大太陽的星期六中午還賴在床上、臉上的傻笑、嘴上像是紅酒的污漬。她可是不准喝酒的，這一點我們稍後再提。還有，她仍穿在身上的衣服洩露了一切，容我補一句，那可是件洋裝，上頭還有著花朵。」

大仔和外婆正往下望著我微笑。我覺得自己好像綠野仙蹤裡的桃樂絲，走過彩虹之後，在床上醒來，發現自己被她住在堪薩斯州老家的人們團團圍住。

「妳到底要不要起床呢？」外婆坐在床上，握住我的手，輕輕拍著。

「我不知道。」我翻過身面對她。「我只想永遠躺在這裡想著他。」我還沒決定哪一種比較好：體驗昨晚的美好？還是在心裡欣喜若狂地不斷倒帶重演？我可以按下暫停，將短短狂喜的幾秒轉變成數個小時，這樣就能在某幾個特定時刻裡無限迴圈，直到嘴裡能再次嚐到喬伊帶著草香的甜美氣息、他肌膚上四葉草的味道飄在空中，直到我可以感覺他的雙手梳過我的頭髮、撫遍我的洋裝。我們之間只隔著薄薄一層衣服，直到他將手探入衣服底下的那一刻，他在我肌膚上滑動的手指有如音樂——這一切都讓我一次又一次從心上的那處懸崖墜落。

這天早上，這是第一次，我醒來之後的第一個念頭不是貝莉，這讓我很有罪惡感。但這份罪惡感和我開始明白自己正在戀愛這件事一比較，幾乎沒什麼機會勝出。我一直盯著窗外，看著晨霧，有那麼好一會兒，想著不知道是不是貝莉把喬伊送過來給我，所以我才會知道，在她死去的同一個世界裡，也能發生這樣甜美的好事。

大仔說：「哎唷，妳看看她。我們得砍掉這些該死的玫瑰花叢。」他的頭髮今天特別捲、特別有彈性，他的八字鬍沒有上蠟，所以看起來像是有隻松鼠正跑過他的臉。在任何一個童話故事裡，大仔都是扮演國王。

外婆責備他：「噓，小聲點。你根本就不信那些的。」她不喜歡任何人一直散佈她那些玫瑰花具有催情作用的謠言，因為曾有段時間，絕望的戀人們會來偷走這些玫瑰，試圖改變他們鍾愛之人的心意。外婆簡直要氣瘋了。除了適當修剪花草之外，外婆很少會對其他事情這麼認真。

但大仔卻不肯善罷甘休。「我可是根據實證的科學方法：請檢驗在這張床上的實驗證據。她比我還慘。」

「沒人比你慘，你是這鎮上的大情聖。」外婆翻了個白眼。

「妳說情聖，其實是暗示濫情。」大仔回嘴，還扭動他的松鼠製造效果。

我在床上坐起身，靠在窗台上，好好觀賞他們的唇槍舌劍。我可以從窗外感覺到夏季時光，舒服地溫暖著我的背。但當我望向貝莉的床，我又崩潰了。這麼重大的事情，怎麼能沒有她就發生在我身上？那所有即將到來的重大時刻呢？沒有她，我要怎麼度過人生一次次的重大時刻？我不在乎她以前曾經有事瞞著我——我想把昨晚發生的所有細節都告訴她，還有從此將會發生在我身上的一切！我還沒意識到就已經哭了起來，但我不要大家陷入一團混亂，所以我忍耐再忍耐，把淚水全吞下肚，試著專注在昨晚，在談戀愛這件事上。在房間另一頭，我瞧見自己最近才開始戴的那條絲巾，是貝莉的漩渦紋絲巾，將豎笛蓋住了一半。

「喬伊今天早上沒有過來嗎？」我問。我想再次演奏豎笛，想要把我此刻感覺到的一切，都從豎笛裡吹出來。

大仔回答：「沒來。賭一百萬美金，他就躺在和妳完全一樣的地方，只不過陪著他的大概是吉他。妳有沒有問過，他和吉他睡過了沒？」

「他是音樂天才。」我感覺到稍早那種樂暈暈的感覺又回來了。不用懷疑，我已經人格分裂了。

「哎呀！她已經完蛋了。」大仔對我眨眨眼，然後走向門口。

外婆仍繼續坐在我身旁，揉著我的頭髮，彷彿我還是個孩子。她看著我的目光很親近，而且有點太久了。喔，糟了。我一直在意亂情迷，忘了最近我都沒有好好和外婆說話，我們好幾個星期都沒有這樣單獨相處了。

「小藍。」這絕對是外婆準備宣告事項的語氣，但我想這次她要說的，和貝莉無關。而是關於我該怎麼表達情緒。關於收拾貝莉的東西。關於去城裡吃午餐。關於重拾豎笛課。關於所有那些我一直不想去做的事情。

「嗯？」

「我們談過了生育控制，疾病諸如此類的……」呼。這個主題無害。

「嗯，談了幾百萬次。」

「好吧，只要妳沒有突然全忘掉就好。」

「當然沒。」

「那好。」她又再次拍起我的頭。

「外婆，還沒這個必要好嗎？」一說溜嘴，我感到臉上免不了出現紅暈，但最好還是別讓她對這事擔心到抓狂，不斷跑來質問我。

「這樣更好，這樣更好。」她聲音裡明顯鬆了口氣，讓我不禁開始思考起來。昨晚和喬伊在一起所發生的一切，儘管熱情到令人喘不過氣，步調卻是細細品嘗那份美好的緩慢。但和托比卻不是如此。我擔心要是當時我們沒有被打斷，不知道會發生什麼事？我會有理智停止嗎？他會有嗎？我只知道，當時一切都發生得太快，我完全失控，心裡壓根沒想到保險套這回事。老天。這種事怎麼會發生？托比．蕭的手怎麼會跑到我的胸部上？托比的手耶！就在喬伊的手放上來幾個小時前。我想躲到床底下，永遠都不要出來。我怎麼會從一個書蟲、樂團宅女，變成同一天把了兩個男生的劈腿女？

外婆露出微笑，沒注意到我的喉嚨忽然湧上苦澀膽汁，內臟一陣緊絞。她再次揉亂我的頭髮，說：「身處在這樣的悲劇裡，小甜豆，妳長大了，這是多麼美好的一件事。」

我好想呻吟。

20

「小藍！小藍！小——藍哪！天啊我想死妳了！」我把手機從耳朵旁拿開。莎拉沒有回傳簡訊，所以我還以為她是真的氣壞了。我打斷她，對她這麼說，她回我：「我是氣炸了！而且我才沒有要和妳說話！」接著她火力全開地把暑假裡我錯過的八卦全倒給我。我把這些話全聽進去，但可以聽得出她話裡有話。我躺在床上，因為練了整整兩個小時卡瓦利尼[65]的慢板與塔朗泰拉舞曲而累癱了——真是太妙了，就像把空氣變成了各種顏色，讓我想起詹姆斯老師老喜歡提的一句話，那是查理．帕克[66]說過：你若沒有置身其中，便無法演奏真正的音樂。這句話也讓我思考：也許我到底還是該去參加樂團的暑期練習。

我和莎拉約好在飛人河谷碰面。我超想告訴她關於喬伊的事情。不要談托比。我在想，如果我不談這件事，就可以假裝沒有發生過。

莎拉正躺在陽光下的一塊大石上讀著西蒙．波娃的《第二性》——預做準備，我很確定，為了州立大學女性研究系的女性主義座談會——她那非常有希望接近男生的遠征。她一看見我便跳下大石，熱烈擁抱我，無視她全身根本一絲不掛。在飛人河谷後方，我們有自己的祕密水潭和迷你小瀑布，這幾年來我們常常來這裡。我們聲明過，衣著是非必要選項，所以我們選擇不穿。

「老天，好像一輩子沒看到妳了。」她說。

「莎拉，對不起。」我回抱她。

「沒關係，真的。」她說。「我知道這次得給妳一面免死金牌，算了。所以……」她往後退開身子一秒鐘，仔細檢視我的臉。「等等？妳發生什麼事情了？妳看起來不對勁。我是說非常不對勁喔。」

我收不起滿臉微笑。我一定看起來很像方特尼家的人。

「什麼啦？小藍。發生什麼事了？」

「我想我戀愛了。」我一說出口，就感覺自己的臉因為羞恥而變得火燙。我應該要悲傷，而不是跑去談戀愛。更別提其他那些我到現在還沒停手的一切。

「什麼？！！！！這簡直簡直簡直簡直太讓人難以相信了！乳牛在月亮上！小藍！乳牛耶！月亮！」好吧，看來不用管我的羞恥心了。莎拉完全處在啦啦隊員全開模式，手臂揮個不停，整個人跳上跳下。然後她猛地停住，問：「等等，和誰？不會是托比吧，我希望。」

「不是，當然不是。」我一面說，罪惡感一面像一輛超速的十八輪貨運卡車從我身上輾過。

「呼。」莎拉誇張地用手抹過眉毛。「那是和誰？妳會跑去和誰談戀愛？妳哪裡都沒去啊，至少就我所知是如此，而且這個小鎮連宅男都沒幾個，妳是在哪找到他的？」

---

65 Cavallini，著名義大利豎笛家與作曲家。

66 Charlie Parker，美國著名黑人爵士樂手，外號「大鳥」，因毒癮、酗酒與家庭負擔等壓力，1955年精神崩潰過世，享年僅34歲。

「莎拉，是喬伊。」

「不是吧。」

「就是。」

「不是吧！」

「就是。」

「騙人。」

「真的。」

「不是不是不是。」

「就是就是就是。」

諸如此類。

莎拉之前展現出來的熱情根本比不上現在。她一面繞著我轉圈圈，一面說：「我的老天。我超超超超超忌妒的！四葉草鎮的每一個女生都想把方特尼家的男生！難怪妳一直都關在家裡。要是我也能和他們其中一個一整天在一起，我也不想出門。老天，讓我透過妳也來感受一下人生吧！快告訴我所有的細節。那個超漂亮的男生，那對眼睛，尤其是那對眼睫毛，那閃死人不償命的微笑，還有超酷的喇叭演奏，哎唷，小藍哪——」她踱起步，已經又點起香菸，歡樂地一根接著一根——一根全裸的工廠煙囪怪咖。我實在好高興能和這樣的奇觀——也是我最好的朋友莎拉——在一起。而對於自己的這份高興，我感到好開心。

我把所有細節都告訴她。他是怎麼樣每天都帶著可頌麵包過來我家、我們是怎麼樣一起演奏音樂、他只是人在我們家就讓大仔和外婆好開心、我們昨晚是怎麼樣一起喝紅酒與接吻，直到我確定自己正往天空走去。我告訴她，即使他人不在這兒，我還是能聽見他的心跳，還有我是如何覺得有花朵——就像外婆種出的那些碩大花朵——在胸前綻放，以及我如何確定自己所感受到的，正是希斯克里夫對凱瑟琳的感覺——

「好吧，先停下來一秒。」她仍在微笑，但同時看起來也有點擔心與訝異。「小藍，妳沒有在談戀愛，妳是精神錯亂。我從沒聽過有人這樣談論一個男生。」

我聳聳肩，說：「那我就精神錯亂吧。」

「哇喔，我也想精神錯亂耶。」她坐在我身旁，我倆一塊兒坐在大石上。「妳這輩子也就只親過那三個傢伙，現在一下子變得這麼勁爆。我猜妳之前是在刻意保留什麼吧……」

我對她說起我那個小藍大夢[67]的理論：我這輩子都在睡著，直到最近才醒來。

「小藍，我不知道耶。我覺得妳看起來一直很清醒啊。」

「是啊，我也不懂。那是紅酒催生出來的理論。」

莎拉撿起一顆石頭，扔進水裡，力道有些過大了。「怎麼了？」我問。

她沒有馬上回答，而是撿起另外一顆石頭，又用力扔了出去。「我很氣妳，卻又覺得自己不可以這樣，妳懂嗎？」

[67] Rip Van Lennie Theory，語出〈Rip Van Winkle〉，中譯為〈李伯大夢〉，美國作家華盛頓．歐文之短篇小說，敘述樵夫李伯有次去森林後和陌生人痛快喝酒嬉戲，喝醉後睡著，睡醒後卻發現周遭景色已然完全改變，這短短一覺，世間竟然已經過了二十年。

這正是最近我有時候對貝莉的感覺。

「小藍，妳最近一直有很多事情沒告訴我。我以為……我不知道。」

她彷彿正在一齣舞台劇裡說著我的台詞。

「對不起。」我再次虛弱地說。我想再說點什麼，想對她好好解釋，但事實是，我不知道為什麼自從貝莉死後，我就覺得和莎拉之間這麼有隔閡。

「沒關係。」她再次輕輕地說。

「以後不會了。」我說，希望這是真的。「我發誓。」

我望向猛追著河面獻殷勤的太陽、綠葉與瀑布後潮溼的岩石。「想游泳嗎？」

「還不想。」她說。「我也有新聞。不算什麼突發事件，但也是一件新聞。」她很明顯挖洞讓我跳，不過我活該。我甚至都沒問她最近怎麼樣。

她對我嘻嘻笑著，其實看起來也挺精神錯亂的。「我昨晚和路克．雅各斯在一起了。」

「路克？」我很訝異。不把他最近判斷失誤，結果招致樂團大屠殺[68]的身分算在內的話，他從小學二年級起就全心全意、不求回報地愛著莎拉。宅男宇宙的國王，她曾這麼喊他。「妳不是初一時和他親熱過，然後那個白癡衝浪傢伙一對妳放電，妳就把路克給甩了？」

「對啊，大概有點蠢吧。」她說。「我之前答應替他寫的超酷音樂作詞，我們在一起的時間多了，然後事情就這樣發生了。」

「那一定得懂沙特的標準呢？」

「幽默感贏過知識能力，我已經這麼決定了——而且長頸鹿嚇一跳，小藍，他的身體根本就像間歇噴泉，『咻』一下子就長得那麼高大，現在那傢伙根本就像綠巨人浩克。」

「他人很有趣。」我同意。「而且也很綠[69]。」

她笑出聲來，就在這時，我的手機傳出收到簡訊的聲音。我在袋子裡亂翻一通，找出手機，希望是來自喬伊的訊息。

莎拉正在唱著：「方特尼家的男生送來愛的音符給小藍唷。」一面試著想從我背後偷看。

「讓我看嘛！」她一把搶過手機。我從她手裡奪回來，但已經太遲了。簡訊寫著：我得和妳談談。T[70]。

「T是指托比嗎？」她問：「但我以為……我是說，妳剛不是才說……小藍，妳到底在做什麼？」

「沒什麼。」我把手機塞回袋子裡，已經打破剛剛對莎拉的承諾。「真的，沒什麼。」

「那為什麼我不相信妳？」她搖著頭。「我有不好的預感。」

「別這樣。」我吞下自己惡劣透頂的心情。「哎唷，我都精神錯亂了，還記得嗎？」我碰碰她的手臂。「我們去游泳吧。」

我們仰躺著漂浮在水潭裡超過一小時。我要她把和路克共度的那一夜一五一十地全告訴我，

---

68 意指路克之前對著瑞秋吹奏《大白鯊》主題曲。

69 Green除了表示綠色外，亦可表示毫無經驗，此為一語雙關。

70 T為托比（Toby）名字第一個大寫字母。

這樣我才沒空去想托比的簡訊，可能是很要緊的事。然後我們往上爬到瀑布，鑽到瀑布底下，一次又一次地放聲尖叫「去你媽的！」，叫聲最後變成狂吼，就像我們從小那樣，老是跑來這裡亂吼。

我喊得聲嘶力竭。

21

曾經有一對姊妹
不怕黑
因為黑暗裡滿是對方的聲音
從房間另一頭傳來，
因為即使夜色濃重
沒有星光
她們一起從河邊回家
比賽誰最後
打開手電筒，
不會害怕
因為有時候在伸手不見五指的夜裡
她們會躺在
馬路中間
抬頭仰望，直到星光重現
當星星出現後，

她們舉起手臂去摸

然後真的摸到了。

（大街上，在一封被塞在車子輪胎底下的信封上頭發現的。）

等我從河谷穿過樹林走回家時，我已經決定，托比，就像我一樣，對上次發生的事情感到很過意不去，因此才會急著傳簡訊。他說不定只是要確定這種事情不會再發生。好，就是這樣。原先那個精神錯亂的我也沒有意見。

雲朵已經聚集在一起，空氣裡瀰漫著夏季裡不常有的雨水氣息。我在地上看見一個隨身紙杯，便坐了下來，在上面寫了幾行字後，埋在一堆松針裡。然後我仰躺在溼軟的林床上，我最愛這麼做了：把自己完全交給看不見盡頭的天空，或是天花板——如果我人在室內，有這個需要的話。我一面伸出手，將手指壓進鬆軟泥土裡，一面納悶：如果貝莉還活著的話，我此刻會在做什麼？我這一分鐘會有何感覺？我明白到一件嚇壞自己的事：我會很快樂，卻是沒什麼起伏的那種快樂，一點都不會快樂到精神錯亂的地步。我會繼續烏龜下去，就像以前一樣，總是躲在自己的殼裡，安全無虞。

但如果我現在是沒有殼的烏龜，精神錯亂的程度和崩潰程度相等，簡直是他媽的讓人不敢相信的一團糟的女生，想用她的豎笛將空氣變成五顏六色，在我心裡某一角，是不是其實比較喜歡這樣呢？如果，即使我如此害怕死亡如影隨形，我卻已經開始喜歡它如何能讓脈搏加速，不只是我的脈搏，而且是整個世界的脈搏？如果我還是躲在快樂的小小硬殼裡，不知道喬伊還會不會注意到我？他在日記上寫著，他覺得我音量全開，我耶，也許我現在是，但我以前從來不是。造成我體內的這種改變，代價怎麼能這麼大？這些好事都來自貝莉的死亡，這怎麼說都不對。甚至有這樣的想法也不應該。

但接著我想到貝莉，還有她以前一直是隻多麼亮眼的無殼烏龜，她也曾如何希望我能和她一樣。來嘛，小藍，她以前至少一天會對我說十次。來嘛，小藍。這讓我覺得好過了些，彷彿是還活著的她，而不是已經死去的她，現在正在教我要怎麼去做，與該成為什麼樣的人。

□

即使我還沒走進屋裡，我就知道托比在裡面，因為露西和艾瑟爾就守在門廊上。我走進廚房時，見到他和外婆坐在桌邊，低聲交談。

「嗨。」我目瞪口呆。難道他不知道他不能來這裡嗎？

「我運氣真好。」外婆說。「我正提著大包小包雜貨走路回家，托比踏著滑板『咻』地就滑過來幫忙了。」外婆從九〇年代就不開車了。她不管去四葉草鎮哪裡，都是用走的，所以她才會變成園藝大師。她實在看不下去，便開始在去鎮上的途中帶上園藝剪刀，於是人們回到家後，發現外婆把他們的樹叢修剪得完美無比：是的，很諷刺，因為外婆向來不碰自己家的花園。

「是很幸運。」我一面對外婆說，一面端詳托比。他手臂上有新的擦傷，大概是因為從滑板上摔下來的關係。他看起來眼神驚疑，頭髮、衣衫凌亂，整個人飄忽不定。此刻我知道兩件事：我猜錯了簡訊意思，還有我不要再和他一起飄忽不定。

我只想上樓到聖地，吹我的豎笛。

外婆看著我，微笑說：「妳游過泳了。妳的頭髮像龍捲風似的，我真想畫下來。」她舉起手摸摸我的龍捲風。「托比會和我們一起吃晚餐。」

我簡直不敢相信。「我不餓。」我說。「我要上樓去了。」

我的無禮讓外婆倒抽一口氣，但我不在乎。不管在任何情況下，我都不會和托比，還有外婆與大仔一起吃晚餐，那傢伙可是碰過我的胸部！他到底在想什麼啊？

我走上聖地，取出豎笛組合好，然後拿出我從某位少年那兒借來的艾蒂絲．皮雅芙[71]樂譜，翻到〈玫瑰人生〉那一頁，開始演奏。這是我們昨晚讓世界爆炸時一起聽的歌曲。我希望自己能迷失在喬伊式的狂喜狀態裡，就不會聽見他們用完餐後有人敲我房門的聲音。但當然，我還是聽到了。

托比，碰過我胸部的那傢伙，而且別忘了他的手也放在我褲子上，開了門，試探地走過房間，坐在貝莉的床上。我停止演奏，把豎笛放在床頭櫃上。走開啦，我無情地想，快走開！就讓我們假裝那件事從沒發生過，什麼都沒有。

我們兩個都沒吭聲。他那麼專心地磨蹭著自己的大腿，我猜摩擦都能生熱了。他的目光在房間四處遊走，最後終於定在貝莉的梳妝台上，一張他和貝莉的合照。他吸了一口氣，望向我，目光流連不去。

「那是她的上衣……」

我低頭往下看。我都忘了自己穿在身上了。「對啊。」不管在聖地裡還是聖地外，最近我越來越常穿著貝莉的衣服。我發現自己一面翻著抽屜裡的衣服，一面想著：穿著這些衣服的女孩是誰？我確定精神科醫生一定愛死我這樣的案例，愛死這一切。我一面這麼想，一面望向托比。醫生大概會說我是在試著取代貝莉的位置。或者更糟，以她活著時我絕對辦不到的方法來和她較勁。但真是這樣嗎？感覺起來不像。我穿著貝莉的衣服時，感覺比較安全，彷彿她就在我耳邊低語。

我陷入沉思，所以當托比以不尋常的顫抖聲音說話時，我嚇了一大跳。「小藍，對不起。關於這一切。」我瞄了他一眼。他看起來如此脆弱不堪、驚慌失措。「我失控了，覺得很糟。」這就是他之前傳簡訊想告訴我的嗎？我胸口上的大石瞬間放了下來。

「我也是。」我說，武裝立刻如冰雪融解。我們是在同一條船上。

「我的感覺比妳更糟，相信我。」他又磨蹭起自己的大腿。他看起來如此心煩意亂。他認為這全都是他的錯嗎？

「托比，我們都犯了錯。」我說。「每次都是。我們都很糟糕透頂。」

他看著我，黑色的眼眸裡溢滿溫暖。「妳才不糟糕，小藍。」他的聲音很溫柔、很親暱。我

71 Edith Piaf，法國歌后「小雲雀」，其所演唱的〈玫瑰人生〉幾乎等於法國香頌經典代名詞。

聽得出來他想要接近我。我很高興他在房間另一頭。我希望他最好在赤道另外一邊。我們的身體現在是不是在想，每次一見面就非得碰在一起不可？我告訴自己的身體，那是絕對不可以的，不管我是不是又感覺到這股衝動。不管怎樣都不可以。

接著一顆變節的小行星穿破地球大氣層，猛地撞入聖地：「我沒辦法停下來不想妳。」他說。「我沒辦法。我只是……」他把貝莉的床罩緊握在手裡。「我想要——」

「拜託不要再說了。」我走過房間，來到我的梳妝台前，打開中間的抽屜，伸手進去拿出一件上衣，我的上衣。我得把貝莉的上衣脫掉。因為我此刻忽然想到了那個想像中的精神科醫生。

「你要的不是我。」我一面小聲地說，一面打開衣櫃門，然後躲進去。「我不是她。」

我待在這片黑暗、安靜的世界裡，讓自己的呼吸恢復正常，讓我的人生恢復正常，在我自己的身體上穿上我自己的衣服。即使我和喬伊發生過那一切，我的腳下仍像有一條河，拉著我向托比倒去，那條河叫囂著、熱情又絕望，但我這次不想跳下去。我想要留在岸上。我們不能一直去擁抱一個鬼魂。

我從衣櫃裡出來時，他人已經不見了。

「對不起！」我對著空蕩蕩的橘色房間大聲說。

彷彿是在回應似的，數千隻手開始在屋頂上輕輕敲了起來。我走向床，爬到窗架，把手伸出去。因為通常一個夏季裡只會有一兩次暴風雨，所以下雨算是件大事。我大半個身子探出窗架，手掌朝著天空，讓雨水從指縫裡溜過，憶起那天下午大仔告訴我和托比的話。沒辦法逃避，只能熬過去。那時誰知道要經歷什麼？

我看見一個人在大雨中匆忙從路的那一頭跑來。那個人影走近點著燈的花園時，我認出那是喬伊，心情立刻振奮起來。我的救生艇來了。

「嘿！」我大喊，像個瘋子拚命揮手。

他抬頭望向窗戶，露出微笑，我迫不及待地衝下樓，跑出前門，奔進雨裡，來到他身邊。

「我好想你。」我伸出手去觸摸他的臉頰。雨滴從他的睫毛上滴落，在他的臉上匯成一條條小溪流。

「老天，我也是。」他捧住我的臉頰，我們接起吻，傾盆大雨落在我們燒壞的腦袋上，再一次，我整個人因為喜悅而燃燒起來。

我不知道原來愛情是這種感覺，就像整個人都變成一片光亮。

「你在幹嘛啊？」我終於能讓自己退開一會兒的時候，問他。

「我看見下雨了——我就偷偷溜出來，想要見妳，就像這樣。」

「你為什麼得溜出來？」大雨將我們兩人淋得溼透，我的上衣緊貼在身上，喬伊的手貼在上頭，上下摩擦著我的身側。

「我被關在監獄裡。」他說。「這次禍可闖大了，我們喝的那瓶酒大概要四百多塊美金。我完全不知道。我想讓妳驚豔一下，所以就從樓下拿來了。我爸看到空酒瓶的時候整個人暴走——他要我沒日沒夜待在小工廠裡整理木材，他自己卻和女友打電話聊天。我想他忘了我也會說法文。」

我不確定要先提我們喝掉的那瓶四百塊美金的酒，還是那位女友，最後決定是後者：「他的女友？」

「別管了。我得見妳，但我現在得回去了。我想給妳這個。」他從口袋裡拿出一張紙，在被雨水淋溼前迅速塞進我手裡。

他再次吻我，說：「好了，我要走了。」他沒有動。「我不想離開妳。」

「我不要你離開。」我說。他黑色捲曲的頭髮全貼在那張發亮的臉蛋上。彷彿就像和他一起淋浴。哇喔——和他一起淋浴耶。

他轉過身，準備真的要走了，我注意到他瞇起眼，直盯著我後方看，然後問：「他為什麼老是在這裡？」

我轉過身。托比站在門內，正在看著我們——他看起來像被拆房屋的大鐵球給打中似的。老天。他一定是還沒離開，一定是和外婆待在畫室或其他地方。他推開門，一把抓起滑板，一言不發地匆匆經過我們身邊離去，弓起身子抵抗豪雨。

「怎麼回事？」喬伊用X光般的目光檢視我。他整個身子已經緊繃。

「沒事，真的。」我的回答就像對莎拉說的一樣。「他是因為貝莉的事情在難過。」不然我還能怎麼說？如果我告訴喬伊這到底是怎麼回事，還有即使在他吻了我之後，仍沒有結束的那些問題，我會失去他。

所以當他說：「我是不是太蠢、想太多？」的時候，我只說：「是啊。」然後我在腦袋裡聽見：絕對不要背叛一個喇叭手。

他臉上綻開燦爛微笑，如春風撫過廣闊綠茵。「好吧。」他狠狠吻我最後一次，我們再次從對方的嘴唇上飲下雨水。「再見，約翰．藍儂。」

然後他就走了。

我趕忙進屋，一面擔心著托比對我說過的話，以及我沒對喬伊說的話，雨水一面沖去了我所有那些甜美的吻。

22

我躺在床上，手裡拿著解除所有憂慮的解藥。那是一張樂譜，剛淋過雨水，還有些潮溼。樂譜最頂端，喬伊那方塊似的古怪男生筆跡寫著：獻給一位深情美麗的豎笛家，來自一位樸實無趣、毫無天分，但熱情無比的吉他手。第一部。敬請期待第二部。

我試著一面看譜一面在腦袋裡想像樂曲，但我視譜聽音的技巧實在很糟。我起身，找到豎笛，過了一會兒，旋律流入房間裡。我一面演奏，一面憶起他說過，我的音色好寂寞，像是一整天都獨自一個人，連隻鳥的聲音都沒有，但他所寫的樂曲，卻彷彿除了鳥之外什麼都沒有，而那些鳥兒正從我的豎笛尾端不斷飛出來，填滿寂靜夏日的空中，填滿樹木和天空——如此細膩優美。我一再演奏，直到牢記在心。

已經是凌晨兩點了，如果我再演奏一次這首歌，手指就會掉下來，但喬伊的傑作讓我興奮得根本睡不著。我走下樓找點東西吃，回到聖地時，毫無防備地，一股渴望忽然湧上，來得如此洶湧，我得摀住自己的嘴巴，不讓自己尖叫。我想要貝莉躺在她床上看書。我想要和她聊聊喬伊，想要為她演奏這首歌。

我想要我的姊姊。

我想要朝上帝用力扔出一棟房屋。

我深呼吸一口，呼出的力道足以吹去牆上的橘色油漆。

雨不再下了——被刷洗過的嶄新夜色從敞開的窗戶湧進。我不知道該怎麼辦，於是一如以往，走到貝莉的書桌前坐下。我再次看著那張私家偵探的名片。我想過要打電話給他，但還沒打，也還沒收拾打包任何貝莉的東西。我拉過一個紙箱，決定先清一兩個抽屜。我痛恨每天看著這些空紙箱，比較起來，我幾乎還沒那麼痛恨收拾貝莉的遺物。

最底下的抽屜塞滿了學校的筆記本，多年來認真學習的結晶，現在卻沒用了。我拿出一本，手指滑過封面，捧在胸前，然後放進紙箱裡。她所有的知識現在都沒了。所有她曾學習過的、聽過的或見過的，都沒了。她對哈姆雷特、雛菊，還有愛情的獨特觀點，她所有那些錯綜複雜的念頭，不合邏輯的祕密冥想——全沒了。我曾聽過這樣的說法：每次有人死去，一座圖書館便燒毀了。我正親眼看著這座圖書館燒到所剩無幾。

我把其他的筆記本堆在第一本上頭，關上抽屜，繼續清理上面那一個抽屜。我闔上紙箱，拿過一個新的。這個抽屜裡有更多學校的筆記本，還有一些日記，但我不會去看。我很快翻過那疊本子，一本一本放入紙箱裡。這個抽屜的最底下，有一本敞開的筆記本，上頭全寫滿了貝莉難以辨認的筆跡。一組又一組的字佔滿了整個頁面，大部分都被劃掉了。我拿出來，感到一陣罪惡，但當我明白那些字代表什麼意思時，我的罪惡感隨即轉成驚訝，接著是恐懼。

那些全是我們母親名字和其他名字、事件的組合。有一整塊區域都是佩吉這個名字和約翰·藍儂相關的人或事物組合在一起。我們一直假設那是媽媽最喜歡的音樂家，所以才會替我取了和他一樣的名字。我們其實對媽媽可以說是一無所知，彷彿她離去時，也一併帶走了她生命裡所有的行蹤與線索，只留下了一個故事。除了她那令人費解的流浪癖，外婆鮮少談起她的其他事情，大仔也好不到哪裡去。

「五歲的時候。」外婆會一次又一次地這麼告訴我們，還舉起五根手指來強調。「妳們的母親有天晚上偷溜下床，我在往鎮上的途中發現她，還揹著藍色的小背包和登山杖，說她要去探險——才五歲哪！女孩們。」

我們知道的就這樣，還有一箱她的東西，我們保存在聖地裡。裡頭裝滿了這些年來我們從樓下書架搜來的書，上頭都有她的名字：孤雛淚、旅途上[72]、流浪者之歌、威廉・布萊克詩選[73]，以及一些禾林[74]出版的言情小說，讓我們很震驚，因為我們向來以書取人。這些書的邊緣都沒有捲起或寫上註釋。我們還有幾本畢業紀念冊，不過裡面都沒有朋友們亂塗亂畫的筆跡。還有一本廚藝之樂，書上濺滿食物渣。（外婆有次告訴我們，媽媽在廚房裡簡直像變魔術那樣厲害，她懷疑媽媽是靠著廚藝在旅途上賺錢維生。）

但我們收藏最多的，是地圖，好多好多的地圖：道路圖、地形圖、四葉草鎮地圖、加州地圖、其他四十九州的地圖、一個又一個國家的地圖、一個又一個大陸的地圖。還有幾本地圖集，每一本看起來都像被翻了再翻，就像我那本《咆哮山莊》。地圖和地圖集最能透露出真實的母親：一個被世界吸引而去的女孩。我們年紀還小時，我和貝莉會花上無數個小時熟讀這些地圖集，替她想像各種旅程與探險。

我開始一頁頁翻著這本筆記。好多頁上都是這樣的組合：佩吉／藍儂／沃克、佩吉／藍儂／洋子[75]、佩吉／藍儂／想像[76]、佩吉／達科塔[77]／小野等等。有時候名字組合的下方會有註解。譬如，在佩吉／達科塔的下方便潦草寫著一個在麻州北安普頓鎮的地址，但又被劃去，上頭潦草寫著太年輕。

我好震驚。我們倆都曾把母親的名字放入搜尋引擎好多次，卻總是徒勞無功。有時候我們會試著去猜想她可能使用的假名，但搜尋後依舊一無所獲，可是從來不會像這樣，從沒這麼有條理，從沒這麼徹底與堅持。這本筆記本簡直寫得滿滿的。貝莉一定一有空就這麼做，趁我不在的時候，因為我極少見到她坐在電腦前面。但現在這麼一想，在她死前，我的確見到她一天到晚待在「一半的媽媽」前，目不轉睛地仔細端詳，簡直就像她在等著那幅畫開口對她說話。

我翻到筆記本的第一頁。日期是二月二十七日，她死前不到兩個月。在那麼短的時間裡，她是怎麼辦到這一切的？難怪她會需要聖安東尼的協助。我真希望當時她也要我幫忙。

我把筆記本放回抽屜裡，走回自己床邊，再次從琴盒裡拿出豎笛，演奏起喬伊的樂章。我想要再回到夏季的那一天。我想要和我姊姊在一起。

---

❼❷ On the Road，自傳性公路小說，作者傑克・凱魯雅克（Jack Kerouac）於二十世紀中期橫越美國大陸的經歷，被公認為當時嬉皮與崩世代之經典作。

❼❸ William Blake，十八世紀著名英國浪漫主義詩人。

❼❹ Harlequins，美國知名言情小說出版商，1949年成立，1964年開始出版浪漫愛情小說，迅速打開知名度。

❼❺ 小野洋子，約翰・藍儂第二任妻子。

❼❻ 應是指約翰・藍儂著名歌曲：Imagine。

❼❼ Dakota，意指約翰・藍儂與小野洋子共同居處，公寓門前亦是他被槍殺的地點。

夜裡，
我們還小時，
會把貝莉的床單架成帳篷，
帶著手電筒爬進去
玩牌：撿紅點
橋牌和瘋狂八[78]
還有我們的最愛：拳頭大對決[79]。
競爭慘烈。
一整天，每一天，
我們都是沃克家的姊妹——
同一個豆莢裡的兩顆豆子
形影不離——
但晚上
外婆關上門後
我們就露出了牙齒。
我們比賽，賭注是：做家事
乖乖聽話，
說實話、比膽量，還有錢。

我們比賽是想變得更好、更開朗，
更漂亮，
更多，
只是想要更多。
但那都只是花招——
我們比賽
這樣才能睡在
同一張床上
不用去問對方，
這樣才能抱在一起
像是交織的辮子，
這樣我們睡覺時
我們的夢便能交換身體。

（在小藍房間裡那本《咆哮山莊》的書封內裡發現的。）

---

78 Crazy Eights，美國一種紙牌遊戲，每人七張牌，剩餘的紙牌作為底牌供玩家翻牌，翻牌後需跟著出同樣花色或數字的牌，不然就要不斷抽牌。點數八為王牌，可在任何情況抵用。牌先發完者為贏家。

79 Bloody Knuckles，兩人拳頭對撞，直到其中一人痛到放棄，有時甚至會撞到指關節受傷見血。

23

我曾習慣對「一半的媽媽」說很多話，
但我會等到沒人在家的時候
才會說：
我想像，妳
就在那上面
不是像雲朵、鳥兒或星星
而是像一個母親，
只是住在天空
不用煩惱
重力
就那樣做著自己的事
隨風四處漂泊。

（沃克家門廊下方，在撕下來的報紙一角上發現的。）

隔天早上，我下樓來到廚房，外婆正在爐子前煎香腸，她的肩膀往內縮，彷彿一個巨大的皺眉。大仔無精打采地坐在桌前喝咖啡。他們身後的晨霧覆蓋住窗戶，彷彿整間屋子在雲霧裡盤旋。我站在門口，心裡充滿見到廢棄屋時那種驚懼、空洞的感覺：雜草從屋前台階上冒出，油漆剝裂、骯髒，破損的窗戶被木板隔住。

「喬伊呢？」大仔問。我這才知道為什麼今早的絕望哀傷如此赤裸：喬伊不在這兒。

「監獄裡。」我說。

大仔抬起頭，嘻嘻笑了笑。「他幹了什麼好事？」心情立刻就振奮起來。哇喔，我猜喬伊不光只是我一個人的救生艇。

「從他爸那裡拿了一瓶四百塊美金的紅酒，和一個叫做約翰・藍儂的女生一晚上就喝光了。」

外婆和大仔同時倒抽了一口氣，驚喊：「四百塊美金？」

「他那時候不知道嘛。」

「小藍，我不喜歡妳喝酒。」外婆對我搖著她的小鍋鏟。鍋裡的香腸在她身後滋滋作響、油星四濺。

「我又不喝酒，好吧，我很少喝酒，不用擔心。」

「哇靠，小藍，好不好喝？」大仔一臉很想知道的模樣。

「我不曉得。我以前從來沒有喝過紅酒，大概是很好喝吧。」我倒出一杯和茶一樣淡的咖啡。我已經習慣了喬伊煮的咖啡，濃得像泥巴。

「哇靠。」大仔又說了一次，小啜一口他的咖啡，裝出厭惡表情。我猜他現在也比較喜歡喬伊的爛泥咖啡。「這麼高級的酒，我想妳以後也不會再有機會喝到了。」

不知道喬伊今天會不會去參加第一次樂團練習——我已經決定要去了——這時他忽然就走進門來，帶著可頌麵包、給大仔的死蟲，還有送給我的如上帝般無比燦爛的微笑。

「嗨！」我說。

「他們把你放出來了。」大仔說。「太讚了。現在是配偶探視時間？還是你的刑期已經結束了？」

「大仔！」外婆申斥。「拜託一下。」

喬伊笑出聲來。「已經結束了。我父親是個非常浪漫的男人，那是他最棒同時也是最糟的特質，我對他解釋自己當時的感覺之後——」喬伊看著我，臉開始紅了，結果當然也讓我變成熟透的番茄。當妳的姊姊死去，會有這種幸福害羞到爆的感覺，絕對是違反自然法則！

外婆搖頭。「誰會想到小藍會這麼浪漫？」

「妳在開玩笑嗎？」喬伊驚喊。「她把《咆哮山莊》都讀了二十三次耶，你們還看不出來？」

我低下頭，被他這番話感動到難為情。他了解我。不知道為什麼，比我的家人都還要了解。

「說得好，方特尼先生。」外婆轉過身回到爐前，藏住笑容。

喬伊走到我身後，摟住我的腰。我閉上雙眼，想著他的身體，他衣服底下赤裸的身軀正壓著我，我衣服底下那同樣赤裸的身子。我轉頭，仰起頭看他，說：「你寫的曲子真是美，我要為你演奏。」最後一個字還沒說出口，他就吻了上來。我在他懷裡轉過身，兩人彼此面對面，然後我摟住他的脖子，他摟住我的後腰，將我一把緊緊擁入懷裡。喔，老天，我不在乎自己是不是不該這樣、是不是打破了西方世界的每一條規則。我不在乎該死的任何事，因為我們的雙唇，儘管曾短暫分離，又再次相遇，於是除了這狂喜的事實外，所有的一切都不再重要。

人們如此狂喜時，要怎麼正常過日子？

他們要怎麼綁鞋帶？

或開車？

或操作笨重的機器？

如果這樣繼續下去，文明還要怎麼延續？

有道聲音，比平常的音量降低了十分貝，從大仔的嘴裡結結巴巴地冒出來：「呃，小朋友，我不知道，是不是該……比較好，嗯……」一切瞬間煞車，我腦海裡冒出刺耳煞車聲。大仔口吃了嗎？呃，小藍？在廚房裡，就在妳外婆和舅舅面前這樣親熱，也許並沒那麼酷。我從喬伊懷裡退開，彷彿要扯斷那股吸力。我看著外婆和大仔，他們兩人害羞地站在那兒，不知如何是好，任由香腸燒焦。我們有可能成功地讓怪胎世界裡的帝王與王后感到難為情了嗎？

我的目光望回喬伊身上。他看起來完全就是一副卡通人物的蠢模樣，彷彿被人用棍子在頭上敲了一記。我忽然意識到這整個場景有多可笑，忍不住倒在椅子上大笑起來。

喬伊對外婆和大仔露出半是難為情的微笑，身子靠在流理台旁，喇叭箱現在非常關鍵地擋在他的胯前。感謝老天，我沒那東西。誰會想要一根性慾記量表從身體中間伸出來？

「妳會去排練，對吧？」他問。

眨眼，眨眼，眨眼。

當然，如果我們辦得到的話。

□

我們的確是辦到了，儘管以我而言，只有身體辦到了。詹姆斯老師已經替我們選好樂章，要在即將到來的雨河慶典上演奏，我很訝異在這些樂曲間轉換音調時，自己的手指還能找到正確的音。即使瑞秋不斷為了喬伊對我投來殺人目光，而且一直轉過譜架不讓我看，我仍迷失在音樂裡，感覺自己是在和喬伊單獨演奏，即興創作著，陶醉在不知道下一個音符會是什麼的境界……但練習到一半，樂章演奏到一半，音符出現到一半的時候，一股恐懼橫掃而來，因為我想起托比，想到他昨夜離開時的模樣。他昨夜在聖地說過的話。他必須要知道，我們兩個現在得遠離對方。他一定要知道。我把那股恐懼塞到角落，在剩下的練習時間裡，努力要自己集中精神，分毫不差地跟著排好的樂曲演奏。

排練完後，喬伊和我有一整個下午可以在一起，因為現在他出獄了，而且我不用工作。我們走在回我家的路上，像樹葉一樣被風吹得團團轉。

「我知道我們該做什麼了。」我說。

「妳不是要演奏那首歌給我聽？」

「我是想，但我想在其他地方演奏給你聽。記得那天晚上在樹林裡，我問你敢不敢和我在起大風的日子去森林裡探險嗎？今天就是好日子。」

我們離開馬路，開始健行，撥開一叢叢灌木，直到發現我在尋找的那條小徑。陽光偶爾從樹縫間探進，在林床上投下陰暗光線。因為風的關係，樹木發出吱嘎怪聲，交互作響——名副其實的愛樂怪聲門。太完美了。

過了一會兒，他說：「就各方面來說，我想我的忍耐力挺不錯的，妳不覺得嗎？」

「哪方面？」

「想想，我們正健行到有始以來最恐怖電影的原聲帶裡，還有全世界的樹林巨怪都已經聚集在我們頭上，又開又關自家的前門。」

「現在是大白天，沒什麼好怕的。」

「其實我很怕，但不想表現得太孬。我恐怖鬼故事的忍受度很低的。」

「你會愛死我帶你去的地方，我保證。」

「如果妳在那裡把衣服都脫掉，我也會愛死，我保證，或至少脫掉幾件就好，也許只脫掉襪子。」他走過來，扔下喇叭，把我轉了一圈，於是我們兩人面對面。

我說：「你可真拘謹啊，你知道嗎？真讓人拿你沒辦法。」

「沒辦法。我是半個法國人，很注重生活情趣[80]。不過，我要很認真地說，我還沒見過妳脫過任何一件衣物，我們第一次接吻已經過了整整三天了，真是天地變色[81]，妳知道嗎？」他試著從我臉上撥去被風吹亂的頭髮，然後吻我，直到我的心像瘋狂的馬兒一樣從胸口躍出。「雖然我的確是認真想像過一番……」

「呆瓜啊[82]。」我把他更拉近些。

「妳知道，我裝得像呆瓜，只是因為這樣妳才會說呆瓜啊。」他回答。

這條小徑爬向高聳入雲的古老紅杉林，林木將那裡變成它們自己私有的教堂。風已經停了下來，樹林也變得異常寧靜。樹葉圍繞著我們撲飛，彷彿一片片小小的微光。

「所以，妳媽是怎麼回事？」喬伊忽然問。

「什麼？」我腦袋裡壓根就沒想到我母親。

「第一天我到妳家，妳外婆說妳媽媽回來的時候，她會把畫完成。她現在在哪裡？」

「我不知道。」通常我就只這麼說，不會去講更多細節，但他至今還沒有因為我們家族其他怪癖而逃走。「我從沒見過她。」我說。「好吧，我是見過她，但她在我一歲的時候就離家了。她天性就靜不下來，大概是家族遺傳。」

喬伊停了下來。「就這樣？這就是解釋？解釋她的離去？而且永遠不再回來？」是啊，聽起來實在是鬼扯，但這關於沃克家族的鬼扯，我一直覺得很合理。

「外婆說她會回來。」一想到她現在要是回來了，我的胃就一陣緊揪。想到貝莉那麼努力想要找到她。想到若是她真的回來，我要在她面前狠狠甩上門，尖叫：妳來得太遲了！想著她永遠都不再回來。想著沒有了貝莉和我一起去相信，我不確定自己還能不能再相信這些鬼扯。「外婆的席維姨婆也有這個毛病。」我又說，感覺很智障。「她離家二十年後，還是回來了。」

「哇喔。」喬伊說，我從沒見過他的眉毛皺得那麼緊。

「聽著，我不認識我母親，所以我沒有特別想念她什麼的……」雖然嘴裡這麼說，但我卻覺得這只是在試圖說服我自己，而不是喬伊。「她是個勇敢無畏、不受拘束的女人，單槍匹馬去闖蕩世界。她非常神祕，那樣很酷。」這樣很酷？老天，我真是傻蛋。但一切是什麼時候改變的？因為以前我們真的覺得這樣很酷，事實上，是超級酷——她是我們的麥哲倫、我們的馬可波羅，沃克家族裡難以捉摸的女人之一，那靜不下來、不受拘束的心靈促使她從一個地方流浪到另外一個地方，從一個愛人懷裡投奔到另外一個愛人懷裡，從這一刻到難以預料的下一刻。

喬伊微笑，望著我的神情如此溫暖，讓我忘卻一切。「妳才酷。」他說。「妳這麼寬宏大量，不像我這個討厭鬼。」寬宏大量？我握起他的手，從他的反應，還有我自己的反應，納悶著我是不是真的又酷又寬宏大量？還是這全都只是錯覺？還有這個討厭鬼喬伊是怎麼回事？那是誰？是不會再和那位小提琴家說話的喬伊嗎？如果真的是，我不想再見到那傢伙，一點都不想。我們沉默地繼續前進，各自心裡都在胡思亂想。走了差不多三十公尺，便到了目的地，於是所有

---

80 原文為法文：joie de vivre，意為joy of living。
81 見註解45。
82 見註解61。

關於討厭鬼喬伊和我那神祕失蹤母親的念頭，全都消失了。

「好了，閉上眼。」我說。「我帶你走。」我走到他身後，用手遮住他的眼睛，領著他走上小徑。

「好了，張開眼睛吧。」

那裡有一間臥室。在森林中央有一間完整的臥室。

「哇喔，睡美人，睡美人在哪裡？」喬伊問。

「睡美人會是我。」我小跑跳上那張鬆軟的床上。就像跳進一朵雲裡。他跟著我走到床邊。

「妳太清醒了，當不了睡美人，這點我們已經討論過了。」

他站在床角，四處張望。「這實在太不可思議了，這裡怎麼會有間臥房？」

「河邊約三十公尺遠那兒有家小旅店，在六〇年代是間公社。旅店主人山姆是個老嬉皮。他在森林裡替客人弄了張床，如果他們健行到這裡就會撞見，是要製造驚喜的浪漫吧，我猜，但我從沒見到任何鬼影經過，一直都只有我會來這裡。事實上，我倒是有一次在這裡見到人影——是山姆，他來這裡換床單。下雨的時候他會蓋上防水布。我在那張書桌上寫東西，在那張搖椅裡看書，躺在這張床上做白日夢。不過之前我從沒帶別人來過。」

我仰躺在床上，他露出微笑，坐在我身旁，手指開始在我腹部上遊走。

「妳都在做些什麼白日夢？」他問。

「就像這樣的夢。」他的手伸入我衣服裡，撫過我的腹部上方。我的呼吸加快——我想要他的雙手撫遍全身。

「約翰．藍儂，我可以問妳一件事嗎？」

「糟了，每次有人這麼說，接下來一定嚇死人。」

「妳是處女嗎？」

「你看吧——接下來的問題果然想嚇死人。」我咕噥著，窘得要死——真是殺風景。我扭出他的懷裡。「有那麼明顯嗎？」

「有點吧。」喔！我想躲到床單底下。他試著想把我抓回來。「不是，我的意思是，我覺得妳還是處女，很酷啊。」

「絕對不酷！」

「對妳也許不算酷，但對我卻不是，如果……」

「如果什麼？」我的腸胃忽然一陣緊絞。全攪在一起。

現在換他看起來不好意思了——很好。「呃，如果在將來，不是現在，是將來，妳也許不想再當處女了，而我可以成為妳的第一個對象，那時候就酷了，妳知道，至少對我來說是。」他的表情既害羞又甜蜜，但他這番話讓我更無法招架，同時覺得驚恐和興奮，好像我的眼淚就要奪眶而出，而我的確哭了，這是第一次，我甚至不知道自己為什麼掉淚。

「喔，小藍，對不起，那樣說惹妳不開心了嗎？別哭，我一點都不想給妳壓力，只要吻著妳、和妳在一起，不管哪種形式，都令人難忘——」

「不是啦。」我又哭又笑。「我哭是因為——好吧，我不知道自己為什麼會哭，但我很快樂，不是因為難過……」

我摟住他的手臂，他側身躺在我身旁，手肘就支在我的頭旁邊，我們兩人的身體逐段貼在一起。他正以一種讓我顫抖的方式凝視著我的眼睛。

「只是這樣看著妳的眼……」他低語。「我從沒有過這樣的感覺。」

我想到了金娜維爾。喬伊說他愛過她，是否那也表示……

「我也是。」我沒辦法阻止眼淚再度溢出。

「別哭。」他的聲音輕盈沒有重量，如霧般迷濛。他親吻我的雙眼，溫柔地擦過我的雙唇。然後他那麼赤裸裸地看著我，我整個人暈乎乎的，好像需要躺下，雖然我現在就已經躺著了。「小藍，我知道我們在一起還不夠久，但我覺得……我不知道……我可能……」

他不用說出口，我也感覺到了。那可一點都不含蓄細膩——就像綿延幾十公里的每一口鐘同時響起，噹噹的巨響，飢渴不已，然後是快樂的小小管鐘，所有的鐘在這一刻蓋過方圓百里一切聲音。我摟住他的脖子，把他拉近，然後他狠狠用力吻我，吻得那麼深，我覺得自己在飛翔、輕快地飛行、不斷往上升……

他在我的髮際低語：「忘了我剛說的，我們先保持這樣就好，不然我可能再也撐不下去了。」我笑出聲來。然後他跳起來，捉住我兩隻手腕，按在我頭部上方。「笑什麼。我剛只是開玩笑而已，我想要和妳體驗一切，只要妳準備好了，我就是那個人，答應我？」他身子籠罩在我上方，眨著眼，咧著嘴笑，完全就是副白癡樣。

「我答應你。」我說。

「那好，很高興就這樣決定了。」他揚起眉毛。「約翰．藍儂，我可要把妳這朵花給摘下了。」

「哎唷，天啊，丟臉死了，你這超級超級大呆瓜啦[83]！」我想遮住臉，但他不讓我這麼做。

於是我們又笑又扭，過了好久好久，我才記起來，我姊姊已經死了。

[83] 見註解[61]。

24

這個。
世界。
不。
是。
一個。
安全的。
地方。

（四葉草高中的後方樹林裡，在一張糖果包裝紙上發現的。）

我看見托比的卡車停在家門前，怒氣瞬間冒出。他為什麼就不能離我遠一點？就只有他媽的一天也好？我只是想緊緊抓住這份幸福快樂。*求求你！*

我在畫室裡找到外婆，她正在清洗畫筆。托比不見人影。

「為什麼他老是跑來這裡？」我對外婆不滿地說。

她看著我，一臉驚訝。「小藍，妳是怎麼了？是我打電話要他來幫忙修理花園四周的棚架，他說牧場忙完後可以過來看看。」

「妳不能找別人嗎？」我的聲音裡沸騰著氣惱與憤怒，我很確定在外婆眼裡，我聽起來簡直不可理喻。我是不可理喻——我只是想談戀愛。我想感受這股喜悅。我不要處理托比、處理哀痛悲傷和罪惡感，還有「死亡」。我受夠了「死亡」！

外婆看起來不太高興。「老天，小藍，發發慈悲，這孩子完全崩潰了。他只有在我們身邊才會覺得好過些。我們是唯一了解的人。他昨晚是這麼說的。」她正在水槽旁甩乾畫筆，動作誇張，每甩一次都好像要把手腕甩斷似的。「我問過妳，你們兩個之間還好嗎？妳說沒問題。我可是相信妳。」

我深呼吸一口，然後慢慢吐出，試著把海德先生[84]逼回身體裡。「好，沒關係。對不起，我不知道自己是怎麼了。」我親了外婆一下，便直接走了出去。

我回到聖地，換上我找得到最吵死人的龐克音樂，是一個舊金山樂團，叫做「下流」。我知道托比討厭任何一種龐克樂，因為這一向是他會和貝莉起爭執的一點，貝莉就是愛龐克。他最後終於說動貝莉改聽他喜歡的另類鄉村音樂，還有威利．尼爾森、漢克．威廉斯與強尼．凱許[85]，

[84]《變身怪醫》（或譯：《化身博士》）中之主角。原著名為「Strange Case of Dr. Jekyll and Mr. Hyde」，作者為Robert Louis Stevenson，曾改編為音樂劇，大受歡迎。劇情敘述一位博士服用了自己研究的藥物後化身為另外一個完全不同的危險人格，即為海德先生。

[85] Willie Nelson、Hank Williams以及Johnny Cash，三位皆是美國著名鄉村音樂歌手。

他心目中最佳三人組，但他從不願讓步去聽龐克音樂。

音樂沒起作用。我在藍色跳舞毯上亂蹦亂跳，隨著持續不斷的節奏四處亂跳，但我實在氣到甚至沒辦法到處亂跳，因為我不想一個人獨自在南瓜聖地裡跳舞！在這一刻，剛才因為托比而感受到的憤怒全轉移到了貝莉身上。我不明白她怎麼能這樣對待我，把我一個人就這樣留在這兒？尤其是她答應過我，用她這輩子發誓，她絕對、絕對不會像媽媽那樣不見，我們永遠都會在一起，永遠，永遠，永遠！「貝莉，這才是唯一最重要的協定啊！」我大喊，拿起枕頭拚命捶打，一次又一次狠狠捶進床裡，直到在聽了很多首歌之後，終於，我覺得稍微平靜了些。

我仰天倒在床上，喘著氣，流著汗。沒有了姊姊，我要怎麼熬過去？其他人是怎麼辦到的？一直都有人在死去。每天。每個小時。全世界都有家人盯著不會再有人安睡的床鋪，不會再有人穿上的鞋。不需要再去買特別口味的麥片，或某一種洗髮精。到處都有人排隊看電影、買窗簾、遛狗，但同時他們的心卻正被撕裂成片片。好多年。一輩子都是。我不相信時間會療癒這種鬼話。我不要時間來療癒我。如果我療癒了，不就等於我已經接受了沒有貝莉的世界？

接著我想起了那本筆記本。我起身，關掉「下流」的音樂，換上蕭邦夜曲，看看能不能讓我情緒安定下來，然後走到書桌前。我拿出那本筆記，翻到最後一頁，那裡有幾個組合還沒有被劃掉。整頁都是媽媽的名字和狄更斯小說裡的人物。佩吉／特維斯特、佩吉／費根、沃克／郝維仙、沃克／奧利佛／佩吉，和皮普[86]／佩吉。

我打開電腦，輸入佩吉／特維斯特，搜尋頁面上的文件，沒找到能連結到媽媽的訊息。然後我輸入佩吉／狄更斯，找到幾個可能線索，但那些幾乎都是高中體育隊員和大學校友雜誌的資料，都和媽媽沒有關係。我輸入更多與狄更斯有關的名字組合，但連一點點相關的訊息都找不到。

一小時過去，我才不過搜尋完幾組。我回頭看著那一頁頁貝莉做過的搜尋，再次納悶她到底是什麼時候做的？在哪裡？也許是在州立大學的電腦中心？要是她睡眼惺忪地連續盯著這台電腦好幾個小時，我怎麼可能不會注意到？而讓我再次大吃一驚的，是她居然這麼想找到媽媽，不然她為什麼要花這麼多時間在這上頭？二月時發生了什麼事情，讓她走上這條路？不知道托比是不是就是那時候向她求婚的？也許她想要媽媽來參加婚禮。但托比說，他在貝莉死前才求婚的。我得和他談談。

我走下樓，對外婆道歉，說我一整天情緒都不太穩，這是實話，最近我根本每天都情緒不穩。外婆看著我，撫摸我的頭髮，說：「沒關係，小甜豆，也許我們明天可以一起出去走走，說說話——」她到底什麼時候才會明白？我不想和她談論貝莉、談論任何事。

我走到屋外，托比正站在梯子上，修理花園前方的棚架。一條條金色與粉紅色的流光劃滿天際。整個院子因為落日餘暉而發光，玫瑰花彷彿從內部被點燃，看起來像燈籠。

他朝我望過來，誇張地吸了口氣，然後慢慢爬下梯子，靠在梯子上，雙手抱胸。「我想道歉……再一次。」他嘆了口氣。「我最近不太知道自己到底在做什麼。」他看著我的雙眼。「妳

86 除了皮普（Pip）與郝維仙（Havisham）為《孤星血淚》（Great Expectations，又譯為《遠大前程》）之角色外，其餘皆為《孤雛淚》（Oliver Twist）之角色。

沒事吧？」

「沒事，除了我也不知道自己在幹嘛。」我說。

我的話讓他露出微笑，臉上浮現體諒與親切。我放鬆了些，對於自己一個小時前還想砍掉他的頭，感到過意不去。

「我在貝莉的書桌裡找到這本筆記。」我告訴他，急著想知道他是不是知道些什麼，同時非常不急著去談論或是想到昨天發生的事。「托比，她好像在找媽媽，發狂地找。一頁又一頁都寫滿了可能的假名，她一定都在搜尋引擎裡找過，她什麼都試過了，一定是日夜不休地在找。我不知道她在哪裡找的，也不知道她為什麼要這麼做……」

「我也不知道。」他的聲音有些顫抖。他低下頭。托比是不是有事瞞著我？

「筆記上有日期。她是在二月底開始找的——有沒有什麼你知道的事情，是在那時候發生的？」

托比的身子一軟，從棚架上滑落，然後把頭埋在雙手裡，哭了起來。

怎麼回事？

我低下身子，跪在他面前，雙手放在他的手臂上。「托比。」我輕輕地說。「沒事的。」我用手撫摸著他的頭髮。恐懼刺痛著我的脖子與手臂。

他搖著頭，說：「不是沒事。」他幾乎說不出話來。「我本來不打算告訴妳的。」

「什麼事？你本來不打算告訴我什麼？」我說出口的聲音尖利又急促。

「小藍，那只會讓事情更糟。我不想讓妳更難以承受這一切。」

「到底是什麼事？」我身上的每一根毛髮都豎了起來。我此刻真的嚇壞了。還有什麼會讓貝莉死去這件事更糟？

他伸手過來緊緊握住我的手。「我們本來要有小孩了。」我聽見自己倒抽一口氣。「她死的時候，已經懷孕了。」不，這不可能。「也許她是因為這樣，才想去找妳們的媽媽。二月底差不多就是我們發現的時候。」

貝莉懷孕這件事在我心裡開始崩塌，速度越來越快，範圍越來越大。我另外一隻手放在他肩膀上，儘管我正看著托比的臉，眼裡看見的卻是我姊姊舉起他們的孩子，對著小寶貝做雪貂鬼臉，看著她和托比一人一邊牽起他們的孩子，帶著那個小男生走到河邊。或是小女生。老天啊。從托比眼裡，我可以看得出來，他一直是獨自一個人承受這一切，而這是貝莉死後第一次，我覺得比起自己，我更替另外一個人感到難過與哀痛。我抱住托比，輕輕搖晃他的身子。接著，當我們四目相接時，我們又再次身處那間無助的哀傷之屋，一個貝莉永遠不會出現、喬伊．方特尼也不存在的地方，一個只有我和托比被留下的地方，我吻了他。我吻他是為了要安撫他，告訴他我有多遺憾，讓他知道我在這裡，而且我是活著的，他也是。我吻他是因為我根本不了解自己在做什麼，我這幾個月來一直是這樣。我吻著他，一直吻著、抱著、撫摸著他，不管那是因為什麼亂七八糟的理由，我就是這麼做了。

托比的身子在我懷裡僵住的那一瞬間，我就知道了。

我知道了，但我不知道是誰。

一開始我以為是外婆，一定是。但不是。

也不是大仔。

我轉過身，他人就站在幾公尺外，靜止不動，像座雕像。我們的目光相接，接著，他跌跌撞撞地往後退。我從托比的懷裡跳出來，好不容易站穩身子，衝向喬伊，但他轉過身，跑開。

「等一下，求求你！」我大喊。「拜託！」

他停住身子，背對著我——他的身影輪廓正對著此刻燃燒起來的天空，失控的野火直燒向地平線。我覺得自己好像正往樓梯摔下，重重往下墜落，卻沒辦法止住。但我仍強迫自己走向他。我牽起他的手，想要他轉過身，但他把手抽開，彷彿我的碰觸讓他感到厭惡。他是轉過了身子，慢慢地，彷彿在水底下移動。我怕得要死，等著看他，看看我到底做了什麼好事。當他終於面對我的時候，他的雙眼死氣沉沉，臉龐像是石頭。彷彿他那令人讚嘆的靈魂已經從他的血肉中撤離。

我脫口連珠說：「這不像我們那樣，我沒有感覺——是因為別的理由，我姊姊……」我姊姊懷孕了！我正想要這麼解釋，但那能解釋什麼？我迫切希望他能了解，但我自己卻根本不懂。

我看著怒火與傷痛同時在他臉上爆發。「是，那就是，那就是我以為的。那就是我之前以為的。」他狠狠對我吐出這些話。「妳怎麼可以——我以為妳——」

「我是，我是啊！」我哭得淚流滿面。「你不懂。」

他臉上盡是失望。「妳說得沒錯。我是不懂。拿去。」

他從口袋裡拿出一張紙。「我來是要拿這個給妳。」他揉成一團扔給我，然後轉過身，用最快的速度跑進降臨的夜色裡。

我彎下腰，抓起被揉成一團的紙球，攤平。頂端寫著第二部：前述豎笛家與吉他手的二重奏。我小心摺好，放在口袋裡，然後在草地上癱坐成一團。我發現自己正坐在昨夜雨中與喬伊接吻的同一個地方。天空已經不再那樣怒紅，只剩下一些零星的金色光縷緩緩被黑暗吞噬。我試著在腦海裡想像他寫給我的樂章，但辦不到。我只能聽見他說：妳怎麼可以？

我怎麼可以？

乾脆來個人捲起整片天空，永遠收起來算了。

不久，有隻手放在我肩膀上，是托比。我把手放在他手上。他在我身邊單膝跪下。

「我很抱歉。」他輕輕地說，過了一會兒之後，又說：「小藍，我要走了。」於是我的肩頭，他原來手放著的地方，只剩下冰冷。我聽見他發動卡車的聲音，然後聽著車子的引擎聲跟在喬伊身後開上馬路。

只剩下我一個人。我是這麼以為，直到我抬起頭望向屋子，見到外婆站在門裡的身影，那模樣就像昨晚的托比。我不知道她在那兒多久了，不知道她看見了什麼、沒看見什麼。她推開門，走到門廊盡頭，雙手扶在欄杆上。

「進來吧，小甜豆。」

我沒有告訴她，我和喬伊之間發生了什麼事，就像我從沒告訴她，托比和我之間發生了什麼事。但她看著我的時候，從她憂傷的眼裡，我看得出來，她很可能早就知道了一切。

「有天，妳會再和我好好聊聊的。」她牽起我的手。「妳知道，我很想妳。大仔也是。」

「她懷孕了。」我低聲說。

外婆點頭。

「她告訴妳了？」

「我看了驗屍報告。」

「他們訂婚了。」我說。這點，從外婆的表情來看，她並不知道。

她把我擁入懷裡，我待在她安穩的懷抱裡，任由眼淚不斷冒出又冒出，落下又落下，直到她的洋裝被淚水浸溼，直到夜色填滿了整間屋子。

25

我沒有來到書桌的聖壇和站在山頂的貝莉說話。我甚至沒有開燈。我直接走上床，衣服也沒換，祈禱能入睡。但睡眠沒有到來。

到來的是羞恥，數星期以來的羞恥，一波又一波的羞恥，一陣陣滾燙地快速流經我的身體，我像是暈船，忍不住在枕頭裡呻吟。那些謊言、半真與簡略的事實，我告訴過喬伊和沒有告訴過他的，一起聯手對付我，壓著我不放，直到我幾乎不能呼吸。我怎麼能這樣傷害他？就像金娜維爾那樣欺騙他？我對他所有的愛意不斷痛扁我的身體。我的胸口好痛。我全身都好痛。他看起來像一個完全陌生的人。他不一樣了。不再是那個愛我的人。

我看見喬伊的臉，然後是貝莉的臉，他們兩個人隱約飄浮在我上方，嘴裡只有五個字：妳怎麼可以？

我沒有答案。

對不起。我用手指在床單上一遍又一遍地寫著，直到我再也受不了，打開電燈。

但燈光卻帶來真正的暈眩欲嘔，在燈光下，我和姊姊原本能相處的那些時光，如今再也不會出現。我在懷裡抱著她的寶寶。教她的孩子吹豎笛。就這樣一天一天地長大、老去。我整個人被那些我們不會再擁有的未來撕裂，我抱著垃圾桶猛吐，直到吐得一乾二淨，什麼都不剩，只剩下我一個人在這陰森森的橘色房間裡。

就是這時，我猛地領悟。
沒有托比懷裡的避風港與混亂，沒有喬伊懷裡的心花怒放，就只有我。
我，就像一枚小小的貝殼，如整座海洋般的寂寞，無形地在體內怒吼奔騰。
我。
沒有。
貝莉。
永遠。
我把頭埋進枕頭裡用力尖叫，彷彿靈魂被撕裂成兩半，因為的確是。

貝莉，妳愛外婆比愛我多嗎？
才沒有。
那大仔呢？
才沒有。
那托比呢？
小藍，我最愛妳，好嗎？
我也是。
那就這樣囉。

妳永遠不會像媽媽那樣不見吧？
絕對不會。
發誓？
老天，我到底要說幾次啊？我絕對不會像媽媽那樣消失。好了，快去睡。

（在雨河邊的一個隨身紙杯上發現的。）
（四葉草高中，在停車場裡的一張糖果包裝紙上發現的。）
（四葉草圖書館，在垃圾桶裡的一張紙上發現的。）

第二部

小藍，她今晚在哪裡？

我已經睡了。

小藍，快點嘛。

好吧，在印度爬喜馬拉雅山。

我們上星期說過了。

那妳先。

好。她在西班牙的巴塞隆納。頭上綁著絲巾，坐在海邊，和一個叫做帕布羅的男人喝著西班牙水果酒。

他們在談戀愛嗎？

對。

但她第二天就會離開他。

對。

她會在黎明前醒來，從床底偷偷拿出行李箱，戴上紅色假髮、綠色絲巾，穿上黃色洋裝、白色包頭高跟鞋，然後搭第一班火車離去。

她會留紙條嗎？

不會。

她從來不留。

從來都不留。

她坐在火車上，看著窗外的海。一個女人坐在她身邊，她們會開始聊天。那個女人會問她有沒有小孩，她會說：「沒有。」

不對，小藍。她會說：「我正要去看我的女兒們。」

（飛人河谷，在塞在兩塊岩石間的一張紙上發現的。）

26

之後，我醒過來，發現自己整張臉埋在枕頭裡。我用手肘撐起身子，望向窗外。漆黑夜空被星星擄獲，夜色隱隱發亮。我打開窗戶，河流的聲音搭著帶有玫瑰香氣的微風直接流入房間裡。我震驚地發現自己好過了一些，彷彿我睡一睡就到了一個不再令人那麼窒息的地方。我甩去關於喬伊和托比的念頭，又深深吸進一口花香、河流與這個世界。我起身，把垃圾桶拿到廁所，把自己和垃圾桶清理乾淨後，直接回到貝莉的書桌前。

我打開電腦，打開第一個抽屜，拿出放在裡面的那本筆記，決定從前幾天停下的地方繼續找下去。我得為我姊姊做些什麼，而我唯一能想到的，就是替她找到我們的母親。

我開始輸入貝莉筆記本上剩下的組合。我能明白，即將為人母這件事為何會讓她不得不像這樣尋找媽媽。不知道為什麼，我就是可以理解。但我懷疑背後還有其他理由。在我心底一處遙遠的狹窄角落裡，有一個櫃子，在那櫃子裡，有一個念頭被塞在最底層抽屜的後方。我知道它就在那兒，因為是我把它收在那裡的，這樣我就可以眼不見為淨。但今晚我打開那吱嘎作響的抽屜，面對我一直以來所深信不疑的一件事，那就是：貝莉也有這個問題。靜不下來的基因滲透我姊姊所做的一切，讓她這一輩子總是衝動行事，從參加越野比賽到在舞台上變換角色。我一直以為那才是她想要找到母親的真正原因，而我也知道那正是為什麼我一直不想讓她去找的理由。我猜這就是為什麼她沒有告訴我，她如此急切地在尋找媽媽。她知道我會試圖阻止。我不想要母親對貝莉指點出一條離家的路。

對任何家庭而言，一個探險家已經足夠了。

但只要找到媽媽，我就能補救。我把一個又一個的名字組合放入一堆搜尋引擎裡。一個小時後，我恨不得把電腦用力扔出窗外。根本沒用。我已經用完了貝莉筆記本上的所有組合，開始使用布萊克詩裡的文字與象徵來組合。從筆記本上看得出來，貝莉之前很努力地從媽媽的那個箱子裡尋找假名的線索。她已經參考過孤雛淚、流浪者之歌和旅途上，但還沒用到威廉・布萊克的詩。他的詩集在我面前攤開著，我正將老虎、有毒的樹或惡魔與佩吉或沃克組合在一起。想到外婆曾認為她可能會利用廚藝在旅途中維生，我再加上大廚、廚師、餐廳，但依舊毫無結果。又過了一個小時，還是搜尋不到任何符合的資料，我告訴在那張探險圖山頂上的貝莉，我沒放棄，只是需要休息。我往樓下走去，看看有沒有人還醒著。

大仔在門廊上，坐在情人椅正中央，彷彿那是王座。我蹭到他身旁坐下。

「真不敢相信。」他喃喃地說，戳著我的膝蓋。「都記不起來上次和妳在晚上談心是什麼時候了。我剛剛正在想，明天也許蹺個班，去問問我新認識的一位女性朋友，想不想和我去餐廳吃午餐。我實在受夠了在樹上吃飯。」他扭動那兩道八字鬍的方式有些太過夢幻。

糟了。

「你要記住喔。」我警告。「你不准再要別人嫁給你，除非你和她交往整整一年。你上次離婚後，這可是你自己定下的規矩。」我伸手去拉他的八字鬍，不忘強調：「你第五次離婚那次。」

「我知道，我知道。」他說。「但我超想念求婚的，沒有比這更浪漫的了。妳一定得試試看，小藍，至少一次——那就像高空跳傘，只是妳的雙腳還在地上。」他笑得像鐘聲一樣噹噹作響，如果他沒有九公尺這麼高的話，這就是所謂的咯咯輕笑吧。我和貝莉聽他這麼說聽了一輩子。事實上，要不是莎拉在小學六年級時抨擊婚姻的不公平性，我完全不知道求婚並不一定是努力付出，就會有同等回報的。

我望向那一小方院子，幾個小時前，喬伊就是在那兒離開我，說不定永遠都不會回來了。我考慮了一分鐘，想著要不要告訴大仔，喬伊大概不會再過來了，但我鼓不起勇氣告訴他。大仔對喬伊的依戀幾乎就和我一樣。況且，反正我想要和他談談別的事情。

「大仔？」

「嗯？」

「你真的相信流浪癖基因這種事嗎？」

他看著我，一臉訝異，然後說：「聽起來根本是胡扯，不是嗎？」

我想著喬伊今天在森林時那誇張的反應，想著我自己的疑慮，想著所有人的疑慮，這樣的疑慮一直都在。即使在這個鎮上，自由不受拘束是基本的家庭價值，但每當我告訴別人，我母親在我一歲時就離家去過著自由與四處為家的生活，他們看著我的模樣，彷彿想把我押到某間設施非常完善的精神病房裡。即使如此，對我而言，這沃克家族深信不疑的信仰，卻並非完全不可能。只要讀過小說，或是走到街上，或是踏進我家前門，大家就會知道，這世上有各式各樣古怪的人，尤其是我的家人。我一面這麼想，一面瞄了大仔一眼，誰知道他在樹上幹嘛？老是在結婚、想讓死蟲復活、吸的大麻比所有高二生還要多，看起來還像某個童話故事裡的國王。所以他妹妹為什麼就不能是冒險家，無憂無慮？為什麼我母親就不該像許多故事裡的英雄，勇敢離家？就像天行者路克、格列佛、寇克艦長、唐吉訶德和奧德賽。好吧，對我來說不太真實，但卻充滿神話與傳奇性，不像我最喜愛的聖人，或是我可能有些太過執著的那些小說角色。

「我不知道。」我老實回答。「都是胡扯嗎？」

大仔好長一段時間都沒吭聲，只是拈著八字鬍在思考。「唉，那只不過是生物學的分類而已，知道我的意思嗎？」我不懂，但沒打斷他。「很多東西都會透過家族遺傳，對吧？而這個癖好，不管到底是什麼，或是因為什麼理由，遺傳給了我們。還可能會更慘哪，我們可能會遺傳到沮喪、酗酒或其他痛苦。那些為此苦惱的親戚們就這樣上了路——」

「大仔，我想貝莉也有這問題。」我還來不及思考，這句話就這樣從我嘴裡冒了出來，顯示出也許，我到底還是有多麼深信不疑。「我一直都這樣認為。」

「貝莉？」他皺起眉頭。「少來，我看不出來。事實上，她被紐約市那所學校拒絕後，我還沒見過有哪個女孩像她那樣鬆了口氣。」

「鬆了口氣？」這才是胡扯啊！「你在開玩笑嗎？她一直都想去茱莉亞學院。她可是非常非常非常努力。那是她的夢想！」

大仔仔細看著我漲紅的臉龐，溫柔地說：「小藍，是誰的夢想呢？」他雙手擺出姿勢，彷彿在吹著一支隱形豎笛。「在這裡我只見過一個人非常非常非常努力，那就是妳。」

老天。

瑪格莉特顫動的聲音縈繞在我腦海裡：妳的演奏令人陶醉。小藍，妳好好認真努力，妳去念茱莉亞學院。

但我沒有，而是不再去上課了。

而是把自己用力塞進自己做的小丑箱裡。

「過來。」大仔張開手臂，彷彿張開一隻巨大的翅膀包覆住我，我舒服地依偎在他身旁，試著不要去想每次瑪格莉特提起茱莉亞學院時，我有多驚恐，尤其是每次我想像自己真的——

「夢想會改變。」大仔說。「我想她的夢想變了。」

夢想會改變，沒錯，很有道理，但我以前不知道夢想可以躲在一個人的身體裡。

大仔另外一隻手臂也抱住了我，於是我陷入他的熊抱裡，嗅進他衣服上濃濃的大麻味。他把我抱得緊緊的，用巨大的手掌摸著我的頭髮。我都忘了大仔這麼能撫慰人，是座人體暖爐。我抬頭偷看，發現一滴眼淚流下他的臉頰。

過了幾分鐘後，他說：「貝莉以前也許是坐不住，就像大部分的人，但我想她更像我，妳最近也是，進一步說呢，就是——愛情的奴隸。」他對我微笑的模樣，彷彿他正在吸收我進入一個祕密結社。「也許是那些該死的玫瑰，鄭重聲明，我可是相信這一套的。那些玫瑰特別能影響人的心智——我發誓，我們就像實驗白老鼠，一整個花季都在吸進那些香氣……」他扭動著八字鬍，似乎已經忘了他剛才在說什麼。我等著，記起他吸了太多大麻。我們之間的空氣裡纏繞著玫瑰香氣。我吸進花香，想著喬伊，清楚知道，不是玫瑰讓我心裡產生愛戀，而是那個男孩，那個超棒的男孩。我怎麼可以？

遠遠地，一隻貓頭鷹叫了——空洞、寂寞的叫聲，讓我感同身受。

大仔繼續講下去，彷彿中間不曾停頓過。「不可能，不是貝莉有這毛病——」

「什麼意思？」我直起身子問。

他不再扭動八字鬍了，臉色變得很正經。「外婆在我們還小時，是完全不同的人。」他說。「若真要說有人遺傳到這個毛病，那就是她。」

「外婆幾乎不會離開這附近啊。」我不懂。

他呵呵笑了起來。「我知道，不過我猜這就是我有多不相信基因這東西的原因吧。以前總以為我媽有這毛病。我以為她只是忍了下來，把自己困在畫室裡連續幾個星期，精力全發洩到那些畫布上。」

「如果真是這樣，那為什麼我母親就不能忍下來？」我試著不要太大聲，但忽然間勃然大怒。「如果外婆只能去畫畫，為什麼我媽媽就可以離開？」

「親愛的，我不知道，也許佩吉的問題更嚴重。」

「到底是什麼更嚴重嘛？」

「我不知道！」看得出來他的確不知道，他和我一樣沮喪與困惑。「管他是什麼讓一個女人留下兩個孩子、她哥哥和她母親，十六年都沒有回來。就是那玩意兒！我是說，我們都叫那是流浪癖，其他家庭可就不會講得這麼好聽。」

「其他家庭是怎麼講的？」我問。他以前從沒有像這樣透露任何關於媽媽的事情。是瘋狂的封面故事嗎？她是真的失心瘋了嗎？

「別管別人怎麼講，小藍。」他說。「這是我們自己的故事。」

這是我們自己的故事。他用宣布十誡的口吻這麼說，深深打動了我。我讀了這麼多書，你一定會以為我老早就這麼想過了，但我從沒有想過。我一次都沒想過詮釋人生、訴說故事的這一面。我從沒這麼想過自己的人生。沒錯，我總覺得自己身處在一個故事裡，但我並不是作者，或我對故事的走向根本沒有決定權。

只要妳高興，可以用任何方式來說自己的故事。

這是妳的獨奏。

27

貝莉，這是我一直不讓妳知道的祕密，
連我自己也不知道：
我想，我喜歡媽媽不見了，
喜歡她可以是任何人，
在任何地方，
做任何事。
我喜歡她是我們發明出來的，
一個女人，活在
故事的最後一頁
在她面前展開的
只有我們所想像的一切。
我喜歡她是我們的，只屬於我們。

（森林裡，插在樹枝上、在從《咆哮山莊》裡撕下來的一頁上發現的。）

喬伊沒來的事實，如夜幕籠罩住整個清晨。外婆和我萎靡地癱在廚房餐桌上，彷彿沒了骨頭，朝相反方向乾瞪眼。

昨晚我回到聖地後，把貝莉那本筆記本和其他筆記本一起放入紙箱，闔上。然後我把聖安東尼像放回「一半的媽媽」前面的壁爐架上。我不確定自己要怎麼找到母親，但我知道不會是在網路上。一整夜，我都在想著大仔說過的話。很有可能在這個家族裡，大家都不是我以前所相信的那個樣子，尤其是我。我很確定：他完全說中了我。

可能也說中了貝莉。也許他是對的，貝莉沒這個問題——不管那個問題究竟是什麼？說不定我姊姊想要的，只是留在這裡，結婚成家。

也許那才是她的不凡之處。

「貝莉有好多祕密。」我對外婆說。

「那是家族遺傳。」她疲倦地嘆口氣，回答。

我想問外婆那是什麼意思，順便回憶大仔昨晚是怎麼說她的，但沒辦法，因為他才重重踏著腳步走進來，最終還是穿上了一身工作裝束，簡直和保羅·班揚❶一模一樣。他看了我們一眼，說：「誰掛了？」接著腳步走到一半，停住，搖頭。「我居然說出這種話。」他敲敲自己的頭，一副腦袋裡沒人在家的模樣。「嘿，今天早上怎麼不見喬伊人影？」

外婆和我都低下了頭。

「怎麼了？」他問。

「我想他不會再來了。」我說。

「真的嗎？」大仔在我眼前一下子從巨人格列佛縮成小人國國民。「親愛的，為什麼？」

我感覺眼淚就要溢出來了。「我不知道。」

幸好，他沒有再往下追問，而是離開廚房去檢查蟲子。

去熟食店打工的途中，我一直想著那位瘋狂的法國小提琴家金娜維爾，那位喬伊曾愛過的女孩，他又是如何決定不再和她說話。我想著他對喇叭手的評價，要就全要，不然寧可都不要。我想著自己是如何曾經擁有全部的他，如今卻要完全失去他，除非我能想出辦法，讓他了解昨晚發生的事，還有與托比在一起的那些其他夜晚。但要怎麼做呢？我今天早上已經在他手機裡留了兩封訊息，甚至打了一通電話到方特尼家。對話場景如下：

小藍（抖得花枝亂顫）：喬伊在家嗎？

馬克斯：哇喔，是小藍啊，嚇了我一跳……妳可真勇敢。

小藍（低頭看著紋在自己衣服上的紅字）：他在嗎？

馬克斯：不在，很早就出門了。

馬克斯和小藍：尷尬的沉默。

馬克斯：他很不好受。我以前從沒見他為一個女孩這麼難過，其實我還真沒見過他為任何事感到難受……

❶ Paul Bunyan，美國民間傳說裡的巨人樵夫，力大無窮，砍樹飛快，身旁常有隻藍色小公牛。

小藍（快哭了）：可以告訴他，我打過電話嗎？

馬克斯：沒問題。

馬克斯和小藍：尷尬的沉默。

馬克斯（有些猶豫）：小藍，如果妳喜歡他，那就不要放棄。

掛斷。

問題就在這裡。我瘋狂地喜歡著他！我打了通求救電話給莎拉，趁我在店裡打工時，要她過來找我。

□

通常，我是千層麵大禪師。經過三個半暑假，一個星期上四天班，每次排班做八個千層麵，到現在一共是八百九十六個——我算過了——我早已駕輕就熟。這是我冥思的時刻。我用無比的耐心與外科手術般的精準，把一團從冰箱拿出來的黏糊糊麵團分成一條條的麵條。我把雙手插入義大利軟乳酪與香料中，不斷揉捏，直到像雲朵一樣鬆軟。我把起司切成一片片，薄如紙張。我替醬料撒上香料，直到它唱起歌。接下來我把這些材料一層層全堆成完美的一座小山。我的千層麵可是絕妙。但今天，我的千層麵沒有唱歌。我差點在切片機上剁掉自己的一根手指、把黏糊糊的麵團掉到地上、烤過頭一批新的麵團，還在番茄醬裡倒下一卡車的鹽巴。瑪莉亞拿過不知道什麼東西賞了我一下，後來派我去做連白癡都會的小事：替奶油煎餅捲填甜餡，她則在我身旁做千層麵。我無處可逃。時間太早，顧客還不會上門，所以只有我們兩人被困在國家詢問報❷總部裡——瑪莉亞是鎮上的大聲公，喋喋不休地八卦著四葉草鎮裡正在發生的那些淫亂醜事，當然了，也包括鎮上那位大情聖羅密歐——也就是我舅舅大仔——住在樹上的怪舉動。

「他最近還好嗎？」

「還不是老樣子。」

「大家一直在問起他。他以前每天晚上從樹頂回到地面後，都會到沙龍酒吧坐坐。」瑪莉亞在我身旁攪拌著一大桶醬料，像站在大釜前的巫婆，我則試圖想掩飾自己又打破了一個烤好的煎餅脆皮殼。我是個害相思病的可憐蟲，還沒了姊姊。「沒了大仔，那地方簡直變了樣。他還好吧？」瑪莉亞轉身看我，從沁出汗水的眉毛上撥去一綹黑色卷髮，不太爽地注意到堆得越來越高的煎餅脆皮殼。

「他很好，就像我們其他人一樣。」我說。「他工作完之後就回家了。」我沒繼續說：然後抽上整整三管大麻來麻痹心痛。我一直望著門口，想像喬伊會從那道門輕快地走進來。

「我倒是聽說前幾天有人去樹頂拜訪他。」瑪莉亞聲調平板地說，又回到八卦上頭。

「不可能。」其實我心裡清楚知道，很有可能就是真的。

「是真的。桃樂絲．若德奎茲，妳也知道她，對吧？她教二年級。昨晚在酒吧裡，我聽說他們倆一塊兒搭著木桶上了樹梢，然後妳知道的……」她對我眨眼。「他們野餐。」

❷ 美國專報八卦的小報。

我發出呻吟。「瑪莉亞，那是我舅舅耶，拜託。」

她笑出聲來，然後又滔滔不絕地講了一打以上四葉草鎮裡最佳的幽會地點，直到莎拉終於從門口飄進來，打扮得像是專賣佩絲莉❸花紋布的布料店。她站在門口，雙手高舉，兩隻手各比著一個象徵和平的手勢❹。

「莎拉！妳看起來簡直和我二十年前一模一樣——噓，小聲點，幾乎是三十年前了。」瑪莉亞走向冷藏室。我聽見門在她身後重重關上。

「為什麼發出求救信號？」莎拉對我說。夏日跟著她也進入了店裡。她剛游過泳，頭髮還是溼的。我稍早打電話給她時，她和路克正在飛人河谷「研究」某首歌曲。她隔著櫃檯擁抱我，我在她身上聞到河水的氣味。

「妳戴腳環？」我想再拖延一下待會的罪狀招供。

「當然了。」莎拉把一隻穿著如萬花筒般緊身褲的腳舉到空中，讓我看個清楚。

「酷斃了。」

她跳上櫃檯對面的凳子，把她的書扔在櫃檯上。我瞄了一眼：書名是《寫在身體上》，一個叫做海倫．西蘇❺的人寫的。「小藍，這些法國女性主義者比那些愚蠢的存在主義者要酷多了！我對絕爽❻這個概念特著迷，那是甚至超越狂喜的意思，我相信妳和喬伊完全知道那就是——」

她用隱形的鼓棒在空氣裡打起鼓。

「之前。」我深呼吸一口。準備聽見本世紀最佳名言：我不是早就告訴過妳了嗎？

她的表情卡在不敢置信與驚嚇之間。「什麼意思？之前？」

「我就是說，之前。」

「可是昨天……」她搖著頭，想跟上最新進度。「你們兩個嬉鬧著離開團練，留下我們渾身起雞皮疙瘩，因為那明明白白、不容懷疑、絕對就是的真愛，從你們兩個黏得緊緊的身體上每個毛孔滲出來。瑞秋差點沒氣爆。那景象實在太讚了。」接著她想到了。「妳不會吧？」

「拜託，別來隻乳牛或馬或食蟻獸或任何其他動物了。不要當道德警察，好嗎？」

「好吧，我答應妳。現在，告訴我，妳沒幹蠢事。我就說我有不好的預感。」

「我幹了。」我摀住臉。「喬伊昨晚看見我們兩個在接吻。」

「妳不是在開玩笑吧？」

我搖頭。

彷彿早計畫好此刻要全體突擊，一群迷你的托比踩著滑板「咻」地從我們身旁滑過，安靜得像架波音七四七，把人行道蹂躪得一塌糊塗。

「但是小藍，為什麼？妳為什麼會那樣做？」令人驚訝地，莎拉的聲音裡不帶任何批判。她是真的想知道。「妳又不愛托比。」

「我是不愛。」

❸ Paisley，一種起源於古巴比倫的紋樣，曾盛行於波斯與印度，由圓點與曲線組成的華麗圖紋，形狀像水滴。

❹ 即一般照相時會比出的「YA!」手勢。

❺ Helene Cixous，法國女性主義者，著有《Written on the Body》（寫在身體上）等書，提出陰性書寫，主張女性必須書寫自己。

❻ 法文：Jouissance，比英文中的「狂喜」（ecstasy）境界還更上一層。

「而且妳愛喬伊愛得精神都錯亂了。」

「完全沒錯。」

「那為什麼？」這個問題攸關能不能成為百萬富翁❼。

我填了兩個奶油煎餅捲，想著該如何解釋。「我想這和我們深愛貝莉有關，愛到就像這整件事聽起來一樣瘋狂。」

莎拉凝視著我。「妳說得沒錯，聽起來的確是很瘋狂。貝莉會宰了妳。」

我的心怦怦亂跳。「我知道。莎拉，但貝莉已經死了。我和托比不知道該怎麼辦才好，結果就發生了這種事，好嗎？」我這輩子從沒對莎拉大聲過，而剛剛那番話絕對很接近大吼了。但她的話讓我氣炸了，因為我知道她說得沒錯。貝莉絕對會宰了我，這讓我更想對莎拉再大吼幾句，我也真的吼了。「不然我該怎麼辦？苦修悔過嗎？我該克制情慾，把雙手浸在鹼水裡，在臉上抹胡椒，就像聖女羅莎❽那樣嗎？還要穿粗布苦修衣？」

莎拉瞪大了眼。「沒錯，我就是認為妳該這麼做。」她大喊，但嘴角卻抽動了一下。「就是這樣，穿苦修衣，還有苦修帽！整套苦行裝！」她開始皺起臉，尖叫：「去當聖女小藍！」然後彎下腰歇斯底里地大笑。我也跟著大笑，我們所有的憤怒都變成了無法抑制的狂笑，響徹雲霄——我們都彎著身子，上氣不接下氣，感覺棒極了，即使我可能會因此缺氧而死。

「對不起。」我喘著氣說。

她勉強回我：「不，我也是。我答應過妳，我不會批判妳。不過這樣整妳，感覺挺不錯的。」

「彼此彼此。」我尖聲回嗆。

瑪莉亞像陣風似地捲過來，圍裙裡裝著番茄、胡椒和洋蔥，她看了我們一眼，說：「妳和妳這位瘋夥伴出去透透氣，休息一下。」

我和莎拉一屁股坐在熟食店前的長凳上。隨著來自舊金山的情侶們步履蹣跚地從一間間民宿踏出，這條街逐漸有了生氣，他們的皮膚都被太陽曬傷了，全身用黑色布料緊緊包裹住，出來尋找鬆餅、游泳圈或大麻。

莎拉點菸的時候搖了搖頭。我已經把她弄得不知如何是好，這可不容易。我知道她仍舊想大發牢騷：小藍，妳那狐狸在飛的腦袋裡到底在想什麼？但她沒有。

「好，現在最要緊的，是把那位方特尼家的男生追回來。」她平靜地說。

「正是。」

「讓他忌妒這招，很明顯不會有效。」

「沒錯。」我用手掌撐著下巴，抬頭看向馬路對面那棵千年紅杉木——它正驚恐萬分地朝下瞪著我，看起來很想用力踹一踹我這隻欠揍的菜鳥。

「我知道了！」莎拉喊。「妳去引誘他。」她垂下睫毛，抽著菸的嘴巴噘起，深深吸了一

❼意指源自英國的益智節目遊戲：「Who wants to be a millionaire」，台灣譯為「超級大富翁」，節目進行方式曾為電影《貧民百萬富翁》的創作靈感。參賽者不斷回答問題，答對獎金可晉級，答錯便無獎金可領，最後獎金可累積至一百萬。

❽St. Rose，十六世紀西班牙人，因不希望自己的美貌太過引人注意而在臉上抹胡椒，令美麗的臉龐產生紅斑。三十一歲即過世。

口，然後吐出完美的一團煙霧。「誘惑這招總是能成功。我甚至想不到有哪部電影用這招失敗的，妳呢？」

「妳不會是認真的吧？他受傷這麼重，而且這麼生氣。他甚至不和我說話了，我今天打了三次電話……而且主角是我，不是妳，記得嗎？我不知道要如何引誘人。」我真是悲慘到了極點——我不斷見到喬伊的臉龐，面無表情，如同雕像般毫無生氣，就像昨晚那樣。如果真有張臉能面對誘惑而不為所動，就是那張臉。

莎拉一隻手扭著絲巾，用另外一隻手抽菸。「小藍，妳什麼都不用做，只要明天現身樂團練習，看起來超．級．性．感，看起來讓人無法抗拒就行了。」莎拉說無法抗拒這個字的方式好像有十個音節。「他對妳劇烈的荷爾蒙反應和激情，會包辦剩下的。」

「法國女性主義小姐，這樣不會膚淺到爆嗎？」

「相反，我的小可愛[9]。這些女性主義者講的全是讚頌身體，還有身體的語言。」她在空中甩著絲巾。「就像我說過的，她們都在追求絕爽。當然，這是一種方式，用來顛覆父權典範的支配優勢和白人男性的文學經典，不過我們有機會再聊。」她把菸輕彈到街上。「總之，小藍，試試無妨。而且會很好玩的。對我來說，那是……」悲傷籠罩住她的臉。

我們交換目光，裡頭藏著數星期以來未說出口的話。

「我只是覺得妳不再懂我了。」我脫口而出。我覺得自己變成一個不同的人，但莎拉仍舊是原來的莎拉，我猜貝莉以前也對我有過類似的感覺，她想得沒錯。有時候你就是得在自己那條混亂的人生道路上，堅持走下去。

「我之前是不懂。」莎拉大喊。「也不完全是。小藍，之前我感覺——現在也是，感覺自己很沒用。還有，真是的，那些教人怎麼處理悲傷的書爛死了，講的都是同一套，百分之百的垃圾。」

「謝謝。」我說。「謝謝妳去看那些書。」

她低頭看著自己的腳。「我也很想她。」直到這一刻之前，我從沒想過，她很可能也是為了自己而去看那些書。但當然啦，她向來崇拜貝莉，我卻一直讓她獨自一個人去悲傷。我不知道該說什麼，只能身子移過長凳，抱住她。緊緊地。

一輛車子按響喇叭，車裡載著一群放聲尖叫的蠢傢伙，四葉草高中的學生。超級殺風景。我們兩人分開，莎拉對著那群高中生搖著她那本女性主義的書，像個堅貞的教徒——我忍不住大笑。

他們離去後，她從菸盒裡拿出另外一根菸，然後用這根菸輕輕碰了碰我的膝蓋。「關於托比這回事，我實在不懂。」她點起菸，甩著火柴棒直到火焰熄滅，像節拍器。「妳以前會和貝莉互相較勁嗎？妳們兩個看起來根本就不像李爾王[10]那種姊妹。總之我從沒這麼想過。」

「我們是沒有。沒有……但是……我不知道啦，我也問自己同樣的問題——」

[9] 原文為法文：Au contraire, ma petite.

[10] 莎士比亞悲劇，年老的李爾王打算退位，將王國交給三個女兒統治，他要將最大的領地分給最愛他的女兒，小女兒不若兩個姊姊花言巧語，誠實回答卻被逐出家門，取消繼承權。昏庸的李爾王退位後受到兩個女兒虐待而在暴風雨中發瘋。

大仔昨晚那番話，他提到的那件破天荒的大事，對我已經是一記當頭棒喝。

「妳記得那次我們去看肯塔基賽馬會⓫嗎？」我問莎拉，不確定除了我之外，別人能不能理解。

她看著我的目光好像我是瘋子。「記得啊，怎麼了？」

「妳有沒有注意到，那些賽馬的身旁都有陪練跑的小馬，從不離開牠們身邊。」

「是有吧。」

「我想，我和貝莉就像那樣。」

她停頓了一分鐘，吐出好長一縷煙霧，才說：「小藍，妳們倆都是賽馬。」不過我看得出來她自己並不相信，只是在安慰我。

我搖頭。「拜託，說真的，我才不是。老天，怎麼可能嘛。我不是。」一直以來都是我自己的問題，和別人無關。我決定不再去上豎笛課時，貝莉和外婆一樣氣炸了。

「妳想當賽馬嗎？」莎拉問。

「也許吧。」我無法真的說出口：我想。

她微笑，然後沉默下來。我們看著一輛又一輛的車子緩緩駛過面前，大部分的車上都載著閃亮到誇張的橡膠泛舟工具：長頸鹿船、大象獨木舟等等。最後她終於說：「當一隻陪練跑的馬一定不怎麼樣。我不是在譬喻，我是說，妳也知道，如果妳是馬的話。想想嘛，無時無刻地犧牲自己，沒有榮耀也沒有光彩……牠們該弄個工會，自己搞一個陪跑小馬賽馬會。」

「對妳來說是個不錯的新目標。」

「不，我的新目標是把聖女小藍變成傾城美女。」她嘻嘻笑了起來。「來嘛，小藍，說好。」

她的來嘛，小藍讓我想到貝莉，接下來我只知道，我聽見自己說：「好吧。」

「不會太誇張，我保證。」

「妳的戰袍。」

她笑出聲來。「沒錯，妳完了。」

這主意根本行不通，但我沒別的主意了。我得做些什麼，而且莎拉說得沒錯，看起來性感，假設我能夠看起來很性感，又無傷大雅，對吧？我是說，誘惑這招在電影裡幾乎沒失敗過，尤其是法國電影。所以我聽從莎拉的專家知識與經驗，遵從絕爽這個概念，「誘惑大作戰」正式展開。

□

我有超深乳溝。大香瓜。比屁股還大的胸脯。大膽誘人的奶子。一手難以掌握的雙峰從一件超小件的黑色洋裝裡倒出來，我要在光天化日之下穿著這身衣服去樂團練習。我忍不住一直往下看。我成了擁有魔鬼曲線的尤物。我原本骨瘦如柴的身材確實變得豐腴。光是一件胸罩到底是怎麼辦到的？記得提醒物理學家：物質的確能被創造出來。更別提我穿著超高的厚底鞋，所以看起來身高接近三百公分，還有嘴唇也紅得像石榴。

⓫自1875年起，美國每年五月第一個星期六舉行的賽馬大會，位於肯塔基州，全國規模最大，亦最具盛名。

莎拉和我先躲入音樂教室旁的一間教室。

「莎拉，妳確定嗎？」我不知道怎麼會讓自己陷入這麼荒唐的我愛露西⑫場景裡。

「再也沒有這麼確定過。絕對沒有男人能抗拒妳。不過我倒有點擔心詹姆斯老師也無法倖免。」

「好吧。我們走。」我說。

我得假裝自己是別人，才能有辦法走過走廊。假裝自己是電影裡的某個人，一部黑白的法國電影，電影裡每個人都在抽菸，神祕又迷人。我是女人，不是女孩，我要去引誘男人。我在開什麼玩笑啊？我嚇壞了，連忙跑回教室。莎拉跟了上來，不愧是我的伴娘。

「來嘛，小藍。」她很惱怒。

又來了。來嘛，小藍。我再試一次。這次我想著貝莉，她大搖大擺走路的模樣，創造出屬於自己的風格，然後我輕易地迅速走入音樂教室的門。

我馬上就注意到喬伊不在，但直到排演開始還有點時間，大概十五秒，而他總是提早到，不過，也許是有什麼事耽擱了他。

十四秒：莎拉說得沒錯，所有的男生都直盯著我瞧，彷彿我是從時尚雜誌插頁裡冒出來的。

十三秒、十二秒、十一秒：詹姆斯老師舉起兩條手臂讚頌：「小藍，妳看起來迷死人了！」瑞秋的豎笛差點沒掉在地上。

我總算成功走到位置上。

十秒、九秒：我把豎笛組好，但不想讓吹嘴上沾滿口紅。我還是放進嘴裡。

八秒、七秒：調音。

六秒、五秒：仍在調音。

四秒、三秒：我轉身。莎拉搖搖頭，嘴型無聲說出：我他媽的真不敢相信。

兩秒、一秒：我正期待著的宣布。「讓我們開始排練吧。很遺憾，我們這次慶典表演上，失去了唯一的喇叭手，喬伊要和他的哥哥們一起表演。把鉛筆拿出來，我做了些更動。」

我垂下美麗動人的臉龐，埋入雙手裡，同時聽見瑞秋說：「早告訴過妳，小藍，妳配不上他。」

⓬ I Love Lucy，美國1960年代電視喜劇影集，至今仍在許多地區重播。

28

從前有個女孩，發現自己死了。
她的目光越過天堂邊緣
看見地球上
她的妹妹太過思念她，
悲傷到無法自己，
於是她將一些原本不會交叉的人生
交會在一起
拿起一些時機在手裡
用力搖一搖
像骰子一樣扔出去
落在這個人們活著的世界裡。
成功了。
帶著吉他的男孩
與她妹妹撞在了一起。
「小藍，拿去吧。」她低語。「剩下的就靠妳自己了。」

（大街人行道上，在一張傳單背後發現的。）

「願原力與妳同在。」莎拉說完後送我上路。我往位於山坡上的方特尼家走去，就穿著這一身前述的黑色緊身洋裝、厚底高跟鞋，露著大膽誘人的奶子。一路上，我不斷重複唸著一段經文：我是自己故事的作者，我可以用任何自己喜歡的方式說故事。我是獨奏音樂家。我是賽馬。沒錯，這讓我被歸類成胡言亂語的主要人種。但是的確有用，讓我得以走上山坡，因為十五分鐘後，我正看著方特尼大宅。乾枯缺水的夏季草地在我四周發出細碎的沙沙聲，與躲起來的昆蟲一起發出細微鳴聲，這讓我想起一件事：瑞秋到底是怎麼知道喬伊發生了什麼事？

我走到屋前的車道，看見一個全身黑衣的男人，有著滿頭讓人震撼的雪白銀髮，正拚命狂揮雙手，對一個穿著黑色洋裝（她的洋裝就完全合身）的時髦美女大喊著法文，她看起來同樣氣惱，正用英文不滿地回嗆。我說什麼都不想從那兩隻豹子身邊走過，於是偷偷溜到大宅另外一邊，躲在一棵如同女王掌管整座庭院的巨大柳樹下，柳葉厚重的簾幕垂落，如同微微發亮的綠色晚禮服將古老的樹幹與枝椏完全圍繞住，創造出絕佳的躲藏地點。

我需要一點時間讓自己冷靜，於是先躲在我這棟微微閃爍光芒的綠色新公寓裡來回踱步，試著想出等會兒要對喬伊說什麼，這一點莎拉和我都忘了考慮進去。

就是這時候，我聽見了：豎笛的樂聲從屋裡飄出，是喬伊寫給我的那首樂曲。我的心充滿希望地激動了一下。依舊在重重樹簾的遮掩下，我走到方特尼大宅緊靠著柳樹的這一邊，踮起腳尖，從敞開的窗戶瞥見喬伊的身影在客廳裡吹著低音豎笛。

我當上間諜的人生於是展開。

我告訴自己，等這首樂曲吹完後，我就會去按門鈴，名副其實地去「面對音樂」。⓭但他又再演奏了一次，一次又一次，接下來我只知道自己躺在地上，聽著那美妙的音樂，然後伸手到莎拉的皮包裡拿出一支筆，也在裡面找到了一張紙。我匆匆寫下一首詩，用一根樹枝插在地上。他的音樂讓我癡迷。我回想起那個吻，再次從他的雙唇上飲下甜美的雨水——

道格佛瑞德惱火的聲音粗魯打斷我的回憶。「老兄，我要被你搞瘋了！一直吹著同樣一首曲子，已經吹了整整兩天，我受不了了。我們都要跟在你屁股後面從橋上跳下去了！你為什麼不去找她談談呢？」我跳了起來，匆匆來到窗戶旁：變裝的密探海芮⓮。求求你，說你會去找她談談。我對喬伊的心靈發送訊息。

「不要。」他說。

「喬伊，這太可悲了……別這樣。」

喬伊的聲音充滿痛苦，異常嚴厲：「我就是這麼可悲。她一直都在騙我……就像金娜維爾，就像爸爸為了那件事欺騙媽媽……」

啊！啊！啊！老天！我真是搞砸了！

「那都是從前的事了——老兄，事情有時候沒那麼簡單。」讚美上帝啊！道格佛瑞德。

「我不這麼認為。」

「反正拿起喇叭，我們得排練。」

我仍藏身在柳樹下，聽著喬伊、馬克斯和道格佛瑞德排練：情景如下，三個音響起，然後手機響了——馬克斯：嘿，愛咪，五分鐘後，又響起電話：馬克斯：蘇菲，向妳致意，接著是道格佛瑞德：嘿，克羅伊，十五分鐘後：嗨，妮可。這些傢伙真是四葉草鎮的貓薄荷，女孩們四處聞香而來。我記得那天晚上待在這裡時，他們家裡的電話聲幾乎沒斷過。最後，喬伊終於說：把手機關掉，不然我們根本練不完整首歌——但他才剛講完這句話，他自己的手機就響了，他的哥哥們笑了出來。我聽見他說：嘿，瑞秋。那就是我的世界末日。嘿，瑞秋，聽起來彷彿很高興接到她的電話，像是他在期待這通電話，甚至在等她打來。

我想著聖女薇芝佛提絲[15]，她去睡個美容覺，結果醒來滿臉大鬍子，希望那樣的命運落在瑞秋身上。就在今晚。

然後我聽見：妳說的完全沒錯。那些吐瓦的喉音歌手真的太讚了。

快打911啊！

好，小藍，冷靜。不要再踱步了。不要去想他對著瑞秋．布萊茲莉猛眨睫毛！對她咧嘴露出

⓭ Face the music按照字面翻譯是「面對音樂」，但其實是「不得不面對」、「坦承後果」之意。

⓮ Harriet the Spy，經典兒童小說，曾改編為電影，敘述十三歲的海芮從小立志當一個偉大的間諜，喜好觀察周遭，並記錄在筆記本裡。

⓯ St. Wilgefortis，十四世紀義大利人，雖是女性卻有一把大鬍子，因當時的西西里國王欲娶她為妻，她心裡不願，於是暗自祈禱，有一天她起床時便發現自己長滿了鬍子，國王也因此改變心意。

笑容、親吻她，讓她覺得自己像是天空的一部分……我到底做了什麼好事？我躺在草地上，閃耀著陽光的柳葉在我頭上細細顫動。不過是一通電話，我就被擊倒了，而他實際看見我親吻托比，對他而言，又是多麼巨大的傷害？

我是個爛人，除此之外，再也沒有更好的形容詞。

除此之外，同樣也沒有更好的說法能這樣形容：我愛喬伊愛得發狂——我體內用各種方法尖叫喊出這句話，如同一齣精神病歌劇。

不過先回到那個臭婊子上？！

理智點，我告訴自己，要有條理，去列出她打電話給喬伊的所有可能理由，那些無關緊要、平淡無奇的理由。儘管我想得太認真，甚至沒聽到卡車停下來的聲音，只聽到車門用力關上，卻還是一個都沒想到。我起身，從厚重樹簾往外偷看，見到托比走向前門，我差點沒昏過去。他媽的到底在搞什麼鬼啊？他在按門鈴前躊躇了一會兒，深呼吸，這才按下電鈴，等了一下，又再按一次。他往後退，看向客廳的方向，音樂正從那裡大聲流瀉出來，然後他用力敲門。音樂停了，我聽見「砰砰」的腳步聲，看著大門打開，聽見托比說：「喬伊在家嗎？」

我倒抽一大口氣。

接著我聽見人還在客廳的喬伊說：「他哪根筋不對？我昨天就不想和他說話，我今天也不想和他說話！」

馬克斯回到客廳裡。「去和那傢伙談談。」

「不要。」

但喬伊一定是已經走到了門邊，因為我聽見壓低了的說話聲，也看見托比的嘴巴在動，雖然他也壓低聲音，小聲到我根本聽不出他在說什麼。

我並沒有計畫接下來發生的事情。它就那樣發生了。那個愚蠢的「我是自己人生故事的撰寫者、我是賽馬」經文就這麼剛好回到我腦海裡，不斷重複播放。不曉得為什麼，於是我決定接下來不論發生什麼事，不管是好是壞，我都不要繼續躲在樹簾後旁觀。我鼓起所有勇氣，撥開這片柳樹簾。

我首先注意到的是天空，如此湛藍，白得發亮的雲朵讓妳因為擁有一雙能看見的眼睛而欣喜不已。在這樣的天空下，一切都會沒事的，我一面這麼想，一面走過草坪，同時試著別在這雙恨天高裡晃來晃去。方特尼家那對豹子父母不見蹤影，說不定改到穀倉裡互相叫囂。托比一定是聽到了我的腳步聲，他轉過身來。

「小藍？」

門「呼」的一聲打開，三個方特尼家男生一股腦摔出來，像是剛剛被塞在車子裡。

馬克斯先開口：「哇哇哇！辣妹啊！」

喬伊的下巴掉了下來。

為此，托比的下巴也掉了下來。

「我的媽呀。」道格佛瑞德那張老是歡樂到精神錯亂的臉吐出這句話。他們四個男生像是一排目瞪口呆的鴨子。我敏銳地察覺到自己的洋裝有多短、裹在胸前有多緊，還有頭髮有多亂、雙唇有多紅。我真想去死。我想用手臂遮住自己身體。就讓其他女孩打扮成這副蛇蠍美人模樣吧，我這輩子絕對不會再穿成這副德行了。我只想逃走，但不想在飛奔進樹林時，讓他們盯著我屁股上那片假扮成洋裝的超小塊布料。等等——我一一看過他們臉上那副白癡相。難道莎拉是對的？這樣真的能成功？男生就真的這麼頭腦簡單？

馬克斯興高采烈地說：「約翰．藍儂，哇，秀色可餐。」

喬伊瞪了他一眼。「馬克斯，給我閉嘴。」他已經恢復了鎮靜，怒氣也是。喬伊的頭腦絕對沒這麼簡單。我立刻就知道這招很遜，遜斃了。

「你們兩個是怎麼回事？」他對我和托比狂亂揮舞雙手，簡直就是他父親的完美翻版。

他推開兩個哥哥和托比，跳下門廊走向我，近到我都能聞到他身上的暴怒氣息。「妳不懂嗎？妳在幹嘛？小藍，我們吹了，完了！」喬伊那雙漂亮的唇，那雙曾經吻過我並在我髮際低語的唇，正扭曲著吐出我不願聽到的話。我腳下的地面開始傾斜。大家不會真的就這樣昏過去，對吧？「認清事實吧！因為我是認真的。沒救了，一切都毀了。」

我又羞又窘。我要宰了莎拉。我根本就只是一隻陪跑的小馬，才會把自己弄得這麼狼狽。我早知道這招不會成功。他才不會把那麼巨大的背叛扔在一旁，就因為我把自己硬塞進這小得誇張的洋裝裡。我怎麼會這麼白癡？

我這時才想到，我可以是自己故事的撰寫者，但其他人同樣也可以是他們自己故事的撰寫者，而有時候，故事之間並不會重疊。

他就要從我身邊走開了，我不在乎我們周圍有六隻眼睛和耳朵，他不能離開，至少在我有機會說些什麼之前，至少在我有機會讓他明白到底發生了什麼事、還有我對他的感覺之前。我抓住他上衣下襬，他猛地轉過身，拍開我的手，目光與我相對。我不知道他在我眼裡見到了什麼，但他臉上的表情軟化了些。

他看著我，我見到有些怒氣悄悄從他身上散發出來。若沒有這些怒氣，他看起來垂頭喪氣與脆弱，就像一個沮喪灰心的小男孩，讓我心疼不已。我好想觸碰他漂亮的臉龐。我看著他的雙手。他的手在顫抖。

我的手也是。

他在等著我說話。但我了解到那些能圓滿說出口的解釋一定是在另外一個女孩的腦袋裡，因為我的腦袋裡沒有。我的腦袋裡一片空白。

「對不起。」我總算擠出這句。

「我不在乎。」他的聲音沙啞了些。他低頭看著地面，我隨著他的視線望下去，見到他赤裸的雙腳從牛仔褲管下伸出來。他的腳又細又長，腳趾頭像猴子似的。我之前從未見過他沒穿鞋襪的腳。那兩隻腳根本就像猴子——腳趾長到都能用來彈鋼琴了。

「你的腳。」我還沒來得及思考便脫口而出。「我從沒見過你光著腳。」

我這智障發言在我們之間的空氣中迴盪，有那麼一瞬間，我知道他想開口大笑，想伸出手把我抱進懷裡，想取笑我在他想謀殺我的時候，還講出這麼白目的話。我可以全在他臉上看見，彷彿他在想什麼，全潦草寫在臉上。但這一切接下來全消失了，快得就和出現時一樣，只剩下毫無笑容的嘴角，與眨也不眨的雙眼，裡頭全是沉重的傷害。他不會原諒我的。

我從地球這個星球上最歡樂的人身上奪走了歡樂。

「我真的很抱歉。」我說。「我——」

「老天，拜託別再說了。」他的雙手像發狂的蝙蝠忽然襲過來，在我四周胡亂飛舞。我點燃了他的怒火。「妳覺不覺得抱歉，和我一點關係都沒有！妳就是聽不懂是不是？」他猛地轉身，在我還來不及說出任何話之前，衝進屋裡。

馬克斯搖搖頭，嘆口氣，跟著進屋，道格佛瑞德也跟著進去了。

我站在原地，喬伊的話仍燒灼著我的肌膚，心想來這裡是個多麼糟糕的主意啊，還穿著這件小得要命的洋裝，這雙恨天高。我抹去嘴唇上的誘人唇膏。我對自己這副模樣感到噁心。我沒有要求他的寬恕、沒有解釋任何事情、沒有告訴他，遇見他是我這輩子最美好的一件事、沒有對他說我愛他，說只有他才是我的真命天子。我卻只是聊著他的腳。他的腳。

誰說壓力過大不會讓人窒息？接著我記起了嘿，瑞秋，就像一枚忌妒的汽油彈投入我那已經夠悲慘的命運，讓整個畫面更慘烈無比。

我真想狠狠踹一腳如明信片般完美的天空。

我太過沉浸在鞭笞自己，忘了托比還在，直到他說：「情緒衝動的傢伙。」

我抬起頭。他正坐在門廊上，雙手撐在背後，身子往後靠，雙腳大開。他一定是工作後直接過來的，他身上不是常穿的玩滑板舊衣服，而是濺滿泥土的牛仔褲、靴子，以及有鈕釦的襯衫，他只差一頂牛仔帽，就活脫脫是萬寶路香菸盒上那個牛仔。他看起來就像那天瞬間偷走我姊姊芳心的模樣：貝莉的革命軍將領。

「他昨天差點就要拿吉他攻擊我。我想今天算是有點進展。」他又說。

「托比，你在這裡做什麼？」

「妳又躲在樹裡做什麼？」他反問，對著我身後那棵柳樹點了一下頭。

「想挽救。」我說。

「我也是。」他說得很快，然後跳起身。「但是為了妳。我一直想告訴他這到底是怎麼回事。」他說的話讓我很驚訝。

「我載妳回去吧。」他說。

我們兩個都上了他的卡車。我無法控制那股即將淹沒自己的厭惡感，因為這無疑是愛情歷史上最失敗糟糕的一次誘惑行動。啊！讓我死了吧！更何況，我確定喬伊正在某個窗口後望著我們，隨著我和托比開車離去，他所有那些懷疑開始在他熱呼呼的腦袋裡沸騰。

「所以，你想對他說什麼？」我們完全離開方特尼家的領土後，我問托比。

「這個嘛，昨天我來得及說出來的三個字，加上今天講出來的十個字，加起來差不多算是告訴了他，應該要給妳第二次機會。我和妳之間真的沒什麼，我們只是喝醉了……」

「哇喔，你人真好。沒想到你會雞婆到這種程度，不過還是謝謝你。」

他朝我望過來好一會兒，然後才將目光轉回路上。「那天晚上在大雨裡，我看著你們兩個。我看見了，妳真的很愛他。」

他的聲音裡充滿情感，我無法解讀，也或許不想解讀。「謝謝。」我輕聲說，因為他這麼做而感動，儘管發生了那一切，也因為發生過那一切。

他沒有回應，只是直直看著前方的太陽，刺眼陽光抹去眼前這條路上的一切。卡車一陣風似地開過樹林，我把頭探出車窗，一面試著像貝莉以前那樣用手掌去抓住風，一面想念著她，想念那個曾在我身邊的女孩，想念我們過去的模樣。我們再也回不去了。她把這一切都帶走了。

我注意到托比的手指緊張地在方向盤上敲著。他一直在敲。敲，敲，敲。

「怎麼了？」我問。

他雙手緊緊握住方向盤。

「我真的很愛她。」他的聲音破碎。「勝過一切。」

「喔，托比，我知道。」在這一團混亂中，這是我唯一真正知道的：我和托比之間所發生的這些事，都是因為我們太愛貝莉，而不是我們對她的愛太少。

「我知道。」我又說了一次。

他點點頭。

然後我忽然明白了一件事：貝莉同時這麼愛著我和托比——她整顆心幾乎就被我們兩個人佔據，說不定這就是原因了，那就是我和托比藉著在一起想做到的，也許我們是在試著把她的心再湊回去。

他在門口停下卡車。陽光流瀉進車裡，讓我們沐浴在光裡。我從車窗望出去，能見到貝莉從屋裡匆匆出來，飛快跑下門廊，跳入我正坐著的這輛卡車裡。太奇怪了。我以前無時無刻怨恨托比把姊姊從我身邊搶走，現在卻彷彿得靠他，才能把貝莉帶回來。

我打開車門，把一隻踩著恨天高的腳放到地面上。

「小藍？」

我轉過頭。

「妳會讓他投降的。」他的微笑溫暖誠摯。他側著頭靠在方向盤上。「我暫時不會再來找妳了，但如果妳需要我……任何事都沒問題，好嗎？」

「你也是。」我的喉嚨有些堵。

我們那因為貝莉而憑空生出的愛情在彼此之間顫動著，它就像活生生的，細緻脆弱如同一隻小鳥，想要飛翔的渴望如此驚人。我同時為我們兩人感到心痛。

「別在滑板上做傻事。」我說。

「才不會。」

「那好吧。」我下了車，關上車門，走進屋裡。

29

有時候，我會看見莎拉和她媽媽
隔著房間交換目光
我就想
把我的人生像桌子那樣吃力舉起。
我會告訴自己不要有這種感覺
告訴自己，我很幸運：
我有貝莉，
我有外婆和大仔，
我有自己的豎笛、書、河流、天空。
我會告訴自己，我也有一個媽媽，
只是大家看不到
除了貝莉和我。

（瑪莉亞熟食店外，在長凳下一張四葉草鎮小報上的徵人廣告上發現的，字跡潦草。）

莎拉在州立大學裡，因為研討會今天下午就開始了，所以我沒人可以怪罪那場嘿，瑞秋徹底大失敗的誘惑行動，只能怪自己。我留了簡訊給她，告訴她，就因為她的絕爽，我像個善良純潔的聖人，羞得無地自容，現在正尋求能讓奇蹟出現的最後一招。

屋裡很安靜。外婆一定是出門了，真可惜，因為這麼久以來，這是第一次，我什麼都不要，就只想和她坐在廚房餐桌前喝茶。

我走上樓回到聖地，想窩在裡頭繼續哀傷失去喬伊，但一回到那兒，我的目光便一直落在前些天晚上打包的箱子上。我無法忍受看著那些箱子，於是我換下那身荒唐打扮後，把箱子拿到閣樓。

我好多年沒到閣樓了。我不喜歡這裡墳墓般的氣息、揮之不去的燒焦臭味，與新鮮空氣的缺乏。而且這裡看起來總是如此哀傷，滿是被拋棄與遺忘的東西。我打量著這些亂糟糟、毫無生命的雜物，想到要把貝莉的東西拿上來放在這兒，覺得自己像是洩了氣的皮球。這是我這幾個月以來一直想避免的。我深呼吸一口，打量周圍。只有一扇窗，於是我決定，儘管窗戶附近已經塞滿了箱子和小山般的零星古董裝飾品，貝莉的遺物應該要放在至少太陽每天都會透進來的地方。

我走向窗口，穿過壞掉的家具、箱子與舊畫布的重重障礙。我立刻移開幾個紙箱，這樣才能「啪」的一聲推開窗，聽見河流的聲音。淡淡玫瑰與茉莉的幽香隨著下午的微風吹進。我把窗子再打開些，爬上一張舊書桌，身子探出窗外。天空依舊美得驚人，我希望喬伊也正抬頭凝視著這片天空。不論我怎麼問自己，都只是發現自己更愛他，更愛所有關於他的一切，愛著他的憤怒一如愛著他的溫柔——他是這麼有生命力，讓我覺得自己能夠去一嚐這整個世界的滋味。要是今天我沒有詞窮，我會對他喊回去：我懂！我懂只要你活著，不會有人會像我這麼愛你——我有一顆心，所以我可以把心只給你一個人！這就是我內心的吶喊——但不幸地，除了在維多利亞時代的小說裡，沒人會這麼說話了。

我從那片天空縮回身子，回到這塞滿東西的閣樓裡。我等眼睛重新適應光線後，仍舊深信窗前是唯一可以放置貝莉遺物的地方。我把已經堆在那兒的垃圾搬到閣樓後方牆邊的架子上。來回很多趟後，我終於拿起了最後一樣東西，是一個鞋盒，蓋子輕輕彈了開來。裡頭裝滿了信，全是寄給大仔的，說不定是情書。我瞥見一個叫做艾迪的人寄來的一張明信片。我決定不要再繼續窺探下去，我的業報沒有比此刻更糟的了。我把鞋盒蓋子放回去，放在一個比較低的架子上，那兒還有些空間。就在鞋盒後方，我注意到一個舊信盒，拋光過的木材閃著光澤。我納悶：一個像這樣的古董，為什麼會被擱在這裡，而不是和外婆的其他寶貝一起放在樓下？它看起來也很像放在玻璃展示櫃裡的古董。我把信盒拖出來，桃花心木做的，盒蓋上刻著一圈奔馳的賽馬。為什麼這信盒上一塵不染，不像這些架子上的其他東西積滿了灰塵？我打開盒蓋，裡頭滿是摺起來的外婆專用薄荷綠信紙，也有很多信封。我正要把信盒放回原處時，見到一個信封上，外婆仔細謹慎的字跡寫著這個名字：佩吉。我翻過其他信封。每一個信封上頭都寫著佩吉，名字旁註記年份。外婆寫信給媽媽？每年都寫？所有的信封都是彌封的。我知道應該把信盒放回去，這是私人物品，但我就是忍不住。管他什麼業報。我打開其中一張摺起來的信紙，上頭寫著：

寶貝：

紫丁香一盛開，我就得寫信給妳。我知道我每年都這麼說，但自從妳離去後，它們從此綻放不如以往。這些紫丁香現在很小氣。也許是因為沒人像妳以前那樣，走近去關愛這些紫丁香——他們憑什麼？

每年春天，我都想著，不知道會不會發現女孩們睡在花園裡，就像我總會在那裡找到妳，在一日又一日的清晨裡。妳知道我多喜歡這樣嗎？走到外頭，見到妳睡在花園裡，我的紫丁香與玫瑰包圍著妳——我從沒想過要畫下這幅景象。永遠都不會。我想為自己保留這份美好，而不是毀掉它。

媽媽

不得了——我母親喜愛紫丁香，真的很愛。沒錯，沒錯，的確大部分的人都會喜愛紫丁香，但我母親喜愛到會睡在外婆的花園裡，一夜又一夜，一整個春天都是如此，喜愛到明明知道那些紫丁香其實就全種在她的窗外，還是無法忍受待在屋裡。她有帶著毯子一起出來嗎？睡袋？什麼都沒帶？她是不是趁所有人都睡著時偷偷溜出來的？她是在我這個年紀時這樣做的嗎？她有像我這麼喜歡抬頭看著天空嗎？我好想知道更多。我感到緊張不安，頭暈目眩，彷彿我正初次遇見她。我坐在一個箱子上，試著冷靜下來。但辦不到。我拿起另外一張信紙，上頭寫著：

記得那次妳用胡桃而不是用松子做的香蒜醬嗎？嗯，我試過花生，結果妳猜怎麼著？更好吃。這是食譜：

兩杯滿滿的新鮮羅勒葉。
三分之二杯橄欖油。
二分之一杯花生，要烤過。
三分之一杯現磨帕瑪森起司。
兩大片蒜瓣，壓碎。
二分之一茶匙鹽巴。

我母親會用胡桃做香蒜醬呢！這比和紫丁香睡在一起更酷！這麼正常。就像我想晚餐用香蒜醬來攪拌些義大利麵那樣稀鬆平常。我母親在廚房裡乒乒乓乓做菜。她把胡桃、羅勒、橄欖油放進食物調理機，然後按下攪拌鈕。她燒熱水來做義大利麵！我得告訴貝莉。我想向窗外尖叫：我們的母親會燒熱水來煮義大利麵！我要這麼做。我要告訴貝莉。我走到窗前，重新爬回書桌上，把頭探出去，對著天空大喊，把剛剛才知道的一切全告訴我姊姊。我覺得有些頭暈，而且，是的，我爬回閣樓時覺得自己有些瘋狂，現在倒希望沒人聽見這個女生用盡全力尖叫一堆義大利麵和紫丁香了。我深呼吸一口，打開另外一張信紙。

佩吉：

這些年來我一直擦著妳的香水，就是妳覺得聞起來像陽光的那瓶。我剛發現這種香水已經停產了。我覺得現在自己彷彿完全失去了妳。我無法承受。

媽媽

喔。

但外婆為什麼不告訴我們，母親擦過一種聞起來像陽光的香水？她在春天時會睡在花園裡？她會用胡桃做香蒜醬？為什麼她不讓我們知道這個現實生活中的母親？但我一問起這個問題，立刻就知道了答案，因為忽然間在我全身血管裡流動的不是血液，而是對母親的渴望，一個喜愛紫丁香的母親。我從未對那位浪跡天涯的佩吉．沃克有過這種渴望。那位佩吉．沃克從沒讓我覺得自己是個女兒，但一個燒熱水煮義大利麵的母親卻會。但難道妳不用被聲稱是個女兒嗎？難道妳不需要被愛嗎？

而此刻，有個念頭比這股將我整個人淹沒的渴望更糟，因為一個會燒熱水煮義大利麵的母親，怎麼能夠留下兩個小女兒獨自離去？

她怎麼可以？

我關上信盒，將盒子推回架子後方，迅速把貝莉的箱子放在窗邊，然後下樓走入空蕩蕩的屋子裡。

30

我姊姊思想的
結構
現在成了幽魂。
我從
什麼都沒有
只有空氣的
樓梯摔下。

（古老紅杉林裡一處樹叢旁，在一個外帶紙杯上發現的。）

接下來的幾天淒慘地以龜速度過。我沒去樂團練習，把自己關在聖地裡。喬伊·方特尼沒有來串門子，也沒打電話，沒傳簡訊，沒電子郵件，沒駕著飛機在天空裡寫字，沒傳來摩斯電碼，或用心電感應與我溝通。什麼都沒有。我很確定他和嘿，瑞秋已經搬到了巴黎，在那兒靠著巧克力、音樂與紅酒維生，而我只能坐在這扇窗戶前，低頭盯著這條路。沒人像以前那樣手裡拿著吉他，沿路跳著過來。

隨著日子過去，佩吉．沃克對紫丁香的喜愛與會燒熱水的事實，效果非凡地徹底洗去這十六年來關於她的所有迷思。而沒了這些迷思，剩下的就只有：母親遺棄了我們。無可避免的事實。什麼樣的人會做這種事啊？大夢小藍是對的。我一直活在一個幻想出來的世界，徹底被外婆洗腦。我母親是個超級怪胎，我也是，到底要多無知，才會全盤接受這樣荒謬可笑的故事？前些天晚上大仔舉例的那些家人，他們有充足理由可以刻薄。我母親疏於照顧孩子又不負責任，說不定心智上也有缺陷。她根本就不是什麼女英雄。她只是一個自私鬼，沒辦法處理，就把兩個還在學走路的小孩放在她母親家門口，再也沒回來過。她就是這樣的人。我們也是這樣的兩個小孩，被遺棄，就這樣被留下。我很慶幸貝莉永遠都不會知道真相。

我沒有回到閣樓。

沒關係，我已經習慣一個會坐在魔毯上到處旅行的母親了。我也可以慢慢習慣這個母親，不是嗎？但我不能習慣的，是不再去想喬伊這輩子會不會原諒我，即使我對他的愛仍不斷增加。要怎麼去習慣沒人喊妳約翰．藍儂？或讓妳相信天空就從腳下開始？或裝得像個白癡，所以妳才會用法文罵他真是個呆瓜？要怎麼去習慣沒有了那個讓妳變得明亮的男孩？

我辦不到。

更糟的是，隨著一天天過去，聖地變得越來越安靜，即使我把音響開得超大聲，即使我正在和莎拉說話，她仍在為那次徹底失敗的誘惑行動道歉，即使我正在練習吹奏史特拉文斯基⑯的曲子，這裡還是變得越來越安靜，最後安靜到我能聽到的，一次又一次，只有棺木入土時的機械轉動聲。

隨著一天天過去，我沒聽見貝莉踩著高跟鞋「咚咚咚」穿過走廊、沒瞥見她躺在床上看書、眼角沒瞄見她正對著鏡子唸台詞的這些時段越來越長了。我正漸漸習慣沒有她的聖地，我恨死了這樣。恨死了我站在她衣櫃裡翻過一件又一件衣服，將整張臉都壓在那些衣料上。恨死了找不到一件仍有著她氣味的上衣或洋裝，而這都是我的錯。那些衣服現在聞起來全是我的味道。

恨死了她的手機終於被停話。

隨著一天天過去，越來越多我姊姊的蹤跡消失了，不只是從這個世界，也從我自己的心裡，我卻無能為力，只能坐在這毫無聲響、毫無氣味的聖地裡哭泣。

這樣的日子到了第六天，莎拉宣布我處於緊急狀態，要我答應那天晚上陪她去看電影。

她開著愛奴來載我，身穿黑色迷你裙，更迷你的黑色小背心，秀出一大片曬成古銅色的上腹部，穿著有一公尺高的黑色高跟鞋，頭上頂著一頂黑色滑雪帽，我猜那頂帽子是想多少發揮一下實用性，因為一陣冷颼颼的風吹來，冷得像在北極。我穿著棕色皮革外套，高領上衣和牛仔褲。我們倆看起來就像從不同的氣候系統裡拼接在一起。

「嗨。」她從嘴裡拿出香菸，在我上車時親了我一下。「這部電影應該會很棒，不像上次我要妳去看的那一部，前半段根本都是女主角抱著貓坐在椅子上，我承認那部電影有夠難懂。」我和莎拉選電影的理念完全相反。我看電影要求的不過就是坐在一片漆黑裡，手裡拿著超大桶爆米

⑯ Starvinsky，俄國作曲家，後入籍美國。最有名作品為〈春之祭〉，首次公開上演時曾因為樂曲太過前衛而導致觀眾暴動。

花，給我飛車追逐、女孩得到了男孩、失敗後扭轉劣勢，讓我心醉、尖叫和哭泣。莎拉完全相反，她無法忍受如此平淡的際遇，看電影時一直在抱怨我們正如何腐化自己的心智，很快就會無法自己獨立思考，因為腦袋會迷失在這種主導模式裡。莎拉喜歡去協會電影院，那裡專門放映單調的外國影片，什麼都沒發生，沒人說話，每個人都愛上不會愛上他們的人，然後電影就結束了。今晚的電影放映表上是某部挪威來的無聊乏味黑白影片。

她端詳著我的臉，自己的臉同時也垮了下來。「妳看起來好慘。」

「這一個星期就是這麼慘。」

「今晚會很好玩的，一定。」她一隻手離開方向盤，從背包裡拿出一個棕色紙袋。「看電影用的。」她遞給我。「是伏特加。」

「嗯，那我絕對會在這部充滿刺激動作、每分每秒令人顫慄的挪威黑白默片裡看到睡著。」

她翻起白眼。「小藍，這不是默片啦。」

排隊買票時，莎拉跳來跳去保持身體溫暖。她告訴我，儘管路克是研討會裡唯一的男生，但他還挺能撐的呢，甚至要她問了個關於音樂的問題，但就在她話講到一半、身子跳到一半時，她的眼睛瞪大了些。雖然她已經又繼續說下去，彷彿什麼都沒發生，我還是發現了。我轉過身，見到喬伊和瑞秋在對面街上。

他們聊得好愉快，甚至沒注意到交通號誌已經變了。

過街啊。我想尖叫。快在你們愛上對方之前過街啊！因為他們看起來正在戀愛。我看著喬伊輕輕扯著她的手臂，告訴她這些或那些我確定是和巴黎有關的事情。我可以看見那個微笑，所有的光芒全湧向瑞秋，我覺得自己或許會像樹那樣轟地倒下。

「我們走吧。」

「沒錯。」莎拉已經走向吉普車，在袋子裡翻找著鑰匙。我跟上她，但又往對街看了一眼，然後直直迎上喬伊的目光。莎拉消失了。瑞秋消失了。所有在排隊買票的人消失了。接著是車子、樹木、建築物、地面和天空，直到只剩下我和喬伊，隔著一片空曠，彼此互相凝視。他嘴角垮下來，沒有微笑。但我無法移開目光，他似乎也辦不到。時間已經緩慢到我懷疑當我們停止凝視對方後，我們會變得好老，然後我們整個人生就這樣結束了，而我們之間不過才擁有幾次少得不能再少的親吻。我因為太想念他而感到暈眩，因為看見他而暈眩，因為只不過離他幾呎遠而暈眩。我想跑到對街，我正要這麼做——我可以感到自己內心澎湃，催著我去接近他，但他只是搖搖頭——幾乎是對他自己搖頭——接著便移開目光不再看我，然後望向瑞秋，她現在才回到我的視線內。高解析度，一清二楚。非常刻意地，他伸手摟住瑞秋，兩人一起走過街道，排隊買票看電影。一股灼痛撕裂我的身體。他沒有回頭，但瑞秋回頭了。

她向我致意，臉上帶著勝利微笑，一面朝我撥了撥金髮示威，一面伸出手摟住喬伊的腰，然後轉過頭。

我感覺自己的心被一腳踢到身體最陰暗的角落裡。好啦我懂了！我想對著天空大叫。被背叛就是這種感覺。我學到了教訓。我接受應得的報應。我眼看他們互相摟著對方，躲進戲院裡，同時希望能有個橡皮擦把她從這畫面裡擦掉。或來台吸塵器。吸塵器更好，直接把她吸走，完全不見。從喬伊懷抱裡吸走。從我的首席位上吸走。永遠。

「小藍，走吧，我們離開這裡。」一道熟悉的聲音說。我想莎拉仍舊存在，她正在和我說話，所以我一定也還存在。我低下頭，看見自己的腳，知道自己還站著。我把一隻腳放到另外一隻腳前面，想辦法走到愛奴前。

沒有月亮，沒有星星，我們開車回家時，只有一個陰暗沉鬱的灰色大碗倒扣在我們頭頂上。

「我要向她挑戰首席位置。」我說。

「終於啊。」

「不是因為這樣——」

「我知道。因為妳是賽馬，不是默默無名的小馬。」莎拉聲音裡毫無嘲諷。

我搖下車窗，讓冷風狠狠摑我的臉。

31

記得
當
我們
親吻時
是什麼感覺？
大量
和
大量
的
光
就
投在
我們
身上。
一條

繩子
從
天
空
垂
下。
愛
這個
字
生命
這個
字
如何
能夠
塞進
嘴
裡？

（大柳樹下，在一張紙上發現的。）

我和莎拉兩人半個身子掛在臥室窗外，來回傳著那瓶伏特加。

「宰了她怎麼樣？」莎拉建議，所有的字眼全糊成一團。

「要怎麼做？」我灌下一大口伏特加。

「下毒。這招最好用，很難追查。」

「我們也把喬伊毒死算了，還有他那兩個蠢得要死的帥哥哥。」我可以感覺那些字眼全黏在我嘴裡。「莎拉，他連一個星期都不等耶。」

「那又不代表什麼。他受傷了。」

「天啊，他怎麼會喜歡瑞秋？」

莎拉搖頭。「我看見他在街上望著妳的模樣了，就像個瘋子，整個人不知道神遊到哪裡去了，比精神錯亂還要精神錯亂，真是他媽的拖利多瘋老虎⑰。妳知道我是怎麼想的嗎？我覺得喬伊摟住她，是故意做給妳看的。」

「那萬一喬伊和她上床了，也是故意做給我看的嗎？」忌妒在我體內如瘋狗亂竄。但那還不是最糟的部分，也不是最令人痛悔的。最糟的是，我一直不斷想著那天下午我倆躺在森林裡那張

⑰ Toledo tigers，原指1920~31年間黑人棒球隊聯盟中，一支代表俄亥俄州托利多市的棒球隊伍。

床上，當時我覺得自己有多脆弱、有多麼喜歡那樣，和他在一起，心胸可以如此敞開、自在做自己。我曾經覺得和任何人這麼親近過嗎？

「我可以來一根嗎？」我在莎拉還沒回答前自己拿了一根。

她一手摀住她那根菸的菸頭，用另外一隻手點燃後遞給我，再拿走我的菸，自己點燃。我吸了長長一口，咳起嗽，卻一點也不在乎，又吸了一口，試著不要咳出來，吐出一縷灰色輕煙飄入夜空裡。

「貝莉就會知道該怎麼做。」我說。

「她會知道。」莎拉也同意。

我們一起在月光下靜靜抽著菸，我領悟到有件事我永遠都無法對莎拉開口。之前我不想待在她身邊，可能是因為其他原因，更深層的原因。那就是她不是貝莉，這點對我來說有些無法忍受——但我必須忍受。我專注聽著河流的樂聲，讓自己隨著那潺潺而去的流水聲，一起漂流。

過了好一陣子之後，我說：「妳可以撤銷我的免死金牌了。」

她歪了歪頭，對我露出微笑，讓人渾身溫暖。「說定了。」

她在窗台捻熄香菸，滑回床上。我也把自己的菸捻熄，但身子仍留在窗外，俯瞰著外婆那在月色下微微發亮的花園，深深吸進一口氣，隨著沁涼微風吹拂而來的香氣簡直讓我迷醉。

就在這時我有了主意。超棒的主意。我得去找喬伊談談。我得至少試著讓他明白，不過我可以用些小道具。

「莎拉。」我落回床上。「那些玫瑰，有催情效果，記得嗎？」

她馬上就懂了。「沒錯，小藍！那就是能讓奇蹟出現的最後一招！飛天無花果！沒錯！」

「無花果？」

「我想不出動物名字，我太醉了。」

▯

我正在出任務。我離開在貝莉床上熟睡的莎拉，小心翼翼地走下樓，腦袋因為喝了伏特加而陣陣抽痛。我走進屋外那緩慢沿著地表甦醒的晨光裡。晨霧又濃重又悲傷，整個世界本身就像張X光片。我手上帶著武器，正要展開這艱難任務。外婆會殺了我，但這是我不得不付出的代價。

我先從最喜歡的那一叢「魔幻燈籠」下手，如交響曲般的各式色彩被塞進每一片花瓣裡。「喀嚓」一聲，我把能找到等級最好的花朵剪下。然後走到「首演夜」前，「喀嚓」、「喀嚓」、「喀嚓」，一路愉快地來到「好時光」，接著是「甜蜜臣服」與「黑魔法」。我的心臟在胸腔裡怦怦亂跳，因為恐懼，同時也因為興奮。我走過一叢又一叢得過獎的玫瑰，從紅絲絨般的「永恆之愛」到粉紅色的「香雲」，再到杏桃色的「瑪麗蓮夢露」，最後走到這星球上最美的一叢橘紅色玫瑰前，名副其實：「喇叭手」。我在那裡鼓起勇氣大剪特剪，直到腳下堆滿了玫瑰，迷人芬芳到若是上帝哪天要結婚，絕對不會再有其他更適合作為捧花的選擇。我剪下太多玫瑰，一隻手根本拿不完，只好兩手捧著花走到馬路上，去找個地方先藏起來再說。我把玫瑰放在我最喜愛的一棵橡樹前，然後跑回屋裡去找籃子，把溼紙巾放在籃子底部後，再回到馬路旁，把花莖包好。

那天早上稍晚，莎拉離開、大仔出發去樹上、外婆和她的綠色柳樹女人躲到畫室裡之後，我躡手躡腳走出家門。我已說服自己，也許理智上我知道不該摧殘外婆的花園，但這招會成功的。我不斷想著貝莉一定會對這個忽然冒出來的計畫感到驕傲。太了不起了，她會這麼說。事實上，說不定貝莉會喜歡我在她死後沒多久就愛上了喬伊。也許我姊姊正是想要我用這種不合服喪哀傷心情的方式去哀悼她。

那些花朵仍在橡樹後頭，就在我原來放置的地方。看見那些玫瑰，我再次驚豔那非凡的動人美麗。我從沒見過像這樣的一束花，從沒見過色彩繽紛如爆炸似的各色怒放花朵依偎在一起。

我在一團細膩柔美的花香裡走上方特尼家的那座山丘。誰知道是不是自我暗示的力量太強，或是這些玫瑰真的有魔力，我走到屋前時覺得愛死了喬伊，愛到我差點沒辦法按下電鈴。我嚴重懷疑自己是否能說出前後語意連貫的句子。如果是他來應門，我可能會直接把他撲倒在地上，直到他徹底投降，不再拒絕我。

但運氣沒這麼好。

前些天在院子裡和人口角的那位時髦女人打開了門。「別告訴我，妳一定是小藍。」立見分曉：在微笑學系裡，方特尼之母根本讓方特尼家的小兔崽子們望塵莫及。我應該要告訴大仔——她的微笑比他的金字塔更能讓蟲子起死回生。

「我是。」我說。「很高興認識您，方特尼太太。」她好友善，我想她還不知道我和她兒子之間發生的事。喬伊會與她談心的程度，說不定就像我和外婆一樣。

「還有，看看這些玫瑰哪！我這輩子從沒見過像這樣的玫瑰！妳在哪摘的？伊甸園嗎？」有其母必有其子。我記得喬伊來我們家的第一天也說過同樣的話。

「大概就像伊甸園那樣的地方。」我說。「我外婆特別會種花。這是送給喬伊的，他在家嗎？」我忽然好緊張。真的很緊張。我的胃裡似乎正有一群蜜蜂在舉辦宴會。

「還有這花香！老天，好香啊！」她喊了起來。我想這些玫瑰已經完全迷住她了。哇喔，也許這招真的有用耶。「喬伊真幸運，這禮物太棒了，不過，親愛的，我很抱歉，他不在家，但他說很快就會回來。如果妳想要的話，我可以把花放在水裡，擺在他房間裡。」

我失望到沒辦法回答她。我只是點點頭，把花遞過去。我猜他在瑞秋家裡，餵她家人吃巧克力可頌。我有個可怕的念頭——要是這些玫瑰真的能誘人戀愛，萬一喬伊帶著瑞秋回到這裡，然後兩個人都落入這些玫瑰的愛情魔咒裡怎麼辦？又一個徹底失敗的主意，但我現在已經沒辦法要回那些玫瑰了。事實上，我想我會需要一把衝鋒槍，才能從方特尼太太手上奪回這些花，隨著時間一秒秒過去，她已經整個人都埋在花朵裡了。

「謝謝妳幫我把花交給他。」我說。她有辦法和這些花分開嗎？

「小藍，認識妳真高興，我一直很想見見妳，相信喬伊一定很感激妳送他這些花。」

「小藍！」一道惱怒的聲音從我背後響起。我肚子裡的那場宴會馬上敞開大門，歡迎螞蜂與大黃蜂一起加入。喬伊回來了！我轉身見到喬伊正走過來，他走路不再跳躍，彷彿從沒影響過他的地心引力，此刻正伸出一隻手來壓著他的肩膀。

「嗨，寶貝！」方特尼太太喊。「看看小藍帶了什麼給你？你看過像這樣的玫瑰嗎？我從沒見過。都找不出詞來形容了。」方特尼太太直接對著玫瑰在講話，深深吸了好幾口花香。「好吧，我把花帶進屋裡，找個好地方放。你們兩個小孩慢慢聊……」

我看著她的頭完全消失在花堆裡，然後門關上了。我想撲向她，一把抓住那些花，尖叫：我比妳更需要這些玫瑰，女士！但我眼前有更重要的事，近在眉睫：在我身旁沉默地氣到冒煙的喬伊。

門一完全關上，他就說：「妳還是搞不懂是嗎？」他聲音裡充滿威嚇，還不到像鯊魚說話的口氣，但也很接近。他指著那扇門，門後那十幾朵催情的玫瑰正讓空氣裡瀰漫著美好希望。「妳一定是在開玩笑，妳以為就這麼簡單嗎？」他的臉越來越紅，眼睛突出，眼神狂亂。「我不要小得要死的洋裝或是什麼他媽的有魔法的蠢花！」他身子像木偶那樣前後搖晃。「我早就愛上妳了，小藍，妳不懂嗎？但我無法和妳在一起。每次我閉上眼，就看見妳和他在一起。」

我站在那裡，呆若木雞——當然，那些話多少讓人沮喪，但那部分已經漸漸消失，我腦袋裡面只剩下七個美妙的字：我早就愛上妳了。是現在式，不是過去式。瑞秋·布萊茲莉去死吧。一整片天空的美好希望瞬間撞進我懷裡。

「讓我解釋。」我專注地想記起這次準備好的台詞，專注在要讓他能了解這到底是怎麼回事。

他發出半是呻吟半是怒吼的聲音，像是啊啊啊啊——然後說：「什麼都不用解釋。我親眼看見你們兩個在一起。妳一次又一次對我說謊。」

「我和托比只是——」

他打斷我：「夠了！我不要聽。我對妳說過我在法國發生過什麼事，妳也這樣對我。我無法原諒妳，我就是這種人。妳不要再來煩我了，對不起。」

我雙腿發軟，終於明白他受到的傷害與憤怒，以及厭惡被欺瞞與背叛的程度，已經勝過了他對我的愛。

他指著山丘下，那天晚上我和托比相擁的地方，說：「妳．究．竟．想．怎．麼．樣？」我究竟想怎麼樣？一分鐘前他還想對我說他愛我，下一分鐘就見到我吻另外一個男生。他當然會有這樣的感受。

我心裡百味雜陳。我得說些什麼，於是開口說出唯一一句有意義的話：「我好愛你。」

這句話讓他無法呼吸。

彷彿我們周遭的一切都停了下來，等著看接下來的好戲——樹木靠了過來、鳥兒在頂上盤旋、花朵的花瓣靜止不動。他怎麼能不為我們同時感覺到的瘋狂愛戀動容？他會吧，對不對？

我伸手想去觸碰他，但他移開手臂，不讓我碰。

他搖搖頭，看著地面，說：「我無法和一個會這樣對待我的人在一起。」接著他直直看著我的雙眼，說：「我無法和一個會這樣對待她姊姊的人在一起。」

這兩句話彷彿把我推上了斷頭台。我跌跌撞撞往後退，身子碎裂成一片片。他猛地摀住了嘴。也許他是希望把話收回去。也許他甚至認為說得太過分了。但那不重要。他要我懂，我懂了。

我唯一能做的，就是轉身跑走，希望自己顫抖的雙腿不要摔倒，直到我離開為止。就像希斯克里夫與凱瑟琳，我有過天雷勾動地火，一輩子只會有一次的那種愛情，而我卻完全搞砸了。

我只想回到聖地，躲進床單下，消失個好幾百年。因為一口氣跑下山丘，我推開家裡的大門時上氣不接下氣。我一陣風似地經過廚房，但眼角餘光瞥到了外婆，於是又退回來。她正坐在廚房餐桌前，雙手交握在胸前，臉色嚴峻。擺在她面前桌上的，是她的園藝修枝剪刀，還有我那本《咆哮山莊》。

天哪。

她開門見山地說：「妳不知道我有多想把妳最珍愛的書剪成碎片，但我多少還有點自制力，而且我尊重別人的所有物。」她站起身子。外婆生氣時，身子簡直放大了兩倍，那將近四公尺高的巨大身軀彷彿推土機，在廚房那一端正朝我鏟過來。

「小藍，妳在想什麼？妳像個拿著大鐮刀的死神，在我的花園裡大開殺戒，我的玫瑰！妳怎麼可以這樣？妳知道我最痛恨別人碰我的花，我也不過就只要求這麼一件事，就只有這一件！」

她聳立在我面前，問：「妳說話啊？」

「花反正會再長回來。」我知道不該這樣說，但這天每個人都在對我大吼大叫，我已經夠難受了。

她猛地舉起雙臂，完全氣炸了，我忽然發現她的表情和那揮舞雙臂的動作有多像喬伊。「這不是重點，妳也知道！」她指著我說：「小藍．沃克，妳變得好自私。」

我沒料到她會這麼說。我這輩子從沒人說過我自私，更別說是外婆——她總是三不五時稱讚和溺愛著我。她和喬伊是不是正在同一場審判裡作證？

這一天還能更糟嗎？

這個問題的答案是不是總是「沒錯」？

外婆雙手放在臀上，臉漲得通紅，眼裡燃燒著怒火。天哪天哪天哪——我身子往後貼在牆上，準備迎接即將到來的攻擊。她靠了過來，說：「沒錯，小藍。妳表現得彷彿這個家裡只有妳失去了親人。貝莉就像我的女兒，妳知道那是什麼感覺嗎？妳知道嗎？我的女兒。不，妳不知道，因為妳一次都沒問過我。妳一次都沒問過我怎麼樣？妳有沒有想過，我可能也需要有個人談一談？」她開始用吼的。「我知道妳崩潰了，但小藍，妳不是唯一的一個。」

所有的空氣爭先恐後地從屋子裡竄出，我也跟著逃了出去。

32

貝莉一把抓住我的手
把我拉出窗外
飛進天空，
從我口袋裡掏出音樂。
「現在是妳該學會飛翔的時候了。」她說，
然後就消失了。

（通往雨河的小徑上，在一張糖果包裝紙上發現的。）

我衝過走廊，竄出大門，一口氣跳下門廊前四級台階。我想跑進樹林裡，遠離小路，找到一個沒有人能發現我的地方，坐在一棵老橡樹下痛哭。我想一直哭一直哭一直哭，直到整座森林的土壤都變成泥漿。我就是打算要這麼做，只是當我跑上通往森林的那條小路時，我明白自己不能這樣。我不能就這樣扔下外婆，尤其是在她剛說完那些話之後。因為我知道她說得沒錯。自從貝莉死後，她和大仔對我而言一直就像背景音樂，我完全沒想過他們正在經歷的痛苦。我只把托比當成一起哀悼悲痛的盟友，彷彿那是我和他獨有的權利，貝莉只能由我們來替她哀傷。我回想這段時間以來，外婆一直在聖地的門口徘徊，想和我談談貝莉、希望我下樓來喝杯茶，而我卻只是以為她想安慰我。我一次都沒想到過，外婆自己也需要有人能說說話，從沒想到過，她也需要我。

我怎麼能如此忽略她的感受？忽略喬伊的感受？以及其他所有人的感受？

我深呼吸一口，轉過身，走回廚房。我無法補救和喬伊的關係，但至少我可以試著去補救和外婆的關係。她仍坐在餐桌前的同一張椅子上。我站在她對面，手指放在餐桌上，等著她抬起頭看我。所有的窗戶緊閉，又悶又熱的廚房聞起來簡直像要餿掉了。

「對不起。」我說：「我真的很抱歉。」她點點頭，低頭看著自己的雙手。我忽然領悟到，過去這幾個月以來，我傷害或背叛了每一個我所愛的人，也讓他們失望：外婆、貝莉、喬伊、托比、莎拉，甚至是大仔。我怎麼會做出這種事？貝莉死去之前，我認為自己不曾讓任何人真正失望過。是不是因為貝莉替我打點好了每個人和每件事？還是以前從沒有人在我身上期待過什麼？或是我以前根本一事無成，也什麼都不想要，所以從不需要去處理自己搞砸的後果？或是我真的變得如此自私、只沉浸在自己的世界裡？還是以上皆是？

我看著流理台上那盆病懨懨的小藍植物，知道那已經不再是我了。那是我以前的模樣，所以它才會開始死去。那個我已經消失了。

「我不知道自己是誰了。」我一面說一面坐下。「我不能再當過去那個我了，因為貝莉已經不在了，而現在的我正變成一個只會把事情都搞砸的傢伙。」

外婆沒有否認。她仍舊生氣，雖然沒有四公尺高那麼氣了，但還是夠氣了。

「我們可以下週去城裡吃午餐，一整天在一起。」我又說，卻覺得如果我只是想用一頓午餐去修補這幾個月以來對外婆的忽視，那根本微不足道。

外婆點點頭，但她心裡想的並不是吃午餐這件事。「我也得讓妳知道，沒了貝莉，我也不知道自己是誰了。」

「真的嗎？」

外婆搖搖頭，說：「真的。每一天，妳和大仔離家後，我就只是站在空白的畫布前，想著我有多受不了綠色，每一種綠色都讓我覺得噁心、讓我失望透頂，還有讓我心碎。」悲傷溢滿我的身體。我想像著那些綠色的柳樹女人從畫布上滑出，從前門溜走。

「我懂。」我輕聲說。

外婆閉上眼。她交握雙手，放在餐桌上。我伸出手，把手放在她的雙手上，她很快就握住了。

「實在好可怕。」她喃喃地說。

「的確是。」我說。

午後陽光慢慢從窗戶流瀉出去，廚房裡出現長條狀的黑色陰影，如交錯的斑馬紋路。

外婆看起來衰老又疲憊，透著一股淒涼。除了養了好幾代的花叢與一大堆綠色畫作之外，貝莉、大仔舅舅，還有我，一直是她生命的全部。

「妳知道我還痛恨什麼嗎？」她說：「我痛恨每個人都在不斷告訴我，我把貝莉放在心上。

我想對他們大喊：我不要她在我心上！我要她在廚房裡，和我和小藍在一起。我要她在河邊，和托比與他們的孩子在一起。我要她當茱麗葉與馬克白夫人，你們這些蠢得要死的蠢蛋。貝莉才不會想被困在我的心裡，或其他人心裡。」外婆的拳頭在餐桌上敲了一下。我用雙手捏了捏她的拳頭，點點頭表示正是如此！同時心裡也覺得正是如此！一種充滿憤怒鼓動的巨大認同感從她身上傳遞到我身上。我低頭看著我們的手，瞥見那本《咆哮山莊》擱在桌上，沉默、無助，一如往常地執拗。我想著塞在這本書裡的所有那些被浪費掉的生命，所有那些被浪費掉的愛。

「外婆，動手吧。」

「什麼？動什麼手？」她問。

我拿起書和修枝剪刀，一起遞給她。「動手吧，把書剪成碎片，來。」就像今天早上，我的手指和拇指再度滑進剪刀把手裡，但我在那本劃了線與註解過的書上一刀剪下時，不再感到恐懼，只有那狂野奔放、被惹毛的正是如此！在我身子裡流竄。一本多年來被我翻到髒舊的書，伴著我清晨醒來與夜晚入睡時的身軀，上頭沾著多年來的河水、夏日豔陽與海灘上的沙子，還有我掌心上的汗。我又剪了一刀，一次剪掉一大疊頁數，剪過那些細小的字句，把那些熱情卻又無望的故事剪成碎片，揮砍主角們的人生、那不可能實現的愛戀、還有因此而來的整樁悲劇。我攻擊這本書，享受揮動剪刀的快感，享受一下又一下悅耳無比的金屬刮擦聲。我狠狠剪進希斯克里夫的身體裡，那滿腔怨憤與悲痛的可憐傢伙，還有愚蠢的凱瑟琳，居然做出那些糟糕決定與無法原諒的妥協。剪書過程中，我也狠狠剪著喬伊的忌妒、憤怒、批判，與那白癡傢伙的無能去原諒別人。我一剪刀剪在他荒謬的要或全都不要的喇叭手胡說八道宣言，然後我用力剪著自己的口是心非、虛偽欺瞞、困惑、傷害、錯誤判斷與無窮無盡要將人淹沒的悲痛。我剪了又剪，不斷剪著我能想到的所有阻礙，那些阻止我和喬伊擁有這份美麗偉大愛情的障礙，但我們分明可以。

外婆目瞪口呆。但接著我發現一抹微笑出現在她唇上。「來，讓我來剪一刀。」她拿起修枝剪刀開始剪書，一開始只是試探，但接下來她就像我一樣放開來大剪特剪，砍下一堆又一堆的書頁，直到那些字句像五彩碎紙一樣在我們周圍飛舞。

外婆開懷大笑。「真是意想不到呢。」我們同時都上氣不接下氣，精疲力竭，暈乎乎地微笑著。

「我果然和妳是有血緣關係，對吧？」我說。

「喔，小藍，我想死這樣的妳了。」外婆把我抱到大腿上，彷彿我還是個五歲小孩。我想她原諒我了。

「小甜豆，對不起，我剛剛吼了妳。」她用溫暖擁抱我整個人。

我緊緊回抱她，問：「我要不要去準備些茶？」

「最好，我們要談的可多了。但先說說最重要的事，妳把我整個花園都毀了，我得知道到底有沒有成功。」

我腦海裡又聽見：*我無法和一個會這樣對待她姊姊的人在一起*，我的心在胸口緊縮成一團，幾乎無法呼吸。「沒機會了。一切都結束了。」

外婆輕聲說：「我看見昨晚發生的事了。」我更加緊繃，身子從她大腿上滑下，走去把茶壺倒滿水。我懷疑過外婆可能看見我和托比接吻，但知道她的確目擊，還是讓我滿心羞愧。我沒辦法面對外婆。「小藍？」她的聲音並沒有暗含批判，我放鬆了些。「聽我說。」

我緩緩轉過身面對她。

她的手在頭上轉圈揮舞，彷彿正在趕走一隻蚊子。「那景象的確讓我有好幾分鐘啞口無言。」她微笑。「但人們震驚與悲痛欲絕到這種地步時，是會做出像那樣的瘋狂事。我很訝異我們至今都還沒有倒下。」

我不敢相信外婆這麼輕易就放下了這件事，替我開脫。我想要跪倒在她腳邊，滿心感激。她當然沒有就這件事與喬伊商量過，但她這麼說讓喬伊那番話不再那麼傷人，也給了我勇氣去問：「妳覺得貝莉會原諒我嗎？」

「喔，小甜豆，在這件事上妳一定要相信我，她已經原諒妳了。」

外婆對著我搖搖手指，說：「不過，喬伊又是另外一回事了。他會需要一些時間……」

「大概三十年吧。」我說。

「哎呀——可憐的男孩，他可真是看夠了，小藍．沃克。」外婆淘氣地看著我。她已經瞬間恢復成原來那個活潑充滿朝氣的外婆。「沒錯，小藍，等妳和喬伊．方特尼四十七歲的時候——」她笑了出來。「我們會策劃一個非常、非常美麗的婚禮——」

她話沒說完便停了下來，因為她一定是注意到了我臉上的表情。我不想殺她風景，於是用盡臉上每一條肌肉藏住自己的心碎，但我失敗了。

「小藍。」外婆朝我走過來。

「他討厭我。」我告訴她。

「才沒有。」她慈愛地說。「若是這世上曾有個男孩戀愛了，小甜豆，那一定是喬伊・方特尼。」

外婆要我去看醫生
檢查我的心臟
有沒有問題。
做過一堆檢查後，醫生說：
「小藍，妳算幸運。」
我好想一拳揍在他臉上，
但我卻只是哭了起來
眼淚多到要把人淹沒。
我不敢相信
我有一顆幸運的心臟
其實我只想要
和貝莉同樣的
那顆心臟。
我沒聽見外婆走進來，

也沒聽見她來到身後，
只感覺到她摟住我顫抖的身軀，
雙手用力按在
我的胸口，牢牢捧住我的心
捧住我整個人。
在醫生或是我
還沒開口說話前
「感謝老天。」她低聲說。
她怎麼會知道
我聽到的是好消息？

（在通往森林臥室的那條小徑上，在一只信封背後發現的。）

33

等馬克杯裡倒滿茶，窗戶打了開來，外婆和我在逐漸昏暗的暮色中放鬆了心情後，我輕聲說：「我想和妳談談一件事。」

「小甜豆，什麼事都可以。」

「我想談談媽媽。」

外婆嘆了口氣，身子往後靠在椅背上。「我知道。」她雙臂交疊在胸前，手掌握著兩邊手肘。「我去過閣樓了。妳把那個盒子放在不同的架子上——」

「我沒有看很多……抱歉。」

「不，我才該說抱歉。過去這幾個月，我一直都想和妳談談佩吉，但是……」

「但是我不讓妳和我談任何事。」

她微微點了點頭。我從沒見過外婆表情這麼嚴肅。她說：「貝莉不應該對她母親了解這麼少就死去。」

我垂下眼。沒錯——我之前認為貝莉不會想知道我所知道的一切，但我錯了，不管那些事實會不會傷人。我用手指梳過那些《咆哮山莊》的殘骸，等著外婆開口。

她終於開口時，聲音繃得很緊：「我以為我是在保護妳們兩個，但現在我很確定，我只是在保護自己。我實在很難開口去談她。我告訴自己，妳們若是越了解她，便會越受傷。」她把一些書的碎屑掃向自己。「我只談她的流浪癖，這樣妳們才不會覺得被拋棄，不會怪她，或是更糟，怪妳們自己。我想要妳們去崇拜她。就是這樣。」

就是這樣？我的身子一下子熱起來。外婆伸手想要握住我的手，但我悄悄把手從她手心裡滑出。

我說：「妳只是捏造一個故事，這樣我們才不會覺得自己是被拋棄……」我抬起眼直視她的雙眼，儘管見到她臉上的痛苦神色，仍繼續說：「外婆，但我們的確是被拋棄了啊！我們不知道原因，而除了那個荒誕的故事，我們對她一無所知。」我好想抓起滿手《咆哮山莊》猛地朝她臉上扔過去。「如果她真的瘋了，為什麼不就這樣告訴我們？為什麼不告訴我們真相？不管真相到底是什麼？那樣不是會比較好嗎？」

外婆一把抓住我的手腕，力道出乎我意料的大。「小藍，但是真相不是只有一個，從來就不是。我告訴妳們的，不只是一個捏造的故事而已。」她試圖冷靜，但我看得出來，她差那麼一點身子就要變成兩倍大。「是，佩吉的確是個不安分的女孩，我是說，誰在正常心智下會留下兩個小女孩，再也不回來？」既然我全神貫注地在聽她說話，她放開了我的手腕。她眼神慌亂地掃視廚房四周，彷彿她需要的字句也許就在牆上。過了一會兒，她說：「妳們母親還是女孩時，就是個不負責任的人，脾氣像龍捲風似的，所以我確定她長大後，同樣是個不負責任的女人，脾氣依然像龍捲風。但她的確也不是這個家族裡第一個爆發肆虐的龍捲風，也不是第一個就這樣消失的人。席維姨婆過著漂流不定的生活整整二十年後，才開著輛破爛的黃色凱迪拉克回到鎮上。二十年耶！」她在桌上敲了一拳，很用力，那堆《咆哮山莊》跟著跳了起來。「對，也許某位醫生可以給這個症狀一個病名、一個診斷，但我們怎麼稱呼它，又有什麼差別？這個狀況仍然不會改變，我們稱之為流浪癖基因，那又怎麼樣？它就是的確存在。」

她小啜一口茶，燙傷了舌頭。「哎唷。」她一反常態地喊了出來，手對著嘴巴猛搧。

「大仔認為妳也有這個基因。」我說：「流浪癖基因。」我在桌子上重新將字句組合成新的句子。我抬眼偷偷看著外婆，她的沉默讓我感到害怕，也許她並不喜歡坦承這件事。

外婆的眉頭皺了起來。「大仔這麼說過？」她加入我的行列，也在桌上把零散的字混在一起拼出新句子。我看見她把「在那宜人的天空下」放在「永久與世隔離」旁。

「他認為妳只是掩飾起來了。」我說。

外婆已經停下隨機排弄詞句的動作，臉上出現某種非常不像外婆的表情，一下子變得心虛。她不願與我眼神相對，然後我明白那是什麼了，因為我最近也很熟悉這表情——是羞愧。

「外婆，怎麼了？」

她緊緊抿著嘴唇，緊到雙唇泛白，彷彿她試圖想把嘴唇封住，確保沒有一個字會洩露出來。

「到底怎麼了？」

外婆站起來，走到流理台前，駝著身子，雙手撐在流理台上，看著正經過窗外的那一大片白雲。我看著她的背影，等待著。「小藍，我一直躲在那個故事裡，也因此，我也讓妳們和大仔，陪著我一起躲在裡面。」

「但妳剛剛才說——」

「我知道——那並不表示這故事不是真的，但把這一切都怪罪到命運和基因，可要比怪罪我自己容易太多了，這也的確是事實。」

「怪罪妳自己？」

外婆點點頭，沒再說話，只是繼續盯著窗外。

我感到背脊升起一股涼意。「外婆？」

她背對著我，我看不見她臉上神情。不知道為什麼，我對她怕了起來，彷彿她已經鑽入了另外一個人的皮囊裡。連她撐住自己身體的姿勢都不一樣了，幾乎整個人都要倒塌下來。當她終於開口說話時，聲音太過深沉與冷靜：「我記得那天晚上的每一個細節……」然後她停頓了一下，我想著要不要逃出廚房，逃離這個身軀佝僂、講話如夢囈似的外婆。「我記得那天晚上有多冷，冷得不尋常，也記得廚房裡擺滿紫丁香的模樣——那天稍早，我把每一個花瓶裡都擺滿了紫丁香，因為她要過來。」從外婆的聲音，我聽得出來她正在微笑，於是我放鬆了一些。「她穿著一件長長的綠色洋裝，更像是條巨大的披巾，完全不合季節，佩吉就是這樣——好像她身邊總是圍繞著屬於自己的氣候。」我從沒聽過有人這麼說過母親，更別說像綠色長洋裝、滿廚房花朵這樣真實的描述。但接下來外婆的語調再次轉變。「那天晚上她非常心煩意亂，不斷在廚房裡來回踱步，不，不是踱步，而是在那條綠色披巾裡來來回回不斷翻騰。我記得當時想著她就像被困住的風，一陣突來的狂烈強風，和我一起被禁錮在這間廚房裡，好像我只要一開窗戶，她就會消失。」

外婆轉身面對我，彷彿這時才終於記得我人還在這裡。「妳們的母親簡直要失控了，而她從來就不是多有自制力的人。她週末會過來，這樣我才能見到妳們兩個。至少那是我以為她會過來的原因，直到她開始問我，要是她離開了，我會怎麼做。『離開？』我對她說：『離開去哪裡？去多久？』這時我發現她有一張不知道去什麼鬼地方的機票，她不肯告訴我，而且正計畫要用掉，是一張單程機票。她告訴我，她做不到，她就是沒辦法當一個母親。我告訴她，她有辦法的，她不能就這樣離開，妳們兩個是她的責任。我告訴她，她得振作起來，就像這個世界上其他每一位母親。我告訴她，妳們可以一起住在我這裡，我會幫她，但她不能就這樣一陣風似地離開，像這個瘋狂家族裡的其他人那樣，我絕對不允許。『但如果我真的離開了。』她仍堅持。『妳會怎麼做？』她不斷一直問著這個問題。我記得自己一直想要捉住她的手臂，要她別胡思亂想，振作起來，但她卻一直從我手裡滑開，好像她是空氣做成的。」外婆深呼吸一口。「到了這個地步，我自己也已經氣壞了，妳也知道我發作時是什麼樣子。我開始大吼大叫。我內心裡的確也有個龍捲風，那是當然的，特別是我年輕的時候，大仔說得沒錯。」她嘆了口氣。「我失控了，非常失控。『不然妳以為妳離開後我會怎麼做？』我大吼。『她們可是我的外孫女！但佩吉，如果妳離開，就永遠都不要回來！永遠！妳對她們而言就等於死了，死在她們心裡，對我而言也等於死了。對我們所有人都是！』我就是這樣對她說的，滿是鄙夷。然後那天晚上我把自己鎖在畫室裡。隔天早上——她不見了。」

我已經整個人倒在椅子上，渾身無力。外婆站在廚房另一端陰影的監獄裡。「我要妳們的母親永遠不要再回來。」

女孩們，她會回來的。

那是祈禱，從來都不是一個承諾。

外婆的聲音幾乎要聽不見了：「對不起。」

她的話像快速移動的風暴雲在我體內亂竄，將整片大地完全改觀。我四處張望，看著那些是家裡背景一部分的綠色女人，光是廚房裡就有三位，被困在現實與幻境中的女人——每一個都是佩吉，全都是穿著飄逸綠色洋裝的佩吉，我現在非常確定了。我想著外婆是如何確保我們的母親永遠活在我們心裡，確保佩吉．沃克永遠都不會因為拋下自己的孩子而被怪罪。我想著，在我們一無所知的情況下，外婆是如何將所有的罪過都攬在自己身上。

接著我記起了那天晚上，我在二樓樓梯口聽見她對那幅「一半的媽媽」道歉時，心裡曾湧現的醜陋念頭。我也曾把一切都怪罪於她。為了那些即使連萬能的外婆也無法控制的事情。

「這不是妳的錯。」我的聲音裡帶著自己以前從未聽過的肯定。「外婆，從來都不是。是她離開了，她沒有回來——那是她的選擇，不是妳的，不管妳對她說了什麼都一樣。」

外婆呼出一口氣，彷彿她十六年來一直屏著氣不敢呼吸。

「喔，小藍。」外婆哭喊出來。「我想妳剛剛打開了窗戶。」她捧著胸口。「讓她走了。」

我從椅子上站起身，走向外婆，第一次明白到她失去了兩個女兒——我真不知道她要如何承受。我同時也明白了某件事：我並沒有承受到這雙倍的悲痛。我有一個母親，而我現在正如此靠近她。我可以見到歲月是如何讓她的肌膚鬆垮，可以聞到她帶著茶葉氣味的吐息。我不知道貝莉尋找媽媽的努力是否也會讓她最終回到這裡，回到外婆身邊。我希望如此。我輕輕將一隻手放在外婆的手臂上，納悶著，如此巨大的愛如何能塞進我這渺小的身軀裡。「我和貝莉多幸運能擁有妳。」我說。「我們真是走運。」

外婆閉上雙眼一會兒，接下來我只知道自己被她擁入懷裡，她抱得好緊，彷彿要壓碎每一根骨頭。「我才是走運的那個人。」她對我的髮際說：「現在我想我們得喝點茶。實在說夠了這些。」

我回到餐桌前，心裡同時清楚明白了一件事：人生就是他媽的一團亂。事實上，我要告訴莎拉，我們應該發起一個新的哲學運動：必要混亂主義，而不是存在主義：因為我們都陶醉在人生這場不可少的混亂裡。外婆說得沒錯，真相從來就不是只有一個，而是有一大堆故事，同時間發生，在我們的腦袋裡，在我們的心裡，一股腦全在打架，互相阻礙。全是悲慘又美麗的一團亂。就像那天詹姆斯老師帶我們到森林裡，他對那些想合奏出音樂、卻只譜出一堆亂糟糟雜音的獨奏樂器，得意地喊著：「就是這樣！就是這樣！」

就是這樣。

我垂眼看著曾是我最喜愛的那本書，如今字句四散。我想把故事再拼回去，這樣凱瑟琳和希斯克里夫就可以做出不同的選擇，不會再在每一處人生轉折裡阻礙自己的幸福，可以追隨自己那如火山爆發般的熱情，直接投入彼此懷抱。但我辦不到。我走到水槽前，拿出垃圾桶，把凱瑟琳和希斯克里夫，以及其餘他們那些不快樂的人生，全掃了進去。

□

那天傍晚，我在門廊上一遍又一遍地吹奏著喬伊創作的曲子，試著想出有哪些書裡的愛情最終是幸福結局。有伊莉莎白與達西先生，還有簡愛最後也與羅徹斯特先生在一起，很美滿，但他曾把發瘋的妻子關起來好一陣子，把我嚇壞了。還有《愛在瘟疫蔓延時》的阿里薩，但是他等上超過五十年才等到費歐米娜，結局卻只是兩人坐上一艘不知道開往何方的船。唉，好吧，我得說文學作品裡在這方面可供挑選的佳偶實在不足。為何真愛在古典文學裡這麼難勝出？更重要的是，我要怎麼讓真愛在我和喬伊間勝出？要是我能讓他轉投靠必要混亂主義的話……要是我屁股上有輪子，我就是輛推車。在今天他說過那些話之後，我想這句描述，大概就是我能成功的機會。

大概在我演奏他的曲子第十五次的時候，才發現外婆站在門口聽我演奏。我以為她把自己關在畫室裡，正從下午那場談心後的激動情緒中復原。我吹到一半停下，忽然覺得有些忸怩。她打開門，手裡拿著放在閣樓裡的那個桃花心木盒子，大步走了出來。「音樂真好聽，我聽到都能自己演奏了。」她一面把木盒放在桌上，一面翻著白眼，然後一屁股坐進情人座裡。「不過，能聽到妳再次演奏，真的很棒。」

我決定告訴她：「我決定今年秋季開學後，再去挑戰一次首席位置。」

「喔，小甜豆。」她唱著。真正在唱歌。「即使我不懂音樂，也覺得悅耳極了。」

我露出微笑，但身體內卻焦躁不已。我打算下次樂團練習時告訴瑞秋。如果我可以只把一桶水直接倒在她頭上，就像對待綠野仙蹤裡的西方壞女巫[18]，那要容易多了。

---

[18] 綠野仙蹤裡，來自西方的女巫為全身綠色的邪惡女巫，曾指使長著翅膀的猴子偷走了桃樂絲的一隻銀鞋，桃樂絲一氣之下將水倒在女巫頭上，意外讓壞女巫融化而死。

「快來坐下。」外婆拍拍她身旁的坐墊。我加入她，把豎笛擱在膝蓋上。她的一隻手放在木盒上，說：「裡面所有的東西，妳都可以看。把全部的信封打開吧。讀我寫的便條紙還有信。只是要有心理準備，有些話不怎麼好聽，尤其是比較早期的信件。」

我點點頭。「謝謝。」

「好啦。」她把手從木盒上移開。「我要散散步，順便去鎮上，到沙龍酒吧去找大仔。我需要好好喝上一杯。」她揉揉我的頭髮，然後把木盒留給我，起身離去。

我把豎笛收好後，坐了下來，把木盒擱在大腿上，我的手指沿著那一圈奔馳的馬兒撫摸著，轉了一圈又一圈。我想打開盒子，但同時也不想這麼做。這說不定是我最接近母親的一次，不管她到底是什麼樣的人——探險家或瘋女人，英雄或惡人，說不定只是個性格複雜難搞的女人。我望向馬路對面的那一群橡樹，看著松蘿從橡樹駝著背的肩頭垂下，就像掛歪的披巾，其中粗糙的枯灰部分就像一幫睿智老人，反覆再三衡量要如何做出陪審團的裁決——

門發出了吱嘎的聲音。我轉過身，見到外婆已經披上一條綴滿亮粉紅色花朵的誰知道那是什麼玩意兒——外套？斗篷？還是浴簾？底下是更鮮豔的紫色花朵連身裙。她的頭髮放了下來，無拘無束，看起來彷彿能導電。她化了妝，茄子色的唇膏，穿著牛仔靴，好讓她的大腳有地方待。她看起來既美麗又瘋癲。自從貝莉死後，這是她第一次在晚上出門。她對我揮揮手，眨眨眼，然後走下台階。我看著她緩緩走過院子。就在她走到馬路上時，她轉過頭，握住頭髮，免得微風把頭髮吹進眼裡。

「嘿，我給大仔一個月，妳呢？」

「別開玩笑了，最多不超過兩個星期。」

「這次該妳去當伴郎[19]了。」

「沒問題。」我露出微笑說著。

外婆回以微笑，如女王般高貴的臉上透露出一些幽默。儘管我們輕描淡寫，但沒有比想到大仔舅舅的另一場婚禮更能振奮沃克家人了。

「小甜豆，別出事。」她說：「妳知道我們會在哪……」

「我會沒事的。」我感覺到大腿上盒子的重量。

外婆一離開，我便打開盒蓋。我已經準備好了。所有這些便條紙、這些信，整整累積了十六年。我想著外婆如何草草記下一則食譜、一個念頭、某件她想和自己女兒分享的傻主意或是不怎麼好聽的責難，或只是用來提醒自己曾有多失控，也許她塞在口袋裡一整天，然後上床睡覺前偷偷溜上閣樓，放進這個盒子裡，這個沒有人來收信的信箱，年復一年，不知道自己的女兒究竟會不會讀到這些，不知道會不會有人——

我微微倒抽了一口氣，這不正是我最近一直在做的嗎？——寫詩然後隨風將那些詩句散落各地，和外婆一樣希望有一天，在某個地方，有個人也許可以了解我是個什麼樣的人、我姊姊曾是什麼樣的人，還有我們的遭遇。

[19] 西洋婚禮習俗中，新郎除了會找幾位男儐相（groomsmen）外，會再另外找一個「伴郎」（best man），通常是新郎生命中最重要的朋友或夥伴，有時不限男性，女性亦可。

我拿出那些信封，數了數——有十五封，信封上全寫著佩吉與年份。我找到第一封信，十六年前外婆寫給她女兒的信。手指滑過信封口時，我想像貝莉就坐在我身邊。好。我拿出信，這麼告訴她：來見見我們的母親吧。

不管見到什麼都好。我相信人生充滿不可少的混亂——來吧，我全盤接受。

34

托比家的牧場佔地面積超過整座四葉草鎮，大片翠綠與金黃交錯的壯麗牧地，一路從山脊延伸到鎮上。我走過鐵柵門，往馬廄走去，發現托比正在裡頭，一面對一隻美麗的黑色母馬說話，一面拿下牠身上的馬鞍。

「我不是故意來打擾的。」我走向他。

他轉過頭。「哇喔，小藍！」

我們像傻瓜似地對彼此微笑。我原以為再見到他會很不自在，但我們兩人表現得似乎都挺高興見到對方。我覺得不好意思，於是垂下視線，望著在我們中間的那匹母馬，撫摸牠潮溼的溫暖毛皮，熱氣從牠身上散發出來。

托比用手上的韁繩尾端輕輕掃過我的手，說：「我一直念著妳。」

「我也是。」但我稍微寬心地發現，即使我們四目相對，但我的腹部沒有一陣陣不安地翻攪。連一點點激動的感覺都沒有。魔咒破除了嗎？那匹母馬噴了一下鼻息——時機完美：感謝妳啊，黑美人——

「要不要騎騎看？」他問。「我們可以一起騎上山脊，我剛才上去過，有超大一群加拿大麋鹿正在那裡閒晃。」

「托比，其實……我在想，我們也許可以去看看貝莉。」

「好啊。」他想都沒想就這麼回答，彷彿我剛剛只是要他去拿份冰淇淋。這可奇怪了。

我曾告訴過自己，絕對不會再回到那座墓園。雖然沒人談及腐朽的肉體、蛆蟲與骷髏，但妳怎麼可能不想到這些畫面？我一直用盡全力讓自己不去想這些念頭，而要達到這個目的，最重要的就是盡量遠離貝莉的墳墓。但昨夜，像往常我入睡前那樣，我正撥弄著她梳妝台上那些東西時，明白到她不會想要我執著在她梳子上糾結的那團黑髮，或我到現在仍拒絕去清洗的那堆臭衣服。她一定會認為這樣噁心死了：郝維仙小姐[20]和她的婚紗，又髒又臭又淒慘。接著我腦海中浮現這樣的畫面：貝莉坐在四葉草墓園的山丘上，四周圍繞著古老的橡樹、杉木與紅杉林，彷彿女王臨朝，於是我知道是時候了。

即使墓園很近，走路就能到達，托比忙完後，我們還是跳上了他的卡車。他把車鑰匙插入引擎開關，卻沒有轉動。他直直盯著擋風玻璃外那片金黃色的草地，兩根手指頭彷彿跳躍的音符在方向盤上敲著節奏。我知道他正醞釀著想要說些什麼。我把頭靠在乘客座旁的車窗上，往外看著這片田野，想像著他在這裡的日子，一定很孤獨。過了一兩分鐘後，他開始用那能讓人平靜的低沉嗓音說：「我一直痛恨自己是個獨生子。我以前曾很羨慕妳們，妳們兩個總是形影不離。」

他雙手緊握著方向盤，眼神直盯著前方。又說：「我早就做好準備要娶貝莉，擁有這個孩子……也做好準備要成為妳家裡的一份子。現在這些話聽起來根本沒什麼說服力，但是那時候我以為自己可以幫助妳度過難關。我也想要幫妳。我知道貝莉也會要我這麼做的。」他搖搖頭，又說：「當然結果是一團糟，我只是……我不知道。妳懂的……就像妳是唯一能懂這種痛苦的人。我開始覺得和妳很親近，但太親近了，我腦袋裡一下子分不清——」

「但你的確幫了我。」我插嘴。「你是唯一甚至能找到我的人。即使我還不明白原因，我就已經和你感覺到同樣的親密。若是沒有你，我真不知道該怎麼辦才好。」

他轉頭望向我，問：「是嗎？」

「是啊，托比。」

他眼睛瞇成了最迷人的模樣，露出最帥氣的微笑。「好吧，我現在很確定自己不會再碰妳一下了。我是不知道妳忍不忍得住就是了……」他揚起雙眉，看了我一眼，然後毫無顧忌地放聲大笑起來。我捶了他的手臂一拳。他繼續說下去：「所以，也許我們能多在一起混熟些——我要是再一直拒絕妳外婆的晚餐邀約，她肯定要派出國民警衛隊[21]了。」

「你居然在同一個句子裡說了兩個笑話！不可思議！」

「我又不是真的是木頭，這點妳知道吧？」

「我還真不知道。我姊姊想要和你共度一輩子，一定有她的理由！」忽然間，就像這樣，我們之間一切都再正常也不過了，終於。

「既然如此。」他啟動卡車。「在前往墓園的旅途中，我們是否該振作起精神，替自己打打氣？」

---

[20]《孤星血淚》（Great Expectations，又譯為《遠大前程》）一書中之角色，穿好婚紗卻在祭壇前被拋棄，從此數十年間一直穿著那身發黃婚紗。

[21] National Guard，又稱國民兵，即民兵，平日從事各行各業。

「三個笑話了，真令人不敢相信。」

不過，那大概差不多就是托比一年份的說話份量配額了。我一面這麼想，車子一面在一片沉默中前進。充滿緊張與不安的沉默。是我在緊張。我不確定自己到底怕什麼。我不斷告訴自己，那只不過是一塊墓碑，只不過是一塊漂亮的土地，種著莊嚴的美麗群樹，眺望著瀑布。那只是一個地方，我那美麗姊姊的身軀躺在一個箱子裡，穿著性感的黑色洋裝與涼鞋，正在腐朽。天啊。我沒辦法不去想到這些。所有我一直不允許自己去想像的畫面此刻全朝我湧來：我想著沒有空氣進出、空蕩蕩的肺部。唇膏塗在她不再移動的嘴上。托比給她的銀色手鍊戴在她沒有脈搏的手腕上。她的肚臍環。在黑暗中生長的頭髮與指甲。她的身軀裡不再有思想。不再有時間。不再有愛。約兩公尺深的泥土壓在她身上。我想到在廚房裡響起的電話鈴聲、外婆倒下的巨響，接著她發出不是人類能發出的刺耳尖叫，穿過天花板，直達我和貝莉的房間。

我望向托比，他看起來一點都不緊張。我忽然領悟到一件事。

「你去過了？」我問。

「當然。」他說。「幾乎每天。」

「真的？」

他望向我，恍然大悟。「妳是說之後妳一次都沒去過？」

「一次都沒有。」我望向車窗外。我真是個差勁的壞妹妹。好妹妹儘管有著晦暗念頭，還是會去墓園的。

「妳外婆也會去。」他說。「她種了一些玫瑰花叢，還有一堆其他的花。維護墓園的人要她拔掉，但每次他們拔掉外婆的花，她就種下更多，最後他們終於放棄了。」我不敢相信，每個人都一直來探望貝莉，就只有我沒有。我更不敢相信，這讓我覺得自己有多被排擠。

「大仔呢？」我問。

「我常發現他抽完大麻的菸蒂。我們在那裡遇見過幾次。」他望向我，端詳著我的臉，彷彿有永遠那麼久之後，才說：「小藍，不會有事的，其實比妳想像的還要容易。我第一次去的時候也是怕得要死。」

接著我想到一件事，於是鼓起勇氣，試探地問：「托比，你一定已經很習慣當家裡唯一的小孩……」我的聲音開始顫抖。「但我真的才剛開始適應。」我望著窗外，說：「也許我們……」我忽然害羞到沒辦法把自己的念頭說出來，但他知道我要說什麼。

「我一直都很想要一個妹妹。」他一面說，一面把卡車轉進超小停車場裡的一個停車位。

「那好。」我身上每一吋肌肉都放鬆下來。我靠過去，在他臉頰上輕啄了一下，這是全世界最不帶情慾的親吻。「來吧！」我說。「讓我們去向貝莉道歉吧。」

曾有個女孩發現自己死了。
她每天都從天堂的
邊緣偷窺，
雙手撐著下巴。

她無聊到發慌，
還沒有適應
天堂生活的慢節奏。
她妹妹會抬頭看她，
揮手，
死去的女孩也會對妹妹揮手
但距離太遠了
她妹妹看不見。
死去的女孩想，她妹妹
可能正在寫紙條給她，
但要拾起那些散落的字句
這趟旅程遠到無法成行，
她只能讓那些紙條留在原處。
然後，有一天，在地上的妹妹終於明白
她可以在天堂聽見音樂，
於是，從那之後，她妹妹想要
對她說些什麼
便會透過豎笛

而每次她妹妹一吹起豎笛，死去的女孩
便會跳起來（不管她正在做什麼）
然後跳舞。

（四葉草圖書館B區書架上，在一張紙上發現的。）

35

我有一個主意。我要寫一首詩給喬伊，但先辦最重要的事。

我走進音樂教室，見到瑞秋已經在裡頭，正拿出樂器。就是現在。我手心溼黏，一面怕自己會握不住笛盒的把手，一面走過教室，站在她面前。

「拜託不要是約翰・藍儂吧。」她頭連都沒抬。她真的惡劣到敢在我面前得意洋洋地提起喬伊暱稱我名字的地步嗎？很明顯，有。那好，因為暴怒讓我不再緊張。放馬過來吧。

「我要挑戰妳首席的位置。」我一說完，腦袋裡立刻響起一群人主動起立鼓掌的熱烈掌聲。我從沒說出任何讓自己感覺這麼爽的話來！嗯哼。即使瑞秋看起來似乎沒聽到這句話。她仍然在忙著弄簧片與束圈，彷彿比賽鈴聲還沒響起，彷彿賽馬起跑門剛才並沒有猛地彈開。

我正要再說一次，她開口了：「小藍，我和喬伊之間根本沒什麼。」她不屑地說出我的名字，彷彿這名字讓她感到噁心。「他整個心裡都是妳，誰知道為什麼？」

這一刻能更美好嗎？不行！我得試著保持冷靜。「這和他無關。」我說，這的確也是不爭的事實。這也和瑞秋無關，不完全是，只是我沒有說出來。這和我，以及我的豎笛有關。

「是啊，最好是。」她說：「妳這樣做，只是因為見到我和他在一起。」

「不是。」我聲音裡的肯定，再次讓自己驚訝。「瑞秋，我要獨奏。」她終於停下了擺弄豎笛的動作，她把豎笛放在譜架上，抬起頭望著我。「而且我要再去上瑪格莉特的課。」這件事是我在前往彩排途中決定的。她現在終於非常難得地把全副注意力放在我身上。「我也要去參加州立樂團的徵選。」我告訴她。不過這一點，是剛剛才決定的。

我們彼此瞪著對方，這是第一次，我懷疑她是否一直以來都知道我是故意輸掉徵選的。我納悶這是不是她一直這麼討人厭的原因。也許她以為可以威脅我不要去挑戰她。也許她認為這是唯一能保住首席位置的方法。

她咬著下唇，說：「那我和妳平分獨奏怎麼樣？妳還可以——」

我搖頭。我差點要替她感到可憐。差一點而已。

「等九月吧。」我說。「願最好的豎笛手能勝出。」

□

我飛出音樂教室的時候，不只是我的膽子，我全身每一吋都放了開來，我像風一樣飛出學校，飛入樹林，回到家裡，準備寫詩給喬伊。然而隨著每一次的踏出腳步、每一次的呼吸，我身旁隨時都存在著一個讓人無法忍受的事實：我有未來，但貝莉沒有。

就是這時候，我才知道。

在我餘生裡，我姊姊會一次又一次地死去。悲痛永遠不會消逝，也不會離開，而是變成了妳的一部分，隨著每一步、隨著每一次呼吸而存在。我永遠都不會停止哀悼貝莉，因為我永遠都不會停止愛她。就是這樣。悲痛與愛結合在一起，不能只要一個，不要另外一個。我只能去愛她、愛這個世界，用勇於冒險的精神與喜悅來過日子，藉此效法她的人生。

想都沒想，我轉了個方向，走上那條通往森林深處臥室的小徑。樹木們圍繞著我，彷彿全在為我喧騰歡慶。陽光如瀑布般透過樹林灑下，讓佈滿蕨類的地床上看起來像鋪滿了寶石，燦爛奪目。杜鵑花叢忽左忽右地掃過我身旁，彷彿穿著美豔洋裝的女人。我真想將所有這一切全擁入懷裡。

我到了森林臥室後，跳上床，讓自己舒舒服服。我要慢慢寫這首詩，不像其他那些詩，總是草草寫完，散落各處。我從口袋裡拿出筆，從袋子裡拿出一張空白的樂譜，開始寫詩。

我把一切都告訴他——他對我而言所代表的一切，我對他的一切感覺都是前所未有，還有我在他音樂裡所聽到的一切。我要他全心信任我，所以完全坦白。我告訴他，我屬於他，我的心是他的，即使他永遠不原諒我，依舊如此。

畢竟，這是我的故事，而這是我選擇述說的方式。

我寫完後，匆忙跳下床，這時才注意到一片藍色的吉他彈片躺在白色被套上。我整個下午一定是坐在它上頭。我彎下腰，拾起彈片，馬上認出這是喬伊的。他一定是來過這裡彈吉他——好預兆。我決定把詩留在這裡給他，而不是像我之前的計畫，偷偷塞進方特尼家的郵箱裡。我把詩摺好，上頭寫上他的名字，用一顆石頭壓在床上，免得被風吹走。我也把他的彈片塞在石頭下。

在回家的路上，我意識到，自從貝莉死後，這是我第一次寫下東西給別人看。

36

我羞窘到無法入睡。我在想什麼啊？我不斷想像喬伊在他哥哥們面前唸著我那首荒謬的詩，更糟的是，說不定是唸給瑞秋聽，他們全都在嘲笑飽受愛情折磨的可憐小藍，除了從愛蜜莉．布朗特書裡學來的那一套，她對愛情什麼都不懂。我告訴他：我屬於他。我告訴他：我的心是他的。我告訴他：我在他的音樂裡聽見他的靈魂。我要從大樓上跳下來。都已經是二十一世紀了，誰還會說這種話？沒人！怎麼會這樣？這主意前一天還覺得超棒，隔天就變得超智障？

一旦屋外有足夠的天光出現，我就在睡衣外匆忙罩上運動衫，套上球鞋，在拂曉晨光中，一路跑到森林裡的臥室想拿回紙條，但我人到那兒時，紙條不見了。我告訴自己，是風吹走了，就像其他的詩一樣。我是說，喬伊怎麼可能在昨天下午我離去後就出現了？根本就不可能嘛。

□

莎拉陪著我，在我做千層麵的時候不斷打氣，卻只是讓我想鑽進洞裡。她尖聲喊個沒完沒了，無法停下來：「妳會成為首席豎笛手的，小藍，一定會。」

「到時候看吧。」

「這對妳進入音樂學校絕對有幫助，說不定還能進茱莉亞音樂學院耶。」

我深呼吸一口。過去瑪格莉特每提起這件事，我就覺得自己多麼像個騙子、多麼像個叛徒，暗地陰謀想要竊取我姊姊的夢想，尤其當這個夢想與她擦肩而過的時候。為什麼我從沒想過，我能與她並肩一起追求夢想？之前我為什麼連擁有夢想的勇氣都沒有？

「我很樂意去茱莉亞學院。」我告訴莎拉。我說出口了。終於。「但任何一間不錯的音樂學校也可以。」我只想念音樂——生命、活著，本身聽起來就像樂曲。

「我們可以一起去。」莎拉一面說，一面把我切下來的每一片莫札瑞拉起司猛塞進嘴巴裡。我拍掉她的手。她繼續說：「我們可以一起在紐約租棟公寓。」我想這個主意大概可以讓莎拉衝上太空——我也是，但是我卻可悲地不斷在想：那喬伊怎麼辦？「或波士頓的柏克利音樂學院㉒也行。」她那雙大大的碧藍眼珠睜得都要掉了出來。「別忘了去申請柏克萊。不管哪一所，我們可以開著愛奴去，一路到處隨意去玩。去大峽谷走走，去紐奧良，也許還可以——」

「啊啊啊啊啊啊啊——」我發出呻吟。

「不會又是因為那首詩吧？拜託，連神聖的茱莉亞與柏克萊女神都不能讓妳稍微分心嗎？嘖，真他媽的讓人不敢相信……」

「妳根本不知道那首詩有多腦殘。」

「小藍，這詞用得好。」她翻著某人留在櫃檯上的雜誌。

「用蠢到掉渣都還不足以形容那首詩裡的一個字。」我嘀咕。「莎拉，我對一個傢伙說我屬於他。」

「這就是妳讀了十八次《咆哮山莊》後的後遺症。」

「二十三次。」

我一層層疊上千層麵的材料：醬汁、麵條、我屬於你、起司、醬汁、我的心是你的、麵條、起司、我在你的音樂裡聽見你的靈魂、起司、起司、起司、哎唷我要放的是起司……

莎拉對著我微笑，說：「妳知道嗎？也許沒關係，他看起來似乎也一樣。」

「什麼一樣？」

「妳知道嘛，就像妳這樣。」

貝莉？

嗯？

妳相信凱瑟琳居然嫁給了艾德加．林頓[23]嗎？

無法相信。

我是說，妳會做同樣的蠢事嗎？

不會。

我是說，她既然對希斯克里夫有這麼濃烈的愛，怎麼能就這樣拋開？

[22] Berklee College of Music。
[23] Edgar Linton，《咆哮山莊》一書中之畫眉莊園主人，凱瑟琳雖深愛希斯克里夫，卻為了金錢與地位而嫁給他。

我不知道。小藍，怎麼了？
什麼怎麼了？
妳看那本書看到什麼啦？
我不知道。
妳當然知道。快告訴我。
只是無聊感傷一下。
小藍，說嘛。
我猜我想要。
想要什麼？
感覺這種愛。
妳會的。
妳怎麼知道？
我就是知道。
腳趾頭知道？
腳趾頭知道。
但如果我找到了，我不要像他們這樣把一切都搞砸了。
妳不會的，腳趾頭也知道這一點。
晚安，貝莉。

小藍，我只是在想……

想什麼？

最後，凱瑟琳和希斯克里夫還是在一起了，愛情的力量比什麼都強大，甚至超越死亡。

嗯……

晚安，小藍。

（四葉草高中停車場裡，在一張撕下來的樂譜紙片上發現的。）

37

我告訴自己，一路大老遠跑回森林臥室實在是個蠢主意，喬伊根本就不會出現在那裡，那首新時代遇見老掉牙維多利亞時代的詩根本不會讓他信任我，我很確定他還是很討厭我，而且現在覺得我是腦殘中的腦殘。

但我還是來了，當然，他不在這裡。我朝後一仰，「砰」的一聲倒在床上，抬頭看向樹木縫隙間的一塊塊藍天，遵循定時啟動的程式設計，開始更想念喬伊了。我還有好多不了解他的地方，譬如我不知道他相不相信上帝？喜不喜歡起司焗烤通心粉？不知道他是什麼星座？也不知道他在夢裡講的是英文還是法文？更不知道那會是什麼滋味——糟了。我的念頭正從普級跳向限制級，因為，唉，老天哪，我真希望喬伊不要這麼討厭我，因為我想和他一起體驗一切。我實在受夠了當處女。彷彿全世界都在分享這個令人狂喜的祕密，卻只有我——

我聽到了某道聲音：陌生、悲傷，無疑不屬於這座森林。我抬起臉，雙手支著頭，更專心聽著。四周盡是樹葉的沙沙聲、河水奔騰聲與雀鳥的吱吱喳喳聲。我試著把那道聲音與這些聲響隔開。那聲音如泉水般細細流過樹林間，隨著一分一秒過去，越來越清晰、越來越接近。我繼續聽著，然後認出來那是什麼了，那些音符，現在聽得一清二楚，一路蜿蜒向我飄來——那是喬伊的豎笛二重奏旋律。我閉上雙眼，希望自己是真的聽見了豎笛聲，而不是這為情所困的腦袋裡所產生的幻聽而已。那不是幻聽，因為現在我聽見穿過樹叢的腳步聲，幾分鐘後，音樂停了下來，腳步聲也停了。

我好怕張開眼睛，但我還是睜開了眼，喬伊就站在床邊俯視我——一整隊小邱比特之前一定都像忍者一樣躲在樹梢上，此刻拉滿弓，鬆手——於是愛神的箭從四面八方朝我射來。

「我就想妳大概會在這裡。」我無法解讀他的表情。緊張？生氣？他的臉色看起來似乎有些不安，彷彿不知道該表達什麼情緒。「我拿到妳的詩了……」

我可以聽見血液在身體裡轟轟流動，在耳裡如鼓般擂動。他接下來要說什麼？我拿到妳的詩了，對不起，但我就是沒辦法原諒妳。我拿到妳的詩了，我也是一樣——約翰．藍儂，我的心是妳的。我拿到妳的詩了，已經開始覺得妳神經有問題——我背包裡有一件瘋人院用的拘束緊身衣[24]。奇怪了，我從沒見過喬伊揹著背包。

他咬著下唇，用豎笛輕輕敲著大腿。他絕對很緊張。這不會是好事。

「小藍，我拿到妳全部的詩。」他在說什麼？他說全部的詩是什麼意思？他把豎笛滑到大腿間夾住，拿下背包，打開拉鍊。然後他深呼吸一口，拿出一個盒子遞給我。「好吧，也許不是全部，就這些。」

我打開盒蓋。裡頭裝的全是碎紙片、紙巾、隨身紙杯，上頭都有我的字跡。那些關於我和貝莉的點點滴滴，被我隨手散落、埋葬或藏起來的詩句。這不可能啊。

「怎麼可能？」我完全搞糊塗了，而且想到喬伊讀過這盒子裡的每一個字，我開始感到不

---

[24] Straitjacket，精神病院常使用的一種緊身衣，只有上半身，用來拘束精神病患雙手活動，以免傷害自己或別人。

安。這比被人讀過日記還要糟！這就像有人讀了妳以為已經燒毀的日記。他是怎麼拿到全部這些的？他一直在到處跟蹤我嗎？這真是太美好了。我終於愛上一個人，可他卻是個心理有問題的變態狂。

我看著喬伊，他露出微微傻笑，然後我看見幾不可見的：眨眼、眨眼、眨眼。「我知道妳在想什麼。」他說。「妳以為我是那種猥瑣的跟蹤狂。」

賓果！

他笑了，覺得很有趣。「小藍，我不是。我只是一直發現這些詩而已。一開始我不斷發現它們，然後，好吧，我就開始尋找。我實在忍不住，這就像某種奇特的尋寶遊戲。記得第一天我們在樹上的時候嗎？」

我點頭。但我忽然發現一件事，這比喬伊瘋狂跟蹤我、找我的詩還更棒——他不再生氣了。是因為那首腦殘的詩嗎？不管是什麼原因，我樂得都要飛上天了，根本沒在注意聽他解釋這些詩為什麼最後會跑到這個鞋盒裡，而不是在某個垃圾堆裡，或是被一陣風吹過死亡幽谷。

我終於試著去聽他正在說什麼：「記得在樹上時，我告訴妳，我看見妳在大草原上嗎？我對妳說，我看見妳在寫紙條，看見妳離開時隨手扔掉紙條。但我沒告訴妳，妳離開之後，我走過去，發現那張紙條卡在柵欄上。那是一首關於貝莉的詩。我猜我不該把詩留下來，在樹上那天，我本來想還給妳的，詩就放在口袋裡，但我又想妳會覺得我一開始就收起來這舉動很奇怪，所以我就留著了。」他咬著下唇。我記得他告訴過我，那天他看見我扔掉某張我寫過的東西，但我從沒想過，他會找到，而且還讀了。他繼續說下去：「接下來，我們在樹上的時候，我看見樹枝上潦草地寫著一些字，就想說不定妳又寫了些別的，但我覺得問妳很怪，所以又找時間回去，抄在筆記本裡。」

我簡直不敢相信。我坐起身，在鞋盒裡翻找，這次找得更仔細。有些紙條上有著他的怪異字體，像炸彈客筆跡一樣好認──說不定是從牆上、或穀倉邊，或是其他我能找到可以書寫的平面上抄錄下來的。我不知道該有什麼感受。他什麼都知道了──我被看透了。

他的表情處在憂慮與興奮之間，但興奮之情似乎勝出。他簡直停不下來地繼續往下說：「我第一次去妳家，就見到一首詩從妳外婆花園的一塊石頭下探出來，接著又在妳的鞋底發現另外一首，然後我們把所有東西都搬出來的那天，真是……好像不管我望向哪裡，到處都是妳的詩。我有點入魔了，發現自己一直在找這些詩……」他搖搖頭，說：「即使我氣妳氣得要死的時候，也還留著這些。但最奇妙的是，我在還沒認識妳之前就發現了幾首，第一次只是在一張糖果包裝紙後面的幾個字，在通往雨河的小徑上發現的，當時根本不知道是誰寫的，直到後來……」

他一面凝視著我，一面輕輕用豎笛敲著他的大腿。他看起來又變得緊張。「好吧，說點什麼吧。別覺得詭異，這些詩只是讓我更愛妳。」接著他露出微笑，於是地球上所有是黑夜的地方，瞬間破曉。「妳不是至少應該要說你這呆瓜[25]嗎？」

此刻我本來會說一堆話，只是我早已滿臉傻笑，一句都說不出來。那句我愛上妳了從他嘴裡再次說出，之後喬伊還說了什麼，根本不都重要了。

[25] 見註解[61]。

他指著鞋盒，說：「這些詩幫了我。我是那種無情的智障，我想妳一定注意到了。我讀著這些詩——那天妳帶著玫瑰來，又離開後，我一遍又一遍地讀著——試著想了解到底是怎麼回事？為什麼妳會和他在一起？我想也許我現在知道了。怎麼說，一口氣讀完所有的詩，我才開始真正去想像妳正在經歷承受的一切，那一定有多麼可怕……」他吞了口口水，垂下眼，一隻腳在松針裡拖來拖去。「對他來說也是。我猜我現在明白為什麼會發生這種事情了。」

這幾個月以來，我一直在寫東西給喬伊，卻怎麼可能自己一點都不知道？當他抬起頭來的時候，臉上帶著微笑。「然後是昨天……」他把豎笛扔在床上。「我發現妳是屬於我的。」他指著我。「妳可是我的人。」

我微笑。「取笑我？」

「對啊，但沒關係，因為我也是妳的人。」他搖搖頭，頭髮晃動遮住雙眼，那模樣簡直迷死人。「整個人都是妳的。」

我胸口猛地竄出一群樂不可支的鳥兒，飛入這個世界裡。我很高興他讀了這些詩。我要他知道我內心裡所有的祕密。我要他認識我姊姊，而現在，以某種方式，他的確認識了貝莉。現在他知道了我和貝莉的過去，也知道了之後發生的一切。

他坐在床角，拿起一根樹枝，在地上畫了畫，然後扔掉，望向遠方的樹林。「對不起。」他說。

「不用這樣，我很高興你——」

他轉頭面對著我，說：「不，我不是在說那些詩。對不起，因為我那天說過的話，關於貝莉的那些話。讀完這些之後，我才知道妳有多痛苦——」

我將手指放在他唇上，說：「沒關係。」

他拿起我的手，放在唇邊親了親。我閉上眼，感覺一股顫慄傳遍身體——我們已經好久沒有這樣身體接觸了。他放回我的手，我張開雙眼，他的目光落在我臉上，帶著質疑。他露出微笑，但仍在臉上的脆弱與受傷狠狠向我襲來。「妳不會再這樣對我一次吧？」他問。

「永遠都不會。」我脫口而出。「我想永遠都和你在一起！」好吧，這麼多天以來，同樣的教訓學到了兩次：妳可以用園藝剪刀剪碎那本維多利亞時代小說，卻無法把小說內容從這個女孩體內連根拔走。

他眉開眼笑地看著我，說：「妳簡直比我還瘋狂。」

我們彼此凝視了好長一段時間，在這段時間裡，我感覺我們彷彿正在相吻，甚至比之前還要熱情，即使我們根本沒觸碰到對方。

我伸出手，手指掃過他的手臂，說：「沒辦法，我戀愛了。」

「初戀。」他說。「對我來說。」

「我以為你在法國——」

他搖頭，說：「才不是，根本不能比。」他撫摸我的臉頰，溫柔到讓我相信上帝的存在，還有佛陀、穆罕默德、印度象神與聖母，還有其他神。「對我來說，沒人能取代妳。」他低喃。

「我也是。」我說，同時我們的唇便印在一起。他扶著我躺回床上，身子貼在我身上，我們腿貼著腿、下半身貼著下半身、腹部貼著腹部。我可以感覺到他的重量壓進我每一吋身體裡。我用手指梳過他那柔軟光潔的黑色卷髮。

「我好想妳。」他在我耳邊、脖子旁與髮際間呢喃，每次他一呢喃，我便說：「我也是。」接著我們再度相吻，我不敢相信，在這個什麼都不確定的世界裡，還能有什麼比我們相吻這件事更自然、更真實？

稍後，我們不得不分開呼吸氧氣後，我拿過鞋盒，開始翻著那些紙片。有很多，但還不及我曾寫過的那麼多。我很高興仍有些詩流落在外，塞在石塊間、在垃圾桶裡、在牆上、在書頁的空白處；有些被雨水沖洗掉、被陽光擦去、被風帶走了；有些永遠都不會被找到，有些則等著未來被找到。

「嘿，昨天那首詩呢？」殘存的羞窘終於還是讓我開口問，想著也許可以不小心把那首詩撕掉，反正它已經完成了任務。

「不在這裡頭。那是屬於我的。」喔，好吧。喬伊懶洋洋地用他的手掃過我的脖子，然後滑到我的背部。我覺得自己像根音叉，全身上下都發出了細微的嗡鳴聲。

「妳絕對不會相信的。」他說。「但我想那些玫瑰發揮了作用。在我父母身上——我發誓，他們兩個的頭根本沒辦法離開彼此，真受不了。馬克斯和佛瑞德一直在晚上溜去妳家偷玫瑰，送給他們想上床的女孩。」還好外婆為方特尼家的男生如此神魂顛倒，她會高興死。

我放下鞋盒，挪動身子讓出空間，好能面對喬伊，說：「我想你們三兄弟任何一個都不會需要外婆的玫瑰來達到這種目的。」

「約翰・藍儂？」

我的手指在他唇上游移，說：「我也想和你體驗一切。」

「老天啊。」喬伊把我拉回他身上，接著我們吻到飛入了天空裡，我想我們大概不會再回到地面。

如果有人問我們到哪去了？就告訴他們，抬起頭吧。

38

貝莉？

嗯？

死掉很無聊嗎？

以前是，現在不會了。

為什麼？

我不再從天堂邊緣往下偷看了⋯⋯

那妳現在在做什麼？

很難解釋——就像在游泳，只是不在水裡，是在光裡。

誰和妳一起游泳呢？

大部分的時候，是妳和托比、外婆、大仔，有時候還有媽媽。

我怎麼不知道呢？

但妳其實知道，不是嗎？

我想是吧，就像我們一起在飛人河谷度過的那些日子？

正是，只是更明亮了。

（小藍的日記上如此寫著。）

我和外婆烘焙了一整天的糕點，替大仔的婚禮做準備。所有的窗戶和門都打了開來，我們可以聽見河流的聲音，聞到玫瑰的香氣，感覺到太陽的熱度湧入屋裡。我們在廚房裡轉來轉去，像小麻雀一樣吱吱喳喳。

我們每一場婚禮都這麼做，只是這是第一次，貝莉不在。但奇怪的是，自從她死去後，我今天更能感覺到她就在廚房裡，與我和外婆在一起。我揉著麵團時，她來到我身旁，手插進麵粉裡，然後彈在我臉上。我和外婆靠在流理台旁慢慢喝著茶時，她一陣風似地走進廚房，也替自己倒了一杯。她坐在每一張椅子上，在每一扇門之間進進出出，在我和外婆之間迅速鑽來鑽去，低聲哼著歌，還把手指伸進我們的麵糊裡。她在我冒出的每一個念頭裡，我說的每一個字眼裡，我讓她為所欲為。在揉麵團的時候，我讓她附上我的身子，想著我的念頭，說著我的話，我們一面不斷地烘焙又烘焙——我和外婆兩個人終於說服喬伊打消必須要有爆炸婚禮蛋糕的念頭——一面有一搭沒一搭地聊著，像是外婆在這場盛大宴會上該穿什麼。她很在意自己那天的穿著。

「也許我該換個造型，改穿褲子。」整個地球不小心從自轉軸滑開了一下。外婆不管出席任何特殊場合總是穿著一件綴滿花朵的連身裙，我從沒見過她穿別的衣服。「而且我也許該把頭髮弄直。」好吧，地球不但從自轉軸滑開，而且還猛地往不同銀河星系衝去。想像蛇妖梅杜莎的頭髮被吹風機吹直後的模樣。直髮對外婆，或是任何一個沃克家族的人而言，根本是不可能的任務，即使還有三十個小時才到派對時間。

「怎麼回事？」我問。

「我只是想看起來漂亮點，這樣不犯法吧？小甜豆，妳知道，我又還沒失去性感魅力。」外婆居然剛剛說了性感魅力。「只不過是乾涸了有些時日了。」她壓低了聲音嘀咕。外婆正在用糖醃漬覆盆子與草莓，臉蛋就像這些水果一樣通紅。

「喔，老天，外婆！妳有心上人了！」

「哎唷，才沒有！」

「妳說謊！我看得出來。」

外婆像母雞一樣咯咯笑個不停。「我是在說謊！好吧，不然呢？妳一直被喬伊迷得團團轉，現在大仔又和桃樂絲……也許我多少感染了一點點吧。愛情是會傳染的，大家都知道，小藍。」她咧嘴開心笑著。

「所以，是誰？妳是那天晚上在沙龍酒吧遇見他的嗎？」那是這幾個月以來她唯一一次的外出社交。外婆不是那種會去網路上找約會對象的人，至少我認為她不是。

我雙手摀住嘴。「如果妳不告訴我，我明天就去問瑪莉亞。她在四葉草鎮可是無所不知。」

外婆尖聲說：「小甜豆，我才不說呢。」

接下來幾個小時，不管我如何一面刺探，一面又做了更多的派、蛋糕，甚至還有幾批莓果布丁，外婆微笑的雙唇始終守口如瓶。

忙完後，我拿起早已打包好的背包，出發前往墓園。我一走上小徑便開始奔跑。陽光穿過樹頂，形成一塊塊隔離的光塊，於是我飛躍過光明與黑暗，黑暗與光明，穿過簡直要燙死人的熾熱陽光，進入最鬼魅寂寞的陰影後，又回到光明，來來回回，一個接一個，穿過一切都揉合成被樹葉點燃的翡翠色夢境裡。我跑呀跑呀，在奔跑的時候，過去幾個月來緊黏在身上的死亡之衣開始鬆脫，不知不覺地離開了我的身體。我跑得飛快，無拘無束，這一刻整個人懸浮在只屬於我一人的喧騰幸福裡，雙腳幾乎沒有著地，飛向我人生中的下一秒、下一分、下一個小時、下一個日子、下一個星期和下一年。

我衝出樹林，踏上前往墓園的路。下午炎熱的陽光懶洋洋地斜照萬物，沿著樹叢迂迴前進，投下長長的影子。陽光很溫暖，尤加利樹與松樹散發出濃郁的香氣，讓人迷醉。我走在通往墓園的蜿蜒小徑上，聽著瀑布的水聲，憶起這件事當時對我有而言有多重要：那就是無論如何，貝莉的墳要在她能看見、聽見，甚至聞到河水氣味的地方。

我很慶幸這座位於小山丘的墓園裡只有我一個人。我扔下背包，坐在墓碑旁，把頭靠在上頭，伸手擁抱住墓碑，彷彿我正在演奏大提琴。靠在我身體上的石碑很溫暖。我們挑選這塊墓碑，是因為上頭有一個小小的內櫃，類似某種擺放聖物的聖匣，有著金屬門，門上刻著一隻鳥。內櫃下方雕鑿著一排字。我用手指撫摸我姊姊的名字，她那十九年的歲月，然後是那一排字：不凡本色——幾個月前我把這些字寫在一張紙上，在靈堂裡交給外婆。

我拿過背包，掏出一本小記事簿。我把外婆過去十六年來寫給我們媽媽的信全抄錄在上頭。我要貝莉擁有這些信。我要她知道，她永遠都會參與每一個故事，她就像天空一樣無所不在。我打開小門，把記事簿放進小小的內櫃時，聽見某種刮擦聲。我伸手進去，拿出了一枚戒指。我的心沉了下去。戒指很美，是橘色的黃玉，像橡實那樣大。正適合貝莉。托比一定是特地為她訂製的。我將戒指握在掌心裡，她再也見不到這枚戒指的事實狠狠刺痛著我。我想他們當時正是在等這枚戒指完成送到，再向我們宣告婚事，還有寶寶。當他們盛大宣布時，貝莉一定會大方炫耀這枚戒指。我把戒指放在墓碑邊上，讓一抹閃爍陽光穿透，反射出琥珀色的稜鏡光芒，投在那排雕鑿出來的句子上。

我試著想擋掉波濤洶湧的悲傷，但辦不到。需要很大的努力，才能不要去時時想到所失去的，而是去沉醉於過往曾擁有的那一切。

*我好想妳。*我告訴貝莉。*我實在無法想像妳將錯過那麼多。*

我不知道自己的心要如何承受這一切。

我吻了吻那枚戒指，放回內櫃，擺在記事簿旁，然後關上那扇有著一隻鳥的門。接著我從背包裡拿出那盆植物，已經衰枯得差不多了，只剩下幾片發黑的葉子。我走到懸崖邊，正好就站在瀑布上方。我把植物從花盆裡拔出來，搖掉根上的泥土，用力抓緊，手臂往後伸，深呼吸一口，然後用力揮出手臂，鬆開手。

尾聲

我的心是你的
××××（抹擦痕跡）
×××
××××
我在你的音樂裡
聽見你的靈魂
（根本腦殘！）
我屬於你
××××
××××
××××
××××
××××

（在森林臥室的床上發現的。）

（在炸彈房[26]裡再次發現，扔在垃圾桶裡，被小藍撕成一片片。）

（在喬伊的書桌上再次發現，已經用膠帶貼好，上頭寫著大大的「根本腦殘」四個字。）

（在喬伊的抽屜櫃裡發現的，已經加裝玻璃框，至今仍在那兒。）

㉖ 即喬伊的房間。

謝詞

深深懷念芭比·史坦（Barbie Stein），一如藍天，無所不在。

我想感謝：

首先，最該感謝的是我的雙親與公婆，謝謝他們無止境的愛與支持：我超讚的父親與卡蘿，以及心胸寬大的母親與肯。感謝我這一家歡樂無比的幽默感與堅定忠誠：我的兄弟們，布魯斯、巴比與安迪，我的小姑派翠西亞與夢妮卡，我的姪子亞當與傑克，我的姪女蕾娜，我的祖父母，尤其是無人能比的瑟樂。

感謝馬克·魯瑟（Mark Routhier）帶來這麼多歡樂、信念與愛。

感謝我那群了不起的好朋友，我另外的家人，感謝他們每一天以各種方式幫助我：Ami Hooker、Anne Rosenthal、Becky MacDonald、Emily Rubin、Jeremy Quintter、Larry Dwyer、Maggie Jones、Sarah Michelson、Julie Regan、Stacy Doris、Martiza Perez、David Booth、Alexander Stadler、Rick Heredia、Particia Irvine、James Faerron、Lisa Steindler，以及備受懷念的James Assatly，還有我那些大家庭：魯瑟家、葛林家與布洛克一家子……還有其他許多人，族繁不及備載。

感謝派翠西亞・尼爾遜（Patricia Nelson）的法律專業知識與無時無刻的爽朗笑聲；感謝保羅・佛沃克（Paul Feuerwerker）的極端古怪、狂歡本領與對於樂團練習室的寶貴見解；感謝馬克（Mark H.）對於美妙音樂與初戀的細膩體驗。

感謝佛蒙特美術學院寫作系的教職員與學生，尤其是能創造奇蹟的導師們：Deborah Wiles、Brent Hartinger、Julie Larios、Tim Wynne-Jones、Margaret Bechard，以及客座教職員Jane Yolen。還有我的同學們：個個身懷絕技，尤其是Jill Santopolo、Carol Lynch Williams、Erik Talkin以及Mari Jorgensen。還有舊金山佛蒙特美術學院的員工們。以及Marianna Baer——我鍵盤另外一端的天使。

感謝我其他傑出的老師與教授們：Regina Wiegnad、Bruce Boston、Will Erikson、Archie Ammons、Ken McClane、Phyllis Janowitz、C.D. Wright，還有其他許多人。

最深的感激則要獻給：

我在曼奴思作家經紀人協會（Manus & Associates Literary Agency）的委託人，以及我那些非凡的同事：Stephanie Lee、Dena Fischer、Penny Nelson、Theresa van Eeghen、Janet與Justin Manus，最特別感激Jillian Manus，她不是走在水面上，而是能在水面上跳舞。

Alisha Niehaus，我了不起的編輯，感謝她的熱情洋溢、博學、見解、仁慈、幽默感，並讓我創作過程的每一部分都值得慶賀。感謝企鵝圖書青少年小說部門（Dial and Penguin Books for Young Readers）的諸位，在充滿歡樂的出版過程中，每一步都令我又驚又喜。

感謝皮聘版權代理公司的（Pippin Properties）的Emily van Beek，世上最棒的作家經紀人！

她的歡樂、光彩、熱情奔放與優雅，都讓我深深著迷。感謝Holly McGee的熱心、幽默、機智與深情。感謝Elena Mechlin位居幕後的神奇力量與加油打氣。皮聘公司裡的這些女士們，無人能及。還要謝謝蒙特羅．蘿思．德維斯經紀公司（Monteiro Rose Dravis Agency）的Jason Dravis，謝謝他的遠見與令人欽佩的專業知識。

最後，發自內心特別再來一次盛大地好好感謝我弟弟巴比：一個深信不疑的人。

GroWing 19

處處藍天 The Sky is Everywhere

處處藍天 / 珍狄.妮爾遜作 ; 薛慧儀譯. -- 初版. -- 臺北市 : 春天出版國際, 2018.12
面 ; 公分. -- (GroWing; 19)
譯自 : The Sky is Everywhere
ISBN 978-957-741-175-4 (平裝)

874.57

ISBN 978-957-741-175-4
Printed in Taiwan

作　者　珍狄・妮爾遜
譯　者　薛慧儀
總編輯　莊宜勳
主　編　鍾靈

出版者　春天出版國際文化有限公司
地　址　台北市信義路四段458號3樓
電　話　02-7718-0898
傳　眞　02-7718-2388
E－mail　frank.spring@msa.hinet.net
網　址　http://www.bookspring.com.tw
部落格　http://blog.pixnet.net/bookspring
郵政帳號　19705538
戶　名　春天出版國際文化有限公司
法律顧問　蕭顯忠律師事務所
出版日期　二〇一八年十二月初版
定　價　320元

總經銷　楨德圖書事業有限公司
地　址　台北縣新店市復興路45號3樓
電　話　02-2219-2839
傳　眞　02-8667-2510
香港總代理　一代匯集
地　址　九龍旺角塘尾道64號 龍駒企業大廈10 B&D室
電　話　852-2783-8102
傳　眞　852-2396-0050